范震威 著

童年的地平线

——光阴的故事

黑龙江美术出版社

作者像（平泉二字为乾隆所书）

刻在松辽母土上的光阴的故事

目录

一 韩老六家的鼠与猫

童年早已远去，苍茫不见踪影。

可是，童年却常从梦中走来，时隐时现——怀旧时不时地发生，毕竟我老了。

我生在一个庄户人家的大院里，那座大院叫韩家园子，是一个韩姓大家族的一处大菜园子。

我记得，这座菜园子大约有半个足球场那么大，四周有砖墙围着，离墙不远的地方，东、南、西三面，都种了白杨树，像茅盾先生写的《白杨礼赞》中的那种大白杨，不光大西北有，燕北也有，隔了十几步一棵，高高地举着树冠，给我四岁童年的娇小留下了深刻的印象。那些白杨树偶尔在梦中向我走来，或者说浮现了，成了我童年记忆中的最早的见证。

三面圈着白杨树的园田地上种了菜，我不记得都有些什么菜了。它们不高，并不阻挡我的视线。在我的印象里似乎也没有像苞米林那样高的什么作物生长在园子中，园子给我留下的唯一印象，就是一片绿色，一片绿地，一片绿园。

园子的北面没种什么树，园子的西侧，有小路面向院北的一座坐北朝南的五间青墙瓦房。中间南向开门，进了门，东侧的两间半由我家居住，西边的两间半由老韩家的本家人派了人在这里居住。它的主人叫韩老六，是给韩家园子的主人种菜的佃户，也就成了我家的邻居。

韩老六的名字，我早就记得，什么时候留下的记忆，已经漫漶不清。我青年时代曾和父母闲谈过韩家园子，也从父母的口中证实了那家庄户的男主人叫韩老六。可见，我童年时的这点零碎记忆，有一点儿可靠性。

韩老六的女人，也就是他老婆，我已回忆不起来了，可是那女人的叫声，却至今充耳可闻。事情是这样的，当时年幼的我正在韩老六家的前屋中玩儿。所谓前屋，就是五间房由中间开门后，左右——也就是东西，各有一个灶台，一口铁锅，顺便插一句说，每当我念起童谣："小耗子，上锅台，偷油吃，下不来，急急抓抓叫奶奶"时，我头脑里浮现的锅台，正是我家住在韩家园子时的那个锅台。那口铁锅，大概是个三印锅。后来问父母，父母说："八成是，"又说，"不记得了。"我用手比画多么大，父母点头说："大概是那么大吧，"弄得我在三印锅的记忆上，纠结了好久。

闲话休提，却说我在老韩家的前屋，也就是厨房和住屋之间的那个穿堂屋中和老韩家的孩子，我叫小韩哥哥的一起玩儿（玩儿什么，已记不清）时，突然舀面的韩老六老婆"嗷"地狂叫了一声，把装荞麦面的木箱盖"啪"的一声盖上，没命似的往里屋（卧室）跑。闻声的韩老六从里屋跑出来，愣了一番，好半天才从老婆"呜啦，呜啦"的叙说中听明白，原来装米面的木箱柜里有了一窝儿耗子。

耗子就是老鼠。老鼠就是耗子的学名。

老鼠竟然在韩老六家的米面箱柜子做了窝！还下了一群小老鼠，而天天舀米、舀荞麦面的老韩家媳妇，竟然第一次发现！

韩老六转了一圈儿，忽然有了主意，他掏出一个面袋子，用手扎住半个袋口，留出半个袋口，猛地向箱柜盖上砸了几拳，睡觉做美梦的耗子肯定被吵醒了。只见韩老六右手掀开米面箱柜的盖儿，露出一个缝儿，左手拎了面袋的口，对准了盖缝儿。老六媳妇用擀面杖敲击，"咚咚咚"直响……只见从箱盖缝儿那里窜出许多耗子，有的钻进面袋子中，有的掉到地上。进了面袋子的耗子，在袋子里翻滚，只见袋子直晃动，掉到地上的耗子，翻了个过儿，抽身向四下逃跑，有的出了前屋，绕过锅台，从敞开的南屋门窜出，越过院子里一道土路，钻进了菜地……

　　再说，装了许多耗子的面袋子，乱成了一团。孰料，这条旧面袋子上有个小洞，耗子从洞口见到光亮，再用利齿一撕咬，洞被咬大了，便从袋口逃出，掉到地上。韩老六一见此情，也顾不上别的了，连忙捏住袋口，向地上猛摔，摔死了多少，跑了多少，最后也就是一笔糊涂账了。

3

——站在一旁观看的，只有四岁的我和小韩哥哥，一下子看呆了。

后来发现，装米、面的木箱柜底部，早被耗子嗑出了一个大洞。待韩老六夫妇俩挪动箱柜时，压死了两只，却又跑了好几只。

底洞补好了以后，韩老六媳妇不知从哪抱来两只小猫，一只黑猫，一只白猫，猫很小，喵喵地缩成两个毛茸茸的黑白两个小团儿。——后来，它们就成了韩老六家耗子的克星，也成了米面箱子的守护神和看家宝了。

对于老韩家对耗子大打出手的战事，当天晚上，母亲一边哄着老二，一边给我讲了猫鼠结怨的故事。母亲说——

起先啊，猫、耗子和狗都是很要好的朋友，也是邻居。

狗在山脚下搭了个狗窝，它主要给牧羊人看羊，防备羊遭狼的偷袭。牧羊人喂他，它也自己找点食儿吃，晚上就在离牧羊人住宿地方附近的狗窝中睡觉。狗窝中的小狗儿有时就和小猫玩儿。小猫儿的家——猫窝离狗窝不远，搭在一堆草丛里。从草堆钻出来便是耗子家的洞口。小猫崽和小狗崽与小耗子们，也常在一起追踪嬉戏，其乐也融融，相安也无事。

有一天，喜欢吃鱼的猫妈妈和猫爸爸说："好多天没吃到鱼了，这新一窝生的4只小猫儿还没尝过鲜呢！"

"鲜"是什么？

"鲜"就是一种特好吃的鱼，它兼有鱼肉和羊肉混合在一起的味道。可是，这鱼味又香又美，却不好抓。猫爸和猫妈合计了一阵子，就对守在耗子洞口的两只大耗子说："耗子哥们儿、姐妹儿，拜托二位给我们照看一下我家的4只刚出生的小猫咪，我俩出去弄点鱼去，这就回来！给您二位添麻烦了！"

两只大耗子齐声回说：

"远亲不如近邻，这点儿事不算什么。谁跟谁呀，还客气什么？你们快去快回吧！"

就这样猫爸和猫妈就离开猫窝走了。临走时还说："等我们捉了鱼回来，也会有你们一份的！"

两只大猫快步地离开了猫窝，向河边跑去。走不远看见邻居的那只狗正在羊群边警戒，一只白蝴蝶飞过来，狗用前爪去抓，没抓住，蝴蝶也不远飞，就在那儿朵金菊花间飞来飞去，和狗逗着玩儿，狗伸开爪子又去抓……

猫见狗玩得快活，挺羡慕，就招呼说：

"狗哥哥好好开心哪！"

狗问俩猫说：二位去河边抓鱼吗？

"正是，"猫爸回说："我们出去抓鱼，把小猫崽托付给耗子了。你们有空也照看一下呗！"

狗说："不行啊！我看羊哪，你没看我正忙着吗？"

猫妈打趣地说："我看你忙着抓蝴蝶玩儿哩！"

"那你不是多管闲事么？"狗说完了不大高兴。

却说，猫去了大半天了，由于水瘦，河浅，鱼都跑远了，它俩只抓了几条小胖头鱼叼了回来……

就在猫抓鱼的时候，一对受托照看小猫咪的大耗子就守在猫窝边，一边打盹，一边晒太阳，不觉一觉醒来，太阳落山了，那对猫爸、猫妈还没回来。这对大耗子也饿了，加上他们的耗子崽儿从狗窝那边回来了，都吵吵饿了。这对大耗子一合计说：

"这对猫妈猫爸去这么久还没回来，大概是凶多吉少，遇见狼了吧？"

它俩你瞅我，我瞅你，互相打了一个哈欠，竟然相对会心地笑了起来……这对大耗子，此时忘了它俩许下的诺言，竟然带着他们的儿女钻进猫窝，对那4只还没睁开眼睛的小猫咪下了毒手，不一会儿竟将4只小猫全都咬死，把小猫肉全吃了，连骨头渣儿也没剩多少。

披星戴月归来的猫爸猫妈回来一看就傻了眼。它俩见猫窝里到处是血腥，就知道坏了，4只小猫咪一定遭了不测。它俩去找耗子，在耗子洞口正碰见一只小耗子在啃猫骨头哪！

猫爸猫妈二话没说，上去将小耗子咬死吃了。耗子洞口太小，猫爸猫妈钻不进去，就轮流在耗子洞口看守，凡从耗子洞口钻出来的耗子，一律葬身猫腹。

那两只大耗子吓得不敢出来，就趴在洞中说：

"猫爷爷猫奶奶，饶了我们吧，我们错了！"

"饶了你们？除非太阳从西边出来！"猫爸说。

"少废话！血债要用血来还！"猫妈说。

这对大耗子知道他们闯下了杀身大祸，不敢出洞，便悄悄地往别处盗洞，从另一侧逃跑了。

猫爸猫妈见大耗子不出来，便叼来石头堵住耗子洞，寻地搬家了。

猫爸猫妈走时，路过草地，又见到放羊的狗。

狗说："我就知道耗子太鬼，不大可靠呢！咱们是坏心不得有，防心不得无呀！二位嘛，你们要是有地方用到我狗大哥，大哥绝对为你们助一臂之力！"

"我们子孙万代也不会原谅这些耗子的！"

"好！等我不放羊休息时，也帮你们逮耗子！"狗说。

说过话的狗龇着牙立身在羊群边，朝北边观看，它似乎听到了狼群的脚步声！

"不用啦！狗哥哥！"猫爸猫妈说，"不管有多少耗子，我们都能对付得了！"

"真的不用我狗大哥祝你们一臂之力？"狗又问。

"谢谢了！真的不用！"说罢，猫爸猫妈就向草原深处耗子洞多的地方跑去。

"这狗东西！"牧羊人听了猫狗的对话后说，"你没事闲得慌啊！你知不知道，你狗拿耗子是多管闲事！你的主业是看羊——防狼！"

狗听了点点头。从此以后，不论猫鼠大战多么剧烈，狗连看都不看，因为人告诉它，狗拿耗子是多管闲事！

——这故事印在我童年的脑海里，多少年也没忘却。过了若干年以后，在"文革"之后的年月，总设计师邓公领导全国搞改革开放，大力发展经济。当他提出"不管是黑猫还是白猫，抓住耗子就是好猫"时，我心中不禁想起了当年听到的猫和耗子结下了世仇的故事，也想起了我家芳邻韩老六家那对长大了的一黑一白两只猫，后来在院里和屋中大抓耗子的情景来。

二 掏鸟蛋遇蛇

韩家园子的西墙与那列南北成行的白杨树之间，有一条夯得硬实的土路，也就一丈来宽，可以走驴车，从院西南靠西侧的院门进来，直达五间正房的门前。不过，那时我并没有见过驴车出入。那个年代，日本鬼子统治热河地区，燕北诸地十分荒凉，有钱人养几台驴车已属不易，更不要说什么马车了。据说，马都让日本人"征用"建骑兵去了，老百姓只有驴车。当然这一切都是后来听家大人说的，刚四岁的我，不懂。

和成行的白杨树并行的还有一排修剪得很整齐的榆树墙，是一排致密的小榆树，隔开驴车的路和菜地，防止过路时，毛驴儿突然拐入菜地，糟蹋菜田。

春天的一日，阳光和暖，正是鸟雀孵蛋育雏儿的时节。韩家的小哥哥，比我年长三四岁，他一嗓子吆喝，手里握了一根树枝当马骑，就向院外跑，我像个跟屁虫似的，也跟着他向院外跑去。二弟尚在襁褓中，母亲又怀了老三，挺着大肚子追不上我，她嘱咐的话在我身后追赶，我早就左耳听了，右耳冒了……

一路小跑，到了院外，与韩家小哥常在一起玩儿的几个小家伙都聚集在院门对过的院墙下，叽叽喳喳地，我跟在他们的圈外，他们每人好像也拣了一根树枝当马骑，吆喝着玩儿，乐得什么似的，屁颠屁颠地乱跑乱叫——童年呵，欢乐多么简单而快捷啊！

韩家园子门外是个胡同底，三面是墙，形成了一个"凹"字，三面的院墙好像都是土墙，墙上头敷了瓦，大概是作防雨用，兼而防盗的。我们正在欢玩儿的时候，有两个七八岁的小哥抬来了一个梯子，他们把梯子搭在韩家大门对过的院墙上，这时我听见墙上的瓦片那儿有小麻雀叽叽喳喳的叫声。他们把梯子挪了个地方，原来他们要掏鸟蛋！

麻雀蛋是一个比普通玻璃球还要小的，浅灰色带深色纹和斑点儿蛋壳的小蛋，和鸡蛋的形状差不多，一头大些圆些，一头小些尖些，小孩子手中玩鸟蛋，何等惬意！

可是，不知什么时候，是听大人还是听别人说的，鸟蛋不可以玩儿。每颗鸟蛋都会孵出一只小鸟来，人掏了鸟蛋，就毁了一只鸟儿的生命……

再说，鸟蛋打破了，蛋汁中的蛋清、蛋黄虽然营养丰富，然而吃了鸟蛋，人脸上会长雀斑，不好看哩！所以，我自小时起（到底什么时候，已不可记），就对鸟蛋敬而远之。直到老年，我对市场上叫卖的鹌鹑蛋、鸽子蛋，从不问津，尤其是鹌鹑蛋，我见了蛋上的纹、点儿，立刻引发许多联想，故此我坚决拒绝除鸡蛋、鸭蛋、鹅蛋以外的其他一切禽蛋！在联想中，我还有一个以前从未与人道及的一段回忆。那是"文革"以前，我在工厂中工作，通过一位师傅的提议，他让我多接触一位叫"卿"的女孩儿，卿比我小两岁，各方面条件都很好，业余时间正在念职工大学的文科班。那个叫卿的女孩儿，身高、体型、相貌各方面俱佳，一笑露出两排雪白的牙齿，像当代走红的女星

9

ZZY的牙齿……可惜，在她的柔美的双目下，挺立的鼻子的两侧，布满了许多雀斑！我立刻犹豫起来，然后便失之交臂。她后来竟先我而婚，嫁给了一个车工，但婚姻并不怎么幸福……就在我进入古稀之年向耄耋之年走去的时候，她因脑血管病已躺在床上三年多了。幸运的是卿的三个儿子，都没有雀斑！……

闲话扯的太远了。

现在，再回到韩家大院门外掏鸟蛋的现场。

现场的记录画面是，一个好像叫碰碰的小男孩儿凭了一身骁勇，拨开众伙伴儿，顺着梯子爬上去，在墙头的瓦缝儿里用手探试，最先掏出了一枚鸟蛋，就在他掏出一枚鸟蛋的那一刻，一只大家贼（大麻雀的俗称）从瓦缝中突然飞了出来，把碰碰吓了一跳，一仰身，差一点儿从梯子上摔下来，众人同时"哎哟"一声，大家贼凌空飞去。——她的老巢被端了，育雏的鸟妈妈欲哭无泪，不知落在哪棵树上，望着这群胡闹的小孩子们，用鸟语在呼唤同伴们。一群麻雀儿，栖落在树端上，叽叽喳喳地，大概是在诅咒这群凶顽的小孩子们，连上他们的祖宗三代也都捎上了吧？

掏得一枚鸟蛋，众孩子们正在观看，我也凑上去，无奈只有四岁，靠不近前，我只能远观，被扒拉到一边儿，从大孩子们的腋下找空儿看。

梯子换了一个地方，这一次掏得了好几枚鸟蛋，众孩子们欢呼……

梯子又挪了一个地方……

当梯子挪到第四个地方，勇敢兼了霸道的碰碰喝了两枚鸟蛋汁儿，再次攀上梯子向墙上的瓦缝儿伸手的时候，说时迟，那时快，一条小蛇从瓦缝中伸头窜了出来，一下子竟然钻入碰碰的嘴里。碰碰不提防这一着儿，惊得张大了嘴巴，正好让小蛇钻了进去……

小蛇钻进碰碰的嘴里，碰碰被吓得跌下了梯子，他吓得脸色苍白，小蛇钻进碰碰嘴里，进去了一捺多长，就卡住进不去了。原来，这条灰黄色的小蛇，身上长满了细鳞，和鱼似的，易于前行，却退身不得，正卡在碰碰的咽喉里……

手足无措的孩子们喊来了大人……

碰碰的妈妈哭号着，用手拔蛇，蛇的尾巴在碰碰的嘴外，先时还摆动着，后来竟也不动了，但因蛇皮的鳞甲成了倒戗的方向，还是拽不出来……

碰碰此时也憋得脸色通红，他用鼻孔喘息，他的小胸脯一起一伏地——他还活着……

碰碰的爸爸最后赶来了，恰好老韩家赶来了一辆驴车。

碰碰爸爸抱着碰碰上了驴车，妈妈抹着泪儿，也上了车。

他们直奔医院，找郎中去了……

嘚儿，驾！驴车颠颠地朝胡同外跑去……

几个大人愤愤地，用脚踹碎了梯子……

韩老六家的小哥儿，骑了树枝儿打道回府……

我跟在后面，也进了韩家园子的大门，回了家……

大门外复归于平静……

我母亲不知道院外发生的一幕，只在当晚才听韩老六从外边回来说：

"碰碰还是得救了！是一家日本人开的医院，用刀割碎了小蛇的身子，一点点儿地将憋死的小蛇剔出来……"

碰碰却吓了个半死……

后来听说，碰碰吞蛇的事传遍了整个平泉城，城内城外的孩子，任谁再也不敢掏鸟蛋了……这就是与鸟同穴于墙头瓦缝儿那条小蛇，以身赴死的代价……

——以身赴死的事迹，于史书上屡见不鲜。一般谏臣上书常见有"臣昧死上言"的字样。可见，从古至今敢给万岁爷提意见，是准备掉脑袋的。无此准备，或许想以此进阶，都是不切实际的幻想。——还是不要随便多嘴多舌，说些没用的罢！

古代的大西北有鸟鼠同穴山。据说，一些山洞里既住了老鼠——耗子，又住了鸟，两者彼此相安无事，竟成为自然界中的一个奇景。这与蛇鸟同居于墙垣瓦缝中相似，同样成为大自然的奇景。

三 大 哥

韩家园子五间房的东半部的两间半是由我家租住的。

中间的半间是厨房，锅台的东墙上供着灶王爷。灶王爷像下面有一个小隔板，隔板上放了一个陶土的香碗，那里有过年时烧残的香。不知为什么，一天陶土的香碗竟然掉了下来，陶碗中的陈小米与香灰和积尘洒了一锅台，三印的铁锅幸有两片半圆的锅盖盖着，不然就会落在锅里。在陶碗掉下的同时，一只耗子叽叽地叫着逃往院中去了。原来，都是耗子惹的祸。

耗子很多，有时就在院子里穿过，他们恣行无忌，像我这样和小韩哥哥一起在院中捉蝴蝶的小孩儿，耗子们根本没把我们放在眼里，各行其便，各干各的。

进了厨房东侧的屋门，是东前屋，屋里很空，靠南的窗下，是一个八仙桌，有两把椅子，古木的颜色说明它们的年龄一定比我父亲、母亲还要大。或许，那是韩家的祖产也未可知，只是太旧了。我们一家就在八仙桌前吃饭。我已能上桌，坐的是加高了的一把椅子。

里边的东屋是卧室。火炕是沿东墙冷山墙自南向北排开的，砌了三分之二，北边有一段没有炕，原因是那儿有一个间壁，也就是在卧室的北面间壁出一个小屋，放杂物用的。我不知道里边放了些什么，好像也有耗子们打群架时的叽叽叫声。

我已经四岁，二弟比我小两岁，母亲正怀着老三，挺着大肚子，根本顾不上我和老二。接连生儿育女的母亲，太苦了。

小韩哥哥上学去了。我便和二弟在前屋玩儿。玩什么？玩的不过是四枚嘎拉哈。嘎拉哈是满族小孩子们的玩具。那个年代，哪有什么玩具，一把银样镴枪头就是男孩子们的宝物了。这个宝物我们也没有，小韩哥哥有一个，却是他爸爸用刀削出来的，让我特别羡慕，总想借过来耍一番。他不借，有时还特意地逗引我们，让我找母亲向他借。母亲向他开口要借，这位名叫家驹的小哥哥，也不说话，只是用眼睛瞟往前屋北边箱柜的上面。箱柜一共有两个，在前屋的北墙上一字摆开，里面不像韩家那样装米装面。——在我的记忆中，似乎从来没有打开过。左边箱柜的上面，立着几个瓶瓶罐罐。家驹的目光扫过那上边的瓶罐，原因只有一个，有一个瓶罐中装了冰糖块儿。母亲明白，连忙打开瓶罐，拣了一颗大的冰糖块给了家驹，家驹便把他手中的仿制的银样镴枪借给我玩儿。我玩儿，二弟也要玩儿，便和我争。

"含着吃噢！"母亲嘱咐家驹说，也给了我和二弟各一枚冰糖块儿。

糖块儿含完了，家驹不免要把镴枪索回。这也是没办法的事，若要拖延，就得再给他一枚冰糖块儿。

有一回，我蹬了凳子去够糖罐没够着差一点儿摔下来，遭到一顿训斥。训斥一番以后，母亲落泪了。我记得十分清晰，她眼睛里闪着泪光，说了一番大道理，还是给了我和二弟每人一枚冰糖块儿。

我是老大，在平泉居住的童年往事，也只有我能记住一些，其余的情景，便都随着时光的烟云消散得无影无踪了。

其实，我原来不是老大。我上边还有一个哥哥，大约长我两三岁吧。据家大人回忆，那也是一个白胖白胖的小子，在我出生之后不久病逝了。

　　在我当了父亲以后，一次闲聊。父亲回忆说，那个胖小子忒招人喜欢。在父母眼中，是一个小活宝儿。一次，母亲抱着给他洗屁股，父亲给盆中倒了热水，又去取凉水时，他挣脱了母亲的双手，掉到热水中，把屁股给烫伤了。烫伤了屁股后给抱到医院，打开包孩子的小被时，孩子屁股上的表皮都沾了下来，露出红红的嫩肉……经过一番包扎处理，打了一针镇静的药，睡了过去。可是，自此以后，孩子因疼痛日夜哭闹不停……后来，又感染了，化脓了……天热，孩子无法入睡……折腾了三个多月，终于不治，走了……

　　排行老二的我，晋升为老大，以下也就顺延向前挪了一位。

　　我见没见过这个哥哥呢？

　　我父亲和母亲似乎没有说。换言之，蛇年出生的我见没见过这个兔年出生的我的哥哥呢？或者，亦可以说，此事发生在我出生前，还是出生后？我记得父亲和母亲说过，这是我出生后发生的事，可又似乎没有说过。父亲和母亲这辈子没少吵架。尤其是谈到给胖小子洗屁股的事，两人互相埋怨，父亲埋怨母亲，明知是热水，却提早抱了孩子过来；而母亲则抱怨，应该兑好了温水再端盆过来，不然何以发生不幸……

　　家家都有难唱曲，此为我家小曲之一。

　　我却因此升为老大，成了大哥，特光荣。

　　大哥却是要吃苦的，而且要持久的忍辱负重，过早地帮助父母担起家中的重担，尤其是生在我们这样的城市贫民之家。关于这一点，我真的做到了，而且不含糊。我有两个四弟，都是我帮助母亲带大的，头一个四弟叫小伟，出生于 1950 年，5 岁时因肺炎发烧不治死去。我在《一个城市的记忆与梦想——哈尔滨百年过影》一书中回忆过他：

1955 年春天，我的一个 5 岁的小弟弟小伟，因肺炎发烧不治死去时，父亲用旧木板钉了一个简单的棺材，送走那天，恰巧遇到一辆胶轮大板车南行，因离我家最近的墓地已无法再容下一棺一木了，只好雇了这辆马车，远拉到洛道屯（也称骆斗屯）以远的一处义地埋了。几年以后，父亲想起小伟的时候说："这孩子真的想走，刚装了棺材，就来了大板车！"

的确是这样的，我家居住在那座老啤酒厂的旧址，大院东边的土路上，平时是极少有大板车通过的。

小伟由我为长子算起，排行老四，会走以后，差不多都是我带着他玩儿。现在，我已回忆不起来他的音容笑貌了。我只记得，装殓了他的那个棺材，底下的木板长出一尺多，我父亲也没有锯掉它……

如此这般，排在小伟下边的老五，便成了老四。

每天放学后，我就带着老四玩儿。老四的名字叫振刚，名字是我给起的。当时，母亲跟我商量，要给老四上户口，得给起一个名字。我思索了一下说：

"叫振刚、振强都可以！"

母亲说：

"那就叫振刚吧！"

我去街道办盖了一个戳，又到相邻的民强派出所上了户口。

父亲在上班，母亲料理家务，这样的事，只有排行老大的我去干了。谁叫我是大哥呢？

这辈子，我忍辱负重，帮父母治家的事不少，做过也就忘到脑后了。

年纪渐长以后，读巴金的激流三部曲《家》、《春》、《秋》，读到大表哥的所作所为，留下了极深的印象，也特别同情他。联想到自己这辈子的"艰难时世"（狄更斯小说的名字），知道我的许多牺牲与付出，一切都是命里注定，也就心安了，谁让我当了大哥呢？

只有上天！于是，我认命了……

其实，在生活中"大哥"的形象还是不错的，而我也自以为担起了这两个字。

所以，我对甘萍演唱的歌曲《大哥、大哥你好吗》和高胜美演唱的《山地情歌》特别亲切，特别爱听——也是聊以自慰吧……

还有一桩秘事，一般的人都不知道是怎么回事。

那就是，我有个笔名叫阿干。

"阿干"是鲜卑语，其意即为"大哥"。

"阿干"源于《二十五史》中的《魏书》，引述起来故事太长，在这里，我抄录《辞源》阿干条的解释如下：

阿干，鲜卑语，对兄及尊贵者的称呼。

《魏书·吐谷浑传》："若洛廆追思吐谷浑，作《阿干之歌》徒何以兄为阿干也。

原来，若洛廆当上了国王后，他的庶生哥哥吐谷浑的马群在春节发情期时，互咬掐架，若洛廆去怒责哥哥。哥哥吐谷浑带了自己的部人与马群西奔了。两人从小感情一直很好，哥哥一走，若洛廆很后悔，便派人去追。派去的臣子追上了吐谷浑的人马，请他们打道回转。吐谷浑也挺留恋他们生活的老哈河上游的草原，可是口中却说：

　　"这样吧，我撒开马，让马随便走，马群想回去，我们便回去。"

　　马群撒开以后，"老马识途"这四个字却不管用了，马群却向西徜徉走去。

　　如此这般，哥哥与弟弟便各分东西了。

　　当国王的弟弟若洛廆思念大哥，在中国历史上留了一支思念哥哥的名曲，叫《阿干之歌》……

　　就这样吐谷浑一行人西行，到了甘肃，占据了甘南的一片草原，后来建立了部落国吐谷浑国。如今，在兰州市南有阿干河和阿干镇，都是源于这段历史的。

　　阿干与我的故乡平泉有些关联：平泉黄土梁子以北的老哈河上游草原，就是使臣追阿干——吐谷浑时分手的地方，也是后来思念大哥时《阿干之歌》的成歌之野，基于这些，喜读《魏书》的我，便选择了"阿干"作为我的笔名之一。

　　以阿干为笔名——这是提醒自己要记住自己的生活角色啊！

四 大槐树下讲的梦故事

韩家园子东墙边那排白杨树的北头，少了一株白杨，却多了一棵大槐树。大槐树的树干很粗，一个人抱不过来，显见得是栽种大白杨之前就已经有了的。它，大概是韩家园子里爷爷辈的树，或许在盖了五间青砖瓦房时便已亭亭玉立了。

大槐树北邻是一座仓房，木板门上了锁，八成是装农具的吧，我记忆里没见过门开着。从仓房再往北，有个一丈宽的空地，空地的北头便是韩家园子中的茅厕啦。那时我太小，当然也没进去过。但我知道，茅厕是小韩哥哥家驹去拉屎的地方。

其实，茅厕就在五间房的东边，距五间房的东山墙，有两丈多，但这里并没有空着，而是在距东山墙约有一尺半的地方，自南向北停放了一口寿材。寿材的盖合着，大头朝南，小头朝北，漆成了黑色，不知道是谁的寿材。"寿材"这个词儿是后来我长大了才明白的。寿材就是备用的棺材，这是父亲后来告诉我的。他还说："棺材就是死人的房屋。人死了以后，便睡在那里。"我听了，似乎明白了，便觉得那个庞大的黑家伙挺恐怖，挺瘆人，玩时便离得远远的。

大槐树下有一地树荫，阳光从枝叶间射下来，明明暗暗，正是小孩子摔泥巴泡玩的地方。家驹会玩，我还小，只是跟随

19

他玩儿，有时二弟也一扭一扭地跟过来玩泥巴，弄得浑身上下，脸上手上都是泥，自己也不晓得，只想听摔泥巴泡儿的"啪，啪"的响声。

和泥的土从哪取得呢？

当然不是从菜园子里挖取，而是在大槐树下取得。

原来，在槐花开放，槐花飘香的时候，偶尔会下一场雨。雨过天晴，我们出去玩时，大槐树下会突然冒出许多的小土堆，像拳头那么大，大小不一。这是雨过之后从蚂蚁洞中，由蚂蚁们搬运出来的土，一个个的小土颗粒，比细黏谷的粒儿还细小。每个蚂蚁洞口都堆出个小土堆。家驹哥便将这些小土堆搜集起来，弄成一个土堆，蚂蚁洞多，有时土用不了，家驹便用脚把土堆碾平，我和二弟也跟着学，有些蚂蚁也无辜地成了牺牲品，我们也顾不了那许多了。

搜集来的黄土堆，家驹用手挖成一个小坑儿，他跑回家去，用水瓢舀来水，倒进去，就可以和泥了。

和泥是有乐趣的，尤其是对小孩子们来说很有趣，犹如大人们和荞麦面做饸饹时，小孩子频频要插手掺和一样。

玩泥巴玩得一身泥土，除了家大人的一番申斥外，别无其他。——衣裤脱下来，洗了。我们光腚赤条条的在洒满阳光的院子里，在晒温了水的木盆里洗澡。这洗澡，其实更多的乐趣是玩水，不时发出嘎嘎的笑声。

大槐树上闻啼鸟。不知名的鸟儿，在枝头歌唱。喜鹊在白杨树间飞去飞来，白杨树梢间，有喜鹊，也有乌鸦搭的巢……一只老鹰在头顶的天空中盘旋，鸟儿停止了歌唱，好像来了国王一样，公鸡母鸡咕咕地叫着，伸开翅膀把小鸡崽儿们收在翅膀下，时刻准备对付老鹰的偷袭。老鹰似乎不太饿，见无处下手，便悻悻地远去，朝老哈河那边飞走了。

父亲见到了这一刻，便告诉我们说，老鹰要抓鸟吃，也抓小鸡崽儿吃。老鹰是鸟类中的老大，像国王一样凶，许多鸟都怕它，唯独乌鸦和喜鹊不怕它……

看到我和二弟与家驹哥一起在大槐树下玩儿，父亲搬来几个小板凳，叫我们坐下来，他要给我们讲一个大槐树下做梦的故事……

许多年以后，当我忽地想起父亲给童年的我和二弟讲述那个槐安国的故事时，我仍然感到父亲的手按在我肩上的那一刻，从手掌上传给我的一丝来自树荫的凉意。

父亲讲述说，大约一千多年以前，有一个叫淳于棼的人，他家住在广陵郡，担任广陵郡的太守，算是一方诸侯，官职不低。

有一天，淳于棼在他府邸的一棵大槐树下喝酒，自斟自饮，婢女在一旁给他添酒扇扇子，却不知不觉地似睡非睡地，突然看见槐树的大树干上洞开了一扇门。门一开，立刻金光耀眼，淳于棼看见一对卫士向他请安，请他上车从金门中进去，走不多远，他便被眼前的美景吸引了。路两侧栽满了奇花异草，树的尽头直通向一座城。城楼巍峨，牌匾上题写着"大槐安国"四个苍劲古朴的大字。淳于棼被卫士们抬上城楼，立刻从金座椅上站起来一个威严的家伙，众人称他为国王。国王宣布，招淳于棼为驸马，立刻便从后边拥出一群衣着华丽的女人，把淳于棼拥戴着送到后庭去了……

"啥叫驸马呀？"我问。

"别打岔，"父亲说，"驸马就是国王家的快婿……"

"快婿？"这词儿我也不懂，也不好打岔再问，便默默地听父亲继续讲下去。

淳于棼被招为驸马后，被国王派到南柯郡去当太守。

淳于棼带着刚娶来的漂亮的公主夫人，便到南柯郡上任去了。

这一去就在南柯郡干了三十年。三十年，有公主持家，家里要什么，有什么，什么金银财宝啊，什么玳瑁、珊瑚、玛瑙啊，什么玉佩、金钗、银簪啦……，到处都是，取之不尽，用之不竭，一切都是国王大人供给的。他们吃着海味山珍，南海榴莲，蜀川荔枝，福闽的佛手……美酒佳肴，要什么，来什么；想什么，给什么……一做三十年，在啥都不缺的情况下，留下了一个遗憾，那就是淳于棼和公主没有生下一个儿女……可他也老了，公主媳妇对他说，你在大槐安国住的时间也不短了……她使劲一推，把淳于棼从床上推到地上。淳于棼摔到地上，一下子便惊醒了。……

原来，他做了一个梦。他梦见自己从蚁穴的大门中走出来，放射金光的蚁穴王国的大门关上了，又从里边上了锁。……

原来，淳于棼喝酒喝高了，躺上大槐树的席上睡着了。刚才做驸马的事儿，全是他的梦……

他醒来后，看见许多蚂蚁都爬到他身边，在他的杯盏边大嚼大搬，来来去去忙个不停。

"这就是南柯一梦的故事！"父亲说毕，指了指大槐树下的那许多的蚂蚁洞说，"蚂蚁也是一种有生命的小虫。老鹰抓小鸡吃，老母鸡会保护小鸡崽，可谁要是毁了蚂蚁洞，却没什么人来保卫它们了！"

我们聚精会神听完，仿佛那大槐树也会突然打开一扇金光闪闪的大门似的。

"啥叫做梦呢？"二弟太小，不懂。

那时，我也不懂什么是梦。只是我们都对梦里有许多好吃的感兴趣。

"我也想做一个这样的梦！"家驹哥喃喃地说。

"祝你有这样的好梦和好运气！"

父亲摸了摸我的肩膀和我的头发，微笑着冲小韩哥哥说。

韩家驹以后做了这样的梦没有？我不知道。……

不久，我家便离开韩家园子，离开了平泉，回辽宁我父亲、母亲的老家海城、沈阳去了。

但不管怎么说，幼年时我就懂得了这就是"蚂蚁缘槐夸大国"诗句中典故的出处。

五 小站

离开平泉之前不久，我们全家照了一张合影。

长大以后，我见过这张照片。照片上，母亲抱着襁褓中的老三，我和老二站在父亲的右边与左边，一家五口人的全家福照片，照片上好像都没有什么笑容，一脸的平淡与漠然。……

日本鬼子已经垮台，无条件投降了。八路军和国民党的中央军都在频频地调动军队。东北是两大军事集团角力争夺的地方。若干年后，我见到历史书上写道：

"谁先占了东北，谁就会掌有制驭全国的主动权。"

社会上的秩序怎么样，不得而知。我那时，只是一个幼童呢。

一场不可避免的国内战争大战在即。……

乱世中难以谋生的父亲母亲，决定离开平泉，返回原乡，寻找谋生的机会。人到中年，头一件大事是养家糊口，填饱肚子，五口人五张嘴，个个都要吃饭啊！

我们一家五口离开韩家园子，要坐火车回辽沈。

一些破烂东西、旧衣服被褥之类的东西，都给了韩老六，韩老六媳妇做了一顿饸饹，算是给我家送行。

饸饹是燕北，也即热河、赤峰地区常见的一种荞麦食品。我认为，它就是一种荞麦面条。荞麦生长期短，成熟快，不像小麦那样多含植物蛋白，也就是面筋儿。因此，荞麦面不能擀成面条，也无法烙饼。荞麦面的吃法主要有三种：一种是包成合子。所谓合子，是将荞麦面和成面状，加入或不加入榆树钱之类的东西，再加一点儿葱花、调料和盐，拍成巴掌大的饼状，用两张柞树叶夹起来，放在蒸锅上蒸熟了吃。有滋有味儿，似乎至今我们仍齿有余香。另一种吃法就是饸饹。饸饹犹如吃热汤面。做时，先把白菜或其他菜下锅，加调料、葱花之类，烧开锅，然后把和好的荞麦面团儿放在饸饹床子上。饸饹床子很像插大萝卜的插板，不同的是插板上的孔是斜的，一侧开刃，可将大萝卜、土豆、黄瓜之类插成条状，做菜用。饸饹床子上开的是直圆孔，从圆孔中挤出的"荞麦面条儿"是圆形的，相当于中等粗细的圆面条儿。荞麦面因缺少面筋，也就少了韧性与黏性，但从饸饹床子孔中漏下，直接落进滚开的菜汤锅里，表面上被烫熟，也就不易断了。煮了两三个开之后连汤带荞麦面条的一碗饸饹热腾腾端上来，也还可口。尤其是冬天，它是驱寒的当地名小吃。第三种吃法是烫了面之后，包蒸饺。

一碗饸饹面，让我记忆到永远。

著名女作家铁凝曾询问过："永远有多远？"

我无法解释回答。

我的回答只能说："这记忆是终生的。"

吃过了饸饹，我们与韩老六家告别后，便上路了。

在记忆中，我们出了韩家园子的西南角门，从掏麻雀掏出来蛇的墙下通过，走不多远便向左拐，来到一条东西向的小胡同。从小胡同向东行，大约百十来步吧，向右拐上了平泉城内最长的一条南北大街。

大街的路面是用土和炉灰加石灰之类的"三合土"夯实的，

如鲤鱼背形，这利于下雨排水。沿路南行，路的右边，似乎没有什么记忆，而路的左侧则有许多店铺，卖什么的都有，如点心铺、筐萝铺子，卖布匹的，剃头的，卖饸饹大饼的，也有门口站了浓妆艳抹女人的，我不知道那是什么场所，若干年后与家大人回忆离开平泉的情景时，母亲告诉我，"那是红灯区！"也就是妓院——俗名窑子，站在门口招徕客人的便是窑姐儿。……

不管怎么说，仗一时还没打起来，生意不咸不淡。不论是战与和，老百姓的日子还得过。太阳照常升起，照常西落。只是人人的脸面上都神色匆匆，仿佛下一刻就要发生大事似的。

从这条南北向的主街走了几百步远，向左转，就走上了通往平泉火车站的一条短街。

平泉，一个普通的山区小站。火车站的票房子是黄色的，它一直刻在我的记忆中。

1976 年唐山地震，东北入关的火车不通，我陪单位的一位副书记老赵坐飞机去南京和上海。回程时，火车通了，票也好买，为了省钱，我们坐火车回哈尔滨。

出北京后，我们被告知说："火车要从承德绕行……"

车上有的旅客不满。我看了临时挂在车厢头上的路线图以后，心中却十分高兴——因为列车明晨要从平泉经过，而且停车2分钟。我几乎跳了起来：这是我五六岁时告别平泉出生地之后，有机会在三十余年后，第一次踏上乡土。……

我没有睡好，也没有梦。不到五点钟我便从下铺上穿衣起床了……

到了平泉站，我下车走上了站台。——当时，天刚放亮，除了乘务员外，只有我一个人下车在站台上伸臂作呼吸状。女乘务员问我："同志，你能早起啊！"

我不顾乘务员诧异的神色，环顾了铁轨那面的票房子，尽力搜寻我的记忆……可我的记忆只有一片空白。唯一可以忆及的，是黄色的票房子和票房子砖墙上涂了一层的那种土黄色的斑驳状。

我在站台上徜徉了几十步，水泥砌筑的站台，也已陈旧，有些坑坑洼洼。三十余年前我们全家人离开平泉时，留下的脚印肯定凝筑在水泥的台下了。我不知道这些杂沓的脚印留在那里，我只感到三十余年过去了，多少雨雪冰霜也过去了，有些旋起又落下的岁月风土，也尘埃落定了……如今我用笔来回忆这段往事时，我想起了刀郎与云朵唱的那支歌《爱是你我》……

回家后的第一个星期天，我立刻去父母那儿，我问：

"平泉火车站的票房子是不是黄色？"

父母一脸不解。我解释了半天，父母才知道我在1976年的初冬，借火车绕行路过平泉的机会，在平泉的在台上步行了一分半钟……

父母两人都说，记不起那座票房子的颜色了。

五 小站

27

如是，我懂了：何谓选择性记忆，何谓选择性遗忘……仿佛这一切都是不经意间做出的……

2007年，我在离别平泉六十余年后，于夏、秋两次踏上平泉的土地。我住在平泉县宾馆（先住老宾馆，又住同院的新宾馆）里，曾步行到大街上回忆寻归，一切惘然，什么都没有找到。

我再次到平泉火车站一观，还是黄色的票房子，还是那模样，我暗自问自己："它还认得我吗？"

没有人能回答。

有些记忆，后来我写进《辽河传》里去了，算是还了一笔心债。

我在火车站前的路上漫步，在一家路南的小店铺里要了一碗饸饹，老板娘看我吃得津津有味，问我：

"你是外地人吗？"

我说："不是，我是地地道道的平泉人，是吃平泉的饸饹，喝平泉的水长大的！"

她微笑着说："不错，你的口音也有平泉的饸饹味儿……"

饸饹味儿是什么味儿呢？

是乡音，还是什么？

其实，平泉的小米饭也不错哩……

在平泉，我抛弃了穿旧的旅游鞋，又买了一双新的白色的旅行鞋。——六十六岁的我，在我的出生地——平泉，要作我人生的第二次出发……

五
小
站

六 乡音·土话与母语

提起乡音，想起唐代著名诗人贺知章《回乡偶书》那首诗：

少小离家老大回，乡音无改鬓毛衰。

儿童相见不相识，笑问客从何处来。

贺知章在京都长安做官，离家在外，在官场、名利场中混迹于江湖，为人民服务五十余年，方才告老，辞官还乡，遇到乡俚小孩的相问，不免感慨万端。真的是人生易老天难老，岁岁重阳，世事沧桑，近乡情多怯，不免心发慌。惟有门前镜湖水，还是一湖蓝天碧水旧模样啊！可他的乡音没变！

由贺知章的感慨联想到乡音的话题，一千多年过去了，不沉重也沉重了。

乡音是乡土、乡民给一个地方的子民打上的难以摆脱的文化印记。印记也好，印痕也罢，在人世交往中一听就可以分辨出来的，首先是乡音。

燕北（以前称热河）地区，指承德、平泉、围场，再往北，宁城、赤峰、翁牛特、克什克腾，以及奈曼、敖汉诸地，口音也大体相似，极近于新中国成立以来提倡的普通话，只是比北京的土话少了一些"儿"化字眼。"北京"土话中的诘问句:"姥姥——"后一个"姥"字的尾音是上扬的,上扬中不免蕴含出一点儿倨傲的意味,而且也有那么一点儿冷嘲。

这种上扬还稍带一点拐弯的尾音,不光北京土话中所独有,在辽西,在锦州、葫芦岛、南票地区,也有,而且更明显。

问:"上哪儿去?"

答:"送个客(读 qiě)!"

"上哪儿去"的"去"字,问时有一个飘扬上浮的尾音,和北京土话中同样的问话近似,而辽西地区的这种上扬的尾音更明显。这种尾音,在北镇、阜新、盘锦地区的话语中,逐渐淡化,乃至完全消失,甚至改为轻音了。

这种有别于其他地区的语音特色,或可一言以蔽之曰:这是当地的土话。这类上扬的尾音,在我的故乡平泉人的口音中,是极少的。平泉与辽西,中间只隔了一道努鲁儿虎山。一道山便阻隔了语音的相融。据说,在福建,在广东,在贵州,在云南等地,隔山的人如隔世的情况屡见不鲜,辽西与燕北(热河),与滦县、乐亭、昌黎地区的口音有明显区别,也是尽人皆知的。

六十多岁的我退休后为写一部南源出自于平泉县马盂山的老哈河——辽河的河传,我抽暇走遍了上述诸地,不同地域、不同语音、不同的饮食引发了我的兴趣,可惜我没有更多的精力,也没语音学方面的知识准备,这样有趣的文化课题,只能企望他人去做,去研究了……

与遍及全国通行的以北京话为基础的普通话有很多具有明显地域差异的话语,常称为某某地域或地区的土话。有些土话,在陌生人或较少接触的人听来,是听不大懂的,虽然文字的书写还是汉字,可读音有别。一首《铁血丹心》的《射雕英雄传》

电视剧主题歌，甄妮的嗓音悦耳又动听，罗文的嗓音饱足了沧桑与豪壮，可是除了"在天边"等几个字外，这支粤语歌曲，美则美矣，可惜作为北方人的我，或是作为以燕北母语为基础的，掺杂了辽沈口音和哈尔滨口音的我，虽与北京话/普通话极相近，对粤语却一耳茫然，听了多遍也还是听不懂。虽然听不懂，但却不影响对那部电视剧的喜爱，更引发了我对甄妮、罗文用"国语"演唱的歌曲的兴趣。因为，她和他的歌喉实在太美，太悦耳，太动听了。

辛亥革命之后，到1949年新中国诞生，遍及全国的官方推广的话语叫"国语"，因此我小学一年级学的课本，就叫《国文》，北京大学相应的课目叫"国文门"，指的是一门功课，一门学问。但后来（不知何时、何故）则改了叫《语文》。小学的《算术》，也改称为《数学》，则是关于数字与数的学问，二者有微妙的差异，难以一言以蔽之，不说亦罢。算术课里有鸡兔同笼，告诉你几个头，几只脚而求鸡兔各多少之类的算题；而数学课中，多算以推广先进技术增了产，共增了多少斤之类……前者学习目的不明确，学会了当一名小店铺的账房（如大数学家华罗庚的早年……），而后者不仅为政治服务，捎带也为生产队培养了会计。

话又扯远了。现在，我们再折回来，说一说土话。

土话也是挺有意味的。山东人称我叫"俺"，我们叫"俺们"……辽沈的话语中称我，却叫"咱"，如"咱爸，咱妈"，其意思是"我们的爸，我们的妈"，我们代表的是一群同胞的兄弟姐妹。电视剧的普及，让"咱爸、咱妈"的认同率大增。相反，"我们爸，我们妈"的说法，已近乎绝迹了。普通话或如今在港、澳、台中流行的"国语"中，答应或认同时，可以说"是，是的"，北方人答应语中，也称"嗯"或"中"……之类，而在黑龙江的许多地方，却叫"嗯哪"。"嗯哪"作为答应语是否与松、辽、蒙各地流行二人转有关呢？我说不清楚。但在二人转的某些唱词中有"嗯哪"二字，却是不争的事实。二人转的许多唱词、唱法也是有曲调的，如《我的家在东北松花江上》如今成了流行歌曲，它原来的曲调却是《红柳子》。《红柳子》的曲调是怎么来的，我不知道，它与《西江月》、《满江红》之类的词牌有否关系，我也说不清楚。2007年夏天，我走访辽河、辽长城，在敖汉旗的一家宾馆里，和居于一室的一位年轻朋友闲聊。他原来是二人转演员，也会唱内蒙古的二人台和长调。我认识他时，他是一位曲艺人的走穴者。他告诉我说：二人转的曲调乃是明清以来闯关东人从关内带到松辽——关外来的地方曲调的变种，至于其他的什么源与流之类，他也说不清。

所谓土话，在同乡人耳中，就是乡音。乡音是辨别是否有桑梓之谊的最好的凭证。它比自报籍贯、身份证或古时的告身，今天的介绍信都管用。可是时间久了，几代人之后，情况就不一样了。

大散文家韩愈的郡望是昌黎郡，可他却生于河南河阳（今孟县），和大诗人杜甫老家巩县，中间只隔了一条黄河，如果他二人穿越一下时空，对话是能听懂的。若是同出生于蜀地的陈子昂或宋代的苏东坡交流，我猜想，一定没有困难。

然而，土话不仅是一个特定地域的话语的标识，在相关地域或地区人看来，却是很自然的。外人或讥讽土音有一点儿侉，其实操土话之语的人，也会反唇相讥。

不管是什么土话，在操持者那里，都称之为母语。

何谓母语？

母语乃是指本民族之语。《辞海》解释说："汉语为汉族

33

成员的母语。"这个定义，略去了不同地域或地区间同为汉族人话语与语音中的区别，说的是共性。然而，共性也不排除特性或个性。

母语的学术定义是：指同一语系中作为各种语言的共同始源的一种语言。还是《辞海》同样解释说："如俗拉丁语被认为是法语、意大利语、罗马尼亚语等罗曼语的母语。"接着，它又说："在历史比较语言学中，为追溯同一语系诸语言的共同来源所构拟的基础，并称为母语。"

看来，母语的概念或定义不是唯一的。

每一个人都由母亲所生，绝大多数人也为母亲所养大。

一个人由母亲所生，又由母乳或母亲所养大，那么在母亲的教养下，他所操持的语言源自母亲、父亲，以及族人与相近的邻人或与周围人接触，形成了自己的语言风格，包括用词、句法、语调等。总之，他的语言源自母亲的成分大，母亲（也包括养父母）的语言便是他操持语言的真正的（也可以称之为狭义的）母语。如果扩展一下，形成母语的乡土，我们也可以称之为母土。

诗人席慕蓉的《父亲的草原母亲的河》诗与歌中所唱的"虽然我今天不能用母语来诉说，请接纳我的悲伤，我的欢乐……"

不错，她是高原的孩子，可她却不会讲父母所操持的蒙古语——母语了。原因是时代与她的教育和生境使然，是一个特例。然而，她后来嫁给了汉族人，她又用汉语抚养儿女，用汉语写作与思考，汉语是她的第二母语，却又是她儿子、女儿的母语了。

顺便说明一句，席慕蓉的母亲名字叫巴音比力格，世居内蒙古赤峰克什克腾旗。她的父亲是内蒙古锡林郭勒人，父亲的草原就是锡林郭勒草原；锡林郭勒草原位于大兴安岭西南麓，地跨在松花江与辽河之西，又在平泉的西北。因此，无论怎么说，和我这位居于黑龙江，长于松花江中游哈尔滨六十余年的笔者，都有乡谊可攀呢！

这位画家兼诗人席慕蓉和我是同龄人，她的画作我没有见过，可她的诗作却是打开我心壁的钥匙，和我的心音不断产生一些共鸣。她诗中的语调，她的识见，她的情怀况味儿，她的欢与乐，她的关于母语的一些倾诉……总之，她的诗情与诗感，我都非常喜欢。她的第二母语和我的母语，有着千丝万缕的，不可分割的血肉之情。

七 平泉，平泉

我第一次坐上了火车。

火车是拉运货物的那种闷罐车。

闷罐车是封闭的，两侧安有拉门，铁制的，开与关都非常沉重。

车开动了以后，我记得我父亲用力去关两侧敞开的门，却没有成功。车厢里装了一些大包大包的棉花，并不多，这样在两端大包大包棉花货物的中间，则有一大片足够我们五口之家的人休息和活动的空间。

老三已经在母亲的摇篮曲中，或更准确地说，是在火车行进中车轮叩击铁轨的嗒嗒声中睡熟了。我和老二坐在车厢板上摆弄那只银样镴枪头。银样镴枪头是我们与韩老六家告别时，家驹妈妈说服家驹送给我的。此前，我母亲在收拾家中杂物时，将那个装有少半罐的冰糖块，给了他家。这样一来，在火车上乘坐的一天，我和二弟就轮流着玩它，不太寂寞了。

铁路上本来有客车，然而我们却搭着货车而行。

若干年后，我和父母谈起离开平泉，返回父亲的故乡海城时，父亲说，等了好几天也没有买到客运票，搭了货车奔往辽宁锦州，还是托了人花钱打点后才成行的。那时，不是客车票难买，而是根本就不卖。时局紧张，这条线路客车时常停运，当时是什么情况，任谁也说不大清楚。

火车在奔驰，我感到速度很快，车厢的门敞着，钻进车厢里的风扑打着我们的脸，我无暇，也无意观看车外路旁的景色，只见大地向后退去，车门外掠过一些树影，远处大地在旋转。萧索的村庄伏在远处，无声无息……我也有些困倦。我和二弟躺在垛有棉花包的过道上，母亲给铺了一块小薄被，渐渐地闭上了眼睛，在朦胧中枕着车轮与铁轨的叩击声，进入了梦乡。

就这样，我们一家离开了燕北，告别了平泉这个生我养我的小城，离开了瀑河（读 bào，滦河左岸支流）与老哈河滋养的盆地平原。平泉是燕北的一个小县，原名叫八沟，也就是说，从承德向东，有基本上呈南北纵向的沟壑，一共八道沟。以前，这八道沟自西向东便分别以头道沟、二道沟……依次命名，平泉的初名便叫八沟。清朝康熙大帝北行，路过八沟，见平地上涌出一股泉水，就将此地改称平泉至今。乾隆年间，年轻好胜的乾隆帝亦步亦趋地重走他爷爷康熙大帝（爱新觉罗·玄烨）北巡的老路，探视老哈河——西辽河。他路过平泉时，再次光临平泉涌出泉水之地，泉水汇成小溪，向东流注入瀑河。据说，乾隆骑马走过小溪，小溪的清水让他想起了《诗经·魏风·伐檀》诗中"河水清且涟漪"之句，一高兴便跳下马来，问明了"平泉"的地名是他祖父康熙大帝给起的，他心中埋藏着一个"他要比他爷爷走得更远"的雄心，便返回大帐，唤了小答应：

"拿笔来！"

太监立刻与小答应们忙了起来。

乾隆喝了一杯用平泉泉水烧煮的绿茶——六安瓜片以后，茶的清冽甘芳，让他大快朵颐。他乘兴挥毫，端端正正地写了"平泉"两个楷体大字。如今，"平泉"二字不仅刻在了已陷入地平线以下的，用汉白玉雕砌的平泉四周井栏的南面，成为平泉的御制遗迹，而且在平泉泉址地之南，距泉址约一百多米的路中间，也立了一个地名碑，上面镌刻的还是乾隆帝的御笔二字平泉。——乾隆爷写的平泉两个字，非常大气。

平泉无疑是一个风水宝地：物华天宝，人杰地灵。或许是我们哥兄弟三人过早地离开吧，我们得到这片母土与母亲泉、母亲河的滋养太小，也未可知。反正我们最终仍只是三个普通人，同那个后来留学德国，学画又写诗与散文的蒙古族姐妹席慕蓉先生（居于西拉木伦母亲河）相比，真是惭愧得很啊！……

我们一家五口人就这样离开了平泉。孰料，平泉作为我们兄弟三人的出生地，以及父母曾经生活过的地方嗣后，平泉作为一个符号，却永远地跟我们一家连在了一起，写进户口本，写进履历表，写进档案……写进有关我们身份的一切文件、表格之中，成了我们不能遗忘，或想忘也忘不掉的一个人生的"胎记"。所以，在经历了六十多年的人生风雨之后，我又借助于撰写《辽河传》，考察辽河南源老哈河源头国家森林公园的机会，重返故乡旧地，为的是寻找我童年时遗落在故乡母土地上的笑声与记忆……这一年，我先是从宁城南行进入平泉，几个月以后，我又从北京北上，穿过长城和燕山，过金山岭脚下，越过几条地图上尽可以指数的七道沟桥，从南向北进入平泉。两次，坐的都是汽车，为的是更好地观察平泉周围的山和水。山和水是故乡文化的承载体呀！

平泉植根于我生命的深处，它像一个孤独的怪影跟在我的身后，或是贴在我的脊梁上，如一片永不消逝的膏药。这片膏药贴在我的后脊梁的两肩胛骨中间的上方——也就是心房的后壁，跟随着我，和我一起先是乘坐火车离开了平泉，然后辗转地来到我父、祖的故乡海城，后来又跟随我乘坐另一次火车北上，到了沈阳，到了我母亲和母族的故乡。我在那里上了小学，大概就是从这时开始，平泉二字被写在一张纸制的籍贯一栏的表格里，直到永远……

或问："永远到底有多远？"

我不知道。我先是请教过著名女作家铁凝的书，可之后仍然一头雾水。"永远"二字的含义，我真的搞不清。

一言以蔽之曰："平泉"这两个字，我这辈子算是与之结缘，不可分离的了……

闲话又岔出去二里多地，下边还是言归正传吧！

"咣啷"一声，火车停车了，据说是站外停车。

这一声"咣啷"不要紧，把我们全家都震激凌了。

我和二弟、三弟都醒了……

一瞬间，却出了大事。原来，在我们三个小男孩入睡之时，父亲母亲架起了一个炭火的小炉子，为的是给我们烧菜准备午饭，锅里煮的大概是小白菜之类的青菜……方才火车一刹车，炭火炉里的火星子迸了出来，大概是崩到炉边的那片小被上，小被的一处地方冒了烟……

先是母亲惊叫了一声，醒了的我们都跑了过来，父亲提来了一个柳罐式的小桶，可小桶只有一点点水，水都让我们喝了，就是这点剩下的水，也被泼到小被上。急中生智的父亲叫了我和二弟过来，问："有尿吗？"

我俩朝小被上分别撒了一泡尿……

母亲抱起褓褓中的老三，"嘶嘶嘶……"母亲打着口哨，把老三的一泡尿也浇到小被上了……

又是"咣当"的一声,火车开动了,风吹了进来,炉火已熄灭了,半生半熟的菜锅放在炉子上。父亲还是不放心,他双手卷起了小被,叠了个四方形,从敞开的车门扔了出去……那个小被在风吹中抖开,像童话里的阿拉伯飞毯一样,在空中上上下下地漂浮了一番后,方才落在地上……

父亲和母亲这才安静下来,他俩都长出了一口气。

火车不断加速,开得快了一些,当晚我们到了锦州。

锦州是我五六岁那年离开平泉,奔往辽南海城进入辽地的第一大站。

等待着我们的是一种什么样的命运呢?

平泉,平泉,让我们遗落在燕山以北,辽河源头了……

八 童年的味道

故乡也是自己的恋人，与我难以割舍。她如影随形，总跟在我的身后，除非在暗夜，伸手不见五指的时候，你才看不见她。不过，那时她在我的心中。一旦有了如星似月的光亮，影子又在我的身后出现了，故乡就这样同我无法分离。故乡是什么？故乡是塑造我们每一个人幼年，亦即是童年的文化之魂魄的神祇啊！

我喜欢故乡的荞麦面做的饸饹；

我喜欢故乡的小米饭；

我还喜欢故乡的红杏与酸枣……

说起红杏，人们并不陌生，在中国北方，杏树到处可见。有的杏熟了，表面上呈现红色，吃时香甜柔软，十分可口。未熟的时候，杏子是绿色的，大一点儿的也叫青杏，酸度大，酸还没有转成甜味儿，不用吃，只要一看，牙龈里就因酸生津，这让人想起曹操大军败于赤壁之后，行军途中士兵缺水，曹操用马鞭朝前一指说：

"那边有一片梅林！"

于是，战士的口渴便因舌尖生津而减轻了……

青杏与青梅，有异曲同工之妙……

前些年，我结识一个与我同龄的熟人，她的名字就叫红杏。那是她的大名，她的姓氏加上红杏二字，就是她户口、身份证与工资卡上的名字。在好奇中，有一次我请教她，问她名字的来源。她告诉我，小时她家在河北某地的乡下，妈妈生她时，正好家里院中的那棵杏树结的杏果儿红了，一树的红颜，累累红珠，她爸爸就给她起了个"红杏"的名字，直到渐入古稀之年，她仍是一枚红杏。

我开玩笑地说：

"有一个成语叫红杏出墙，你的这个名字容易引发联想呢！"

她说："红杏象征着春天的生机勃勃，满园春色关不住，一枝红杏才出墙来！小小的青杏虽悬挂于枝头，藏在枝叶间，没人注意哩！"

我听了微微一笑，于是她背诵了两首关于红杏的诗：

一首是叶绍翁的《游园不值》：

应怜屐齿印苍苔，小扣柴扉久不开。
春色满园关不住，一枝红杏出墙来。

还有一首叫《上高侍郎》，是唐代诗人高蟾的作品：

天上碧桃和露种，日边红杏倚云栽。
芙蓉生在秋江上，不向东风怨未开。

她把诗背毕，我和在场的人拊掌叫好。——若干年后的今天，我在此处提到此事，是说人与故乡，童年与故乡的风物，都可能存在着不可分割的联系。

不过，有的朋友还是不客气地，欲以女人红杏出墙为由说事。红杏笑着说：

"出墙不出轨，汝有何为？"

又是一阵拊掌大笑。

我在此文中记述这件事，是想说，人在童年的故乡风物为之打上的烙印，会牢记终生，除了直接纳入名字之外，也还有记忆、怀想和思念哩……

和那一位名叫红杏的女士相似，童年时我多次吃到故乡平泉的酸枣，齿间的酸甜，也给我留下了长久的，难以忘怀的印记。

五岁时那年离开平泉以后，童年吃过的酸枣随之便藏于舌尖与记忆的深处，几乎不可复见了！

后来上小学，课本中有一篇栽种果树的课文，讲的也是河北地区的事吧，课文说：

"桃三杏四梨五年，核桃柿子六七年，酸枣当年能卖钱……"

因为课文中谈到"钱"字，后来为割资本主义尾巴，把这篇课文也割掉了。可在我们学习这篇课文的年代，课文教导小学生的是多栽果树，就像当年柳宗元先生提倡多种柳树似的，因而循循善诱地告诉小学生们：桃树栽下三年后，可以长出桃子来；杏树栽了四年时，也可以结下杏来；梨的栽种时间长达五年，长一些；而核桃树与柿子树成长的时间更长，当然这一切均是由于不同的植物有不同的生长发育期所决定的。而酸枣就不同了，生得快，成果也快，春天栽了，秋天就可长出酸枣来，所以课文中说：

"酸枣当年能卖钱……"

话中的含义是，有条件的话，不妨多种些酸枣儿。

"酸枣当年能卖钱……"这句话的含义中，还有酸枣是劳苦大众喜欢的小吃的况味儿，好卖得很呢！

童年时，居韩家园子，给我留深刻记忆的，一是酸甜可口好吃的杏子，另一种就是红色的酸枣儿。

这么多年，我已经老了，我无数次地见过杏树，也摘过青杏和红杏（但最好吃的还是新疆的黄杏），却没有见过酸枣树什么样儿，也没有见过挂在酸枣树母枝上的酸枣的样子。

《现代汉语词典》酸枣条说：

"酸枣树，落叶灌木或乔木，枝上有刺，叶子长椭圆形，边缘有细锯齿，花黄绿色，果实长圆形，暗红色，肉质薄，味酸。核仁可以入药，有健胃、安眠等作用，也叫棘。"

释文中的记述和我的记忆略有差别。在我的记忆中，酸枣儿果实是圆形的，可能品种不同吧。我吃过的酸枣儿，虽说整体为圆形，其果实因皮肉薄而常有一两处下塌的瘪坑，也就是凹下去了，酸得很，仅有一点极小的甜味儿。就这点儿甜味儿，却诱我们多吃，乃至吃到直吐酸水……

多年没有吃到酸枣儿了。

十几年前，大约在刚过六十的时候，有一天逛超市，在远大的地下超市见到有酸枣果汁出售，我看了一看，原产地在晋北，心想应该是正宗，我买了五瓶回去，品尝中，酸味儿不多，大概是多掺加了糖或甜味剂的缘故吧。总之，与童年时留在我舌尖上的记忆，并不相同……

或许，童年时留下的酸枣儿的记忆，大概永远也找不回来了！或曰，记忆变了，扭曲了，亦未可知。

上述释文中的最后一句，"也叫棘"，也引起了我的注意。

44

西北诸省，有一种植物叫沙棘，所结的沙棘果儿，在电视屏幕上见过。那一年我步入古稀之年，与友人开车去大西北观光，考察长城，在陕、甘、宁，也就是当年红军建立革命根据地的地方，多次喝到"沙棘果汁"。汁为黄色，令人想起沙漠苍茫和野骆驼的奔跑，沙棘果汁，亦酸亦甜，果然同酸枣果汁差不太多。

——于是，我开始修正自己的记忆：酸枣汁儿、沙棘果汁儿，酸甜可口……我特爱喝。

在这种果汁的内蕴中，我找到了已失落多年的童年的味道……

九 锦海列车

太阳每天都是新的。

当第二天的日头升到三竿高,重新普照大地的时候,我们一家人都坐在锦州火车站前广场西南角一处的马路牙子上。父亲去找人购买到海城的火车票,母亲领我们三个臭小子坐在那里,瞅着父亲的背景消失在火车站站前广场熙熙攘攘的人群中,他向火车站的票房子那边走去,不一会儿便不见了。

人群攒动的场面留在了我的记忆中。父亲先是带点儿小跑,后来在人群中晃动,最后被人群所吞没的镜像,一直留在我的脑海里,数十年挥之不去,难以忘怀。以至于数十年之后,我多次经锦州火车站转车时,都要到锦州火车站站前广场西南角弧形的马路牙子边站一会儿,以再次确定我脑海中的记忆是否可靠,这样一来反而记得更牢了。

多次来到那里,物是人非,好像站前广场的弧形马路牙子并没有什么实质性的改变。只是马路边上的房子,原来多是平房小店,卖什么的都有,许多店铺还在,只是换了招牌,而近些年,那里都建起了高楼,楼的门市更繁华了。

我站在马路牙子附近,回想着数十年的人事变迁,我由一个五岁的小孩子从这里奔往辽南,一晃一个甲子多已过,我的脚印可能已被翻修的柏油、碎石或水泥压至地下。而地上呢，人事苍茫，地覆天翻的变迁，在时光的函数变量下，总是突兀而过。若我不言说，谁会知道站在那里一度沉默的我，心中会想到以前那些岁月的飘逸远去呢！

我们哥仨分别朝马路牙子不远处的下水口撒尿的时候，父亲回来了——他买了票，一脸的兴奋，一脸的红光，脚步也十分轻快。他向母亲说了几句买票的经过，指了指火车站的方向说：

"太巧了，从大凌河那边临时调来了两节车厢，我们买的是加车厢票！不对号，得快去票房子里排队吧！"

有了车票，可以进票房子候车了！

母亲听了，也一脸兴奋……

于是，父母大人带着我们三个孩子，便大包小裹地，背包罗伞地朝票房子走去……

记忆到此中断，以下的情况早已漫漶不清，不复回想了……

当我的记忆再次能够连接起来时，我们已挤进火车的车厢里了……

父亲先挤进火车，我们三个孩子和那些随身带的乱七八糟的东西，也从车窗中递了进去，然后母亲也想从窗户挤进去，无奈车窗太高挤不进去。她又挤到车门的人堆里，不知费了多大的劲儿，终于挤上了车……一时间不见了母亲的身影，褓褓中的老三大概是饿了，哇哇地哭了起来。本来就乱糟糟的，像下饺子似地车厢里挤满了人，嘈杂声，嗡嗡地乱哄哄声，以及老三和别的旅客孩子们的哭叫声，杂陈在一起。父亲让我和老二站在座椅上，他抱着老三，又挥手召唤向这边缓慢挤过来的母亲，我瞪着大眼睛看母亲挤过来，也挥手招呼着……

就在这样纷乱的情况下，一声火车汽笛的尖叫，随后是机车放汽的扑哧、扑哧、扑哧三声，终于火车缓慢地开动了。

拥挤的人群在车厢中的场面，留在我的记忆中，十分深刻，不能忘却。回想起来，关于火车中拥挤的场面，在我的记忆中，留下深刻印象的有三次。

印象一：那是在1961年的初冬，所谓三年困难时期，我和念中学的老三，从三棵树火车站上车，坐往来于郊区间的闷罐车，到哈尔滨的远郊小站下车，去寻找丢弃在菜地中的白菜帮子、小萝卜、胡萝卜缨子、小甜菜疙瘩一类的东西果腹。那年头，唯一挥之不去的，是一个词——饿！捡拾这些东西的目的，就是相对应的一个字——吃！可以捡拾的东西虽然少得可怜，而且每天都有人乘车出来拾，可以捡回来凑合能吃的东西越来越少，可乘车到远郊来碰运气的人越来越多。以至于有一天，我们乘闷罐车向牛家、山河屯方向去，挤上了闷罐车一看，人多为患，竟然像插冰棍一样，大家你挤我，我靠你连弯腰都困难……有人说了一句俏皮语：

"呵！捡菜的，比菜还多呀！"

车上一阵哄笑——有什么办法呢？

"无奈肚子太瘪，总是没底呀！"有人接着说。

虽然如此，却没有骂街的……

印象二：在"文革"中，上海、浙江的知青下乡上山，据说连同本省的知青有一百余万人。在同江县乐业公社工作的浙江支边青年带队老师龙彼德，后来以写诗著名全国。他后来与一位知青相恋，结为伉俪。七五年，在一次工农兵学商诸行业业余作者的座谈会上，我与已著大名的龙彼德相识，以后便有书信往来，直到今天。记得，可能是第二年的春节前吧，龙兄来信，让我给他在哈尔滨买两张由三棵树发往上海方向的火车票。我那时在工厂当技术员，常去上海出差，其实每次出差都是托人买票。这次接到他的信，为了哥们儿能携女友回家过年，我无论如何这个忙也得帮，因为那时去上海的火车票实在太紧张了。尤其是过年，许多知青返城回母亲家过年，因而去上海的火车票难买得很。想来想去，托了我厂的供销员小徐。小徐的哥哥大徐与我不错，由兄及弟，小徐一听，却爽快地答应了。两天后，他递给我两张无座号的票。……

票买来了，老龙携女友在火车站与我见了面，只有一个多小时的时间，他来的火车还晚了点，只有几十分钟的空当儿，

九
锦海列车

49

连吃碗热汤面条儿的时间也没有。我就陪他俩在候车室排队……吸了两支烟的工夫，开始检票，我买了站台票送他们俩……到了站台，来到了票号的车厢门口，我一看才傻了眼，原来旅客早已爆满，连往车厢上挤都十分困难。女友是一位瘦俏的女知青（若干年后，她发了这福。前三年老龙携夫人随旅游团北上漠河，我们再次相见，老龙瘦了，大概是身上的精华都化作了诗，宣泄得透支了，妻子却神采奕奕，胖了……），她先背了一个包被我二人推挤上了车，然后是老龙，把包递上去一个，他背起剩下的一个包，向车上挤，我在他后背上推……

终于在火车开动前关门的一刹那间，他才真正地被关在车厢门里了……

他甚至连回头喊一声再见，都不可能，因为他转不过身来面向车门，我只见门里他的后脑勺！

印象三：2001 年秋天，我带了相机、地图、笔记本西行，为的是考察嫩江，为写《松花江传》作准备。我乘长途汽车，先到了吉林省松原市，这里因产石油而城市扩大了起来。于是我乘出租车到了松花江畔，择地拍照……然后，去白城市，去大安，去科尔沁右翼中旗，再从那北返，过突泉、扎赉特旗、乌兰浩特、扎兰屯、阿荣旗……一路考察嫩江右岸的湿地、森林、草原、城市，感受内蒙古东部诸地的风土人情，大开眼界……在阿荣旗，我在诗人王忠范的帮助下，他派车拉我去莫尔达瓦，抢拍了金元边堡起点七家子屯没入尼尔基水库前的情景。此时，天已降温，我穿得少，不想再北上了，便让他们的车开过嫩江大桥，把我送到讷河县。在讷河，急于回家的我便排队在火车站买了一张加格达奇开往哈尔滨的客车票——有座号。

我挺高兴，坐他一宿，第二天早上也就到家了。

可一上了车却傻了眼，车厢里已挤得水泄不通，过道里站满了人。车开动时，我还在车门附近，挤不进去。这时，忽然来了一位女乘员，我见她来了，便对她说：

"我有座号票，可挤不进去……"

她接过我的号票，看了看，说了一声"跟我来！"

我跟在她的身后，七挤八挤终于挤到列车中部，我的票坐处，那儿已坐了一位中年男子，女乘务员问他："你票呢？"

那位男子不情愿地站了起来，佯装摸票，并没有摸出什么来。女乘务员看了一下座号，又对了我的车票，让我坐在座位上。我对她一直道谢不迭。她说："人多，不容易，相互多担待些吧！"然后，她冲那位男子说："你没票快补票！"

正在那位男子随女乘务员向车厢头挤去的时候，忽然车厢两头挤来许多旅客，随着人群的挪动，传来车长与乘务员的声音：

"检票了！没票的快补票！"

原来，没有买票的人那么多！……

闲话休提，现在放下三次挤车的经历，再回到童年的那趟列车上去。

童年的那趟经由锦州开往大连的列车，是在非常时期，非常年月中的一趟。列车本是运兵车，国民党的中央军由关内向关外运兵，车运紧张，这列火车只挂了三节客车车厢（其他均是运兵的闷罐车），对民众卖票很少，如此火车厢内，当然人满为患了。

人多是中国的一大特点，什么战争啦、饥荒啦，瘟疫啦等等，在人口学家的理论中，可称为减少人口的"自然调节"手段，在我们的土地上，似乎无济于事，20世纪是中国人口增长最快的一百年……

车厢里还是那么挤，嗡嗡嗡地，连车轮叩击铁轨的声音也变得微弱了。

汗酸味儿，脚臭味儿，还有腥味、臊味等什么味儿，都杂乱地混于车厢中，在空气里飘散。孩子们的哭叫声不时传来，忽然老三要尿尿。人这么多，咋办？父亲指指火车车窗，让母亲抱着老三朝窗下的缝儿尿，尿就可以从窗缝儿淌到窗外去。母亲抱着老三，老三果然尿了出来……孰料，窗外边忽然刮起了一股旋风，风向窗内吹来，这一串尿被风吹散，刮到车厢里，父亲、母亲都淋了半身……

有一位站在我们座椅旁的半大老头儿，刮了一脸，父亲抱歉地掏出手巾递给老头儿，老头儿示意不要，他说：

"童子尿，不碍事的！"

于是，他和我的父亲、母亲攀谈了起来。

他说："我是走江湖的卦师，给你们算一卦吧！"

我父亲连忙摇手拒绝。……此后长大我才知道，父亲不信这个……母亲是旗人，母亲信。可母亲是位家庭妇女。旧社会，女人嫁汉嫁汉，穿衣吃饭。她的命运，还不是和男人的命运拴在一起么。父亲也不同意给母亲算。

"我不收钱的！"半大老头儿说。他有两道慈善的眉毛，下边是一对慈善的目光，他笑语吟吟……我母亲憋不住，就说："你给我大儿子算一卦，行吗？"

母亲指了指我。我诧异地睁大了眼睛，似懂非懂地瞅着那个微笑的老头儿。

老头儿从口袋里摸出来几枚酸枣，给了我和二弟三弟一人一枚，我把玩了一会儿，才放进口中。

母亲说出了我的生辰八字，老头儿用手指掐算了半天说：

"这孩子，有些波难，但都不大，每次都有贵人相助。……至于财运吗，穷不了，也不会大富大贵。有点儿财运，也是薄蜡金——薄薄地敷在蜡烛外面的那层金，不会多，是的，不会多……"

　　老头儿是个奇怪的人。当他用手掐算了之后，便半眯缝着眼睛，深深地沉浸在某种冥想里，像是和某一种神明或神灵在对话，在沟通……

　　我听不懂这一切。这些，都是成年后低工资时代和父母在一起闲聊时，母亲想起被尿淋湿的老头儿时说的。

　　母亲笑着说："也是合该老头儿运气不佳。正当他在那儿闭目养神式地自言自语时，他对面一个抱了女孩的母亲，忽的"哎呀"叫一声。那个襁褓中的女孩拉屎了，竟弄了她妈妈一身，也溅到了半大老头的裤子上……酸臭的屎尿味儿，立刻弥漫开来。"

　　被溅了一身污的半大老头儿——这位江湖术士，站了起来，他说：

　　"这孩子窜糯杆稀了！"

　　然后，他接过女孩子妈妈递过来的尿布，擦了擦裤子上的稀屎，屎擦掉了，裤子还是湿了一大片。他叹了一口气，才朝车厢那头的厕所走去。

　　在他的身后，哄起了一片骂声、嘲笑声……

十 城墙脚下

到了海城，我家住在城内紧挨着城墙的一个院子里。

那时，城墙已经局部坍塌，这个院子就坐落在一处坍塌的城墙脚下。沿着城墙坍塌的砖和土，可以攀到城墙上面。城墙很高，坍塌的砖与土形成了杂乱的犬牙交错的情形，地上长满了蒿草和小树丛，总之是荆棘丛生，令我这个才六岁的小孩子，虽充满了好奇，却没有滋生出登上去的一闪念。

院内的青砖房屋，人称秦砖汉瓦，是一幢有四个房间的平房，我家住西侧的一间半，那个半间开门在西侧的第二间左侧，有锅台和灶坑，灶坑边开了门，可以直接进入西间我家的卧室。锅灶砌在门边儿。我们睡觉时，头朝屋内，脚对着南窗，南窗分割成许多半尺左右的木方格，格上有玻璃，屋内有阳光，很明亮。屋地还有一块空间，但我和二弟玩耍却要跑到屋外的院子里。

院子挺大，我不记得院子有没有院墙，好像没有，反正屋前有一块空地，可以放肆地玩儿……

进了开灶的门，右边的锅灶就是东侧占了两间半那家。那家是房东还是房客，我也不知道。许多年以后，忆起时，我问父母大人，连父母大人也记不清了。因为我们在这里住的时间不长。东边的这家，住的两间半屋共四五口人都是大人，没有小孩子，我和老二不淘气时，好像颇得他家人的喜欢。他家姓什么，也忘了，为了方便起见，我这里就记他家姓 X 吧。我们在屋外空前的地上玩时，忽然发现韩老六家小哥家驹给的银样镴枪头没有了，母亲说："八成丢在火车上了！"

老二有点儿哭丧脸儿，好在院东靠城墙的坍土堆上有几丛柳树，家大人折来三根粗柳条，每人给我们做了一根棍棒。因为，自从我们听了孙悟空的故事后，又对金箍棒感兴趣了。老三已经下地学走了，咿咿呀呀地学语，也拿了一根小棍子，跟着我和老二身后玩儿。

一天，东邻的 X 家来了一个小孩和一位老者，是东邻家的亲戚，祖孙俩来此串门（其实是"避难"，因为听说营口那边要打仗了，他俩来投奔亲戚）。祖孙来了之后，便招来了几个小孩儿，原来老者是一位私塾先生，他设馆教书，收几个小钱儿，混碗饭吃，这样他在 X 家吃饭搭伙，总算还能直起腰板儿。

开课时，教室设在西厢房中，西厢房在我家住屋的西边，原是一个下屋，有门有窗，收拾一下便上课了。课桌是四只板凳两两各搭一块板儿，成了课桌，孩子们坐了自带的小凳在桌前听老者——也就是 X 老师讲课。

讲课的事儿是有的，回忆起来，父母说开讲之初还有拜至圣先师孔老夫子的一幕，可惜我不记得了。父母还说，彼时城里设有小学，日伪垮台，国民党奔来。世上凌乱，有的学校不上课了，这位 X 姓的长者，才有此一举。

我也到了可以上学的年龄，可家还没安顿下来，父母大人也就没让上。可我对那六七个孩子坐在东侧房听 X 先生（先生者，老师也）讲课，非常感兴趣，便也搬来一个小板凳，坐在门槛附近，边听边玩儿。

这样一来家大人就不好意思了，也交了钱（这钱不叫钱，叫束修。何以如此？也是沿用了至圣先师孔子孔老先生的叫法），让我进去听课，还买来了铅笔和毛笔，堂堂正正地拜了师，做起 X 老先生的门生——学生来。——这里，我要致歉地说，既然拜了师，又忘了先生尊姓大名，大不敬也！

先生的教学就是跟着他念课文。没有课本，课本是先生自己用毛笔写的手抄本，蝇头小楷，所以他的收费是有所值的。于是，我们便跟着先生念《三字经》：

"人之初，性本善。性相近，习相远。……"

又念《百家姓》：

"赵钱孙李，周吴郑王。……"

又念《千字文》：

"天地玄黄，宇宙洪荒。……"

又念《千家诗》，那是一首程颢写的名叫《春日偶成》的诗：

"云淡风轻近午天，傍花随柳过前川。时人不知余心乐，将谓偷闲学少年。"

这就是所谓的儿童启蒙课本——三百千千。因为，这些所谓的课文，那时我虽然弄不懂是什么意思，读起来却朗朗上口，有点儿喜欢，所以就跟着先生念，不知所云，先生也不解释，只要念出声就可以了。

课上得挺慢，每天学那么一点点儿，然后便学写字。用铅笔写，小孩子嫌铅笔写出的字不黑，便用舌头舔吐沫。先生说，铅笔的"铅"有毒，不能用舌头舔，可小孩子们改不了。再加上用铅笔写字，小孩子手力把握不好，常将铅笔尖折断，孩子小，家长不让带削铅笔的小刀。……于是，没几天，就将写铅字方格的课停了，全体学生改学毛笔字，先练笔画，然后描仿，用一种半透明的纸，下面垫了"仿影"的字，照着仿影上的字一笔一画地按先生的指导写。孩子们基础不一样，参差不齐，有的学过，有的没学过，我属于没学过的那一伙儿，便先从研墨开练，一直到写大字。仿影也是 X 先生写好发给大伙的，楷体字，是欧阳询，还是褚遂良，记不大清了。

上课时，母亲便得照看二弟和老三，一眼照看不到，他们便闯进教室来了。"吱呀"，门一推开，二弟和老三便喊一声：

"大哥！"

大伙随喊声回头看，原来我们朝北坐，而门窗朝南，门窗都在我们的背后，只有先生面对着门窗。这时，先生就弯腰对二弟说：

"小朋友，你要学习，得再过那么一两年……"

老二老三被先生拉着手领到课堂外。他俩被送出了侧屋的门，门里还在上课，老二和老三在外边便怔怔地朝侧屋门瞅着。老三还小，此刻他还拉不开门呢！

母亲闻声跑过来，对先生一个劲儿地道歉：

"对不起、对不起，又打扰了！……"

时间就这样一天天地过去，我的文化的童年就这样在海城县城墙下的一间仓房改成的课堂和私塾先生的教育下，开始了启蒙。

一天下午，父亲回家早。全家吃了苞米面饼子和高粱米粥炖白菜土豆粉条的晚饭后，父亲来了兴致，说要带我们全家爬坡，攀登城墙去。我们都很兴奋，拍着手——我手上的墨迹没洗净，父母哄我们每人洗了一把脸，提上柳条棍儿，便出发了。

原来，登城墙也是有条路的。路就在我家住房北边不远的

十
城墙脚下

57

地方。这路是修城墙时修筑的，路挺宽，呈坡状，宽度肯定有一丈多。这是后来听家大人说的，那时我人小，视线也低，估也估不准。可是这坡路有一半砌成了台阶，另一半是用带棱的石块砌的。为什么呢？

父亲向我们解释说："有台阶的一面儿，是兵士们上下行走的；带棱的坡路是给骑马上下城墙的武官们准备的。如此这般，完全是为了守城兵将的方便。文官登城墙若坐轿子时，轿夫们是将轿子抬上去的。噢，我明白了。其实，我根本不明白，原来脚下的路也是有等级的。

登上斑驳的城墙后，我为城墙的高耸感到壮观，不时地这瞅瞅，那看看，父亲抱了老三，母亲拉着老二，在这段尚保留了数十丈长的城墙上徜徉行走。豁口已经不少，父亲担心我的安全，盘桓了一番后，找了一处平地的地方停了下来，老三也放到地上。

天色已近在傍晚，向西瞭时，一轮红日正在悠悠地下落，满天火红，照亮了天壁。

"牛庄在城西，头台子村更在牛庄的西边，已靠近大辽河啦……"父亲喃喃地说，那里是他的家乡啊。

父亲知道我已学了一两首千家诗了，便突发兴致，教我说："我再教你一首唐诗吧！"

我点点头，父亲站了起来，挺了挺胸诵道：

"白日依山尽，辽河入海流。欲穷千里目，登上海城楼！"

母亲大笑不止。原来，母亲也上过学，不仅念过诗曰子云，还学过算术，初中毕业呢！

母亲让父亲把诗念得正经些，父亲微笑地摇摇头，母亲见此，拉过我的手指着西天的落日，诵出后来我知道是唐代诗人王之涣的《登鹳雀楼》诗："白日依山尽，黄河入海流。欲穷千里目，更上一层楼。"她接着又说，"诗里说的是黄河，不是辽河，也不是海城河！……"

我转身看着父亲，这时父亲好像突然沉浸在某一种忆想里，转身向东，面向东边的城外，城外东山一片夕照中的迷茫，在漫天的晚霞中，不知为什么，父亲突然唱起了京戏《空城计》中诸葛亮的唱词：

"我正在城楼观山景，忽见得城外兵马乱纷纷……"

城西的落日射出一片火红，海城县起起落落、高高低低的民居，也都蹲在暮色的暗红里，城内的半空中飘浮着一片淡蓝色的轻烟……

城东的大道直通向远方。远方有模糊的山影，由蓝变灰，由灰成黛，由红而变深而紫红的天际下，一条玉带般的河流蜿蜓远去，那是海城河。父亲感慨地说：

"明天，太阳依然从东边的天宇间升起，肯定还是一个响晴天啊！"

天色变暗了，凉风习习，我感到肩头发凉。于是，父母领我们沿原路走下城墙。

孰料，到了半夜，我、老二两个却忽然咳嗽发起烧来。我，似乎还轻些，老二咳得比我厉害。父亲从东邻 X 家借来了四个鸡蛋。我见父亲用筷子把鸡蛋两头都打了一个小洞，然后从圆头向尖头那边用力吹，鸡蛋清便漏进碗里。然后，母亲用手指蘸了鸡蛋清，在老二的前胸、后背上涂抹，又涂抹了手心手背儿，再涂脚心……据说，这是民间为发烧病人降温的方法，比打针似乎还灵……

第二天，我懒洋洋的，就没去上学。

X 先生听我和老二因登城墙看光景偶感风寒，发烧咳嗽，便到我家来看我。

先生摸了摸我的手腕，后来知道，那叫"号脉"，然后又让我吐了吐舌头，看了看。

"不管事的，"他笑着说，给了我母亲一小盒万金油，让她用手指涂少许在我的两太阳穴上……然后，他从 X 家要来了一叠黄纸，用刀裁下一张。他打开随身带的墨盒子，用笔挥了挥，便在一张黄纸上画了一个非常复杂的线绕状的图。我后来知道，那是道教的"符"。他把符画好，又用朱笔点了几点，嗣后将符

纸折起来，折成小孩子手掌那么大小的一叠，然后找了一些饭粒儿，将符纸粘到屋门的横框上。事毕，他又画了一个符，然后让母亲亲手将符纸团成一个小团儿，放在碗里，用火点燃，

烧成灰。先生让母亲取来温水，把灰冲了，然后又让我母亲将灰分成两份，分别在两个碗中盛了，加了一些红糖，让我和二弟喝了。这一切都做过之后，他又把老三撒的一泡尿，接在碗中，从口袋中摸出一粒药丸，扔在尿中，加了水冲开，然后他用中指和拇指蘸了，弹在屋地上，又出门点在堂屋地上，又跨过门槛儿，将剩余的全泼在门窗外边的地上。在我家南窗的窗框上有一个木牌，木牌旧了，老先生对木牌作了三个揖，然后摘下木牌，将木牌上模糊不清的字上的灰擦了擦，重新写上四个大字：太公在此。又恭恭敬敬地挂了上去。我问母亲："这是什么？"母亲说："辟邪驱鬼的！"在整个过程中，他念念有词，声音不大，我们也听不懂。不管怎么说，X先生对弟子我是一片好意，他的治疗方法，算是一种江湖传奇，道教秘籍吧……

临晌午，父亲回来了，买了治咳嗽散之类的汉医（现称中医）小药，又让我们掺了糖吃下——不掺糖，那种苦药，何以下咽？父亲还带回来一兜苹果，红通通的，给了我们哥仨一人一个。辽南的苹果闻名于世，其中以熊岳的苹果最知名，若干年后，我考察辽河，我认识的一位美女编辑W是熊岳人，她非要同我一起上路不可。可惜车坐不下，只好作罢。孰料，在我回来时，她告诉我，她与闺蜜开车自驾游，已去过了熊岳，而且从鲅鱼圈看海回归矣！

母亲告诉父亲，教私塾的X先生来过了……

父亲听了经过，皱了皱眉头，也没说什么。只听母亲又学了X先生的话说：

"城墙那地方，是古人打仗的战场啊！到处沾有血泪，有孤魂野鬼出没，大人没什么，小孩子还是不去的好啊！……"

母亲还要说什么，父亲用手势指了指邻居X家说："想必有些道理……不过，不管怎么样，这地方是不能住了！X家也得搬！要开战了，这房子已被军队征用了……"

"还得走？"母亲问。

"是的！"父亲说，"征用房子的当局给咱们家和X家都安排了地方——若是不想下乡投亲靠友，就得往那搬啊！"

"去哪？"母亲又问。

"还在城里……"父亲摸了摸我的头说。

我感到他的手很凉，很凉。

十一 小兵·子弹壳儿·军营哗变

在经历了许多周折之后，我家搬到海城县城里，老县衙门大院东侧的一个长条形的院子里，以后知道，我家在城墙脚下租住的房子和这个院里的房子是同一个主人。房东是有些来头的，父亲辗转地托人认识了他，他便顺水推舟地将长条院中的房子两小间租给了我家。

老 X 家迁到了这个长条院的北头，与我家隔了两三家。

我家住屋为这幢南北走向，开门朝西，即朝向县衙门东墙的房子的第二家。第一家是个单间，交给私塾 X 先生和他的孙子一起住。X 先生没钱租房，房东家不收取房租，免费让 X 先生住，条件是让 X 先生祖孙二人给看房子，因此 X 先生住在南端把头一家。南端有个角门，每天晚上由 X 先生负责关上角门。而房东一家，也姓 X，收了我们一年的房租，便带了全家几十口人，某天从营口坐船走了。"大概是去上海了。"父亲说。上海在哪儿？我不知道，问父亲，父亲说很远很远，到底多远，他也不知道，因为父亲也没有去过上海。他只说："上海在东海岸边，海城在渤海岸边……上海，大得很、远得很呢！"

房东给 X 先生一些高粱米、苞米面和一些煤，差不多够他祖孙二人吃用一年了，X 先生便不再教书。他的孙子小 X，不久便被送进县衙大院里，给住在那里的军厨当差，干杂活儿去了。果然，不久我们见到小X，小X身份变了，他穿了一身半旧的中央军的灰军装，成了一个小兵，只是袖子、裤筒都太长，只好挽起来。

小兵拿了一颗子弹壳，黄铜的，被手擦玩儿得铮亮，抿嘴一吹，呜呜直响，让我羡慕得不得了。我向他要，他不给；朝他借，他用手拿了让我吹几下，我吹不响，他便把手缩回去了。

子弹壳让我艳羡得心里痒痒的，我和母亲说，母亲叫来小X说，让他把子弹壳借给我玩半天，母亲用半天的时间，把他的军衣军裤袖子与裤筒给改短些。小兵先是不肯，后经小兵的爷爷老X先生说话，小兵才把子弹壳让我和二弟、三弟们把玩了一上午。我们三个人胡乱玩子弹壳的当下，母亲便用剪刀、手针给小兵修改了袖口与裤筒。改后的灰军装穿在小兵身上，果然精神了。衙门那边有人喊他，他便要回了子弹壳，飞也似的跑出了角门。原来，这个东长院是县衙门大院的护院，也有角门连通，只是此前角门已经上了锁，还用沙袋堆起来堵上了。不过，从那儿喊人还是蛮容易的。

出了角门向右拐一下，便是衙门口的大门。大门前有中央军的大兵站岗，小兵透露出他的子弹壳就是站岗大兵给他的。俗语说："衙门口朝南开，有理没钱莫进来。"说的是前清衙门。而此时的衙门大院已经驻扎了驻军，国民党接收大员们组成的县政府，在另一处日伪时盖的小楼处办公，而这个旧衙府地便成了军部的一个分部。里面住了什么人，外人也弄不清楚——作为小孩子的我更弄不清楚。让我唯一感兴趣的是，想朝站岗的大兵要一颗子弹壳儿。

大兵说："现时没有啊……"

我问："啥时有啊？"

他们说："等以后吧……"

我失望了。

大概玩腻了吧，小兵衣服的扣子掉了，我母亲给缝上了。他便把子弹壳给了我。子弹壳到了我手里，我高兴得不得了。

我拿在手里吹，吹了好几下也吹不响。

"小孩子，不能玩这个，你吹不响，还是还给我吧！"

说吧，他伸手往回要。正好看门的私塾 X 先生在场。X 先生一把拉住小兵说：

"给了人的东西，不可以往回要的！"

就这样，童子军似的小兵走了，子弹壳归了我。

子弹壳归了我，我还是吹不响它。可它铮明瓦亮地，总让我爱不释手。比我小两岁的二弟也喜欢子弹壳——那年头，小孩子没什么玩具，能玩儿的东西有限，子弹壳当然成了小孩子们的最爱，二弟索要，我不给他，他就哭。母亲来哄我："当大哥的，让弟弟玩儿一会吧！"

二弟拿着子弹壳在院子里飞跑，会走的老三便跟在二弟的身后索要。

母亲又哄二弟说："当二哥的，让弟弟玩儿一会吧！"

二弟瞅了瞅我，又瞅了瞅母亲，母亲拉着三弟的手，小手掌朝上张开着，二弟便把子弹给了三弟，三弟趔趄地走着，手里拿了子弹壳，这跑跑，那蹬蹬，玩得挺开心。……

我眼巴巴地瞅着二弟三弟，心里在盼望着，期待着，不知什么时候子弹壳会回到我的手中。

……就这样，稀里糊涂地过去了大半年。

岁月，真是倥偬如飞啊。

在二弟和三弟轮流玩子弹壳的时候，我便经常出了角门到衙门口站岗的大兵那儿，偶尔向大兵讨要子弹壳："大兵长官呀……"大兵总是笑着，双手一摊，表示没有。

站岗的大兵，也多是十几岁的大孩子。——为了打内战，国民党征兵，兵龄无疑地降低了。

转眼到了夏天，热得很，我穿了短袖衫和裤衩在岗哨大兵的跟前玩儿。突然间，阴云四合，下起了大雨。

雨哗哗地倾泻下来，天好像漏了一般。在雨中站岗的大兵躲进门槛里避雨，他大概是逗我玩儿，要不就是拿我开涮。他说："大兴（我乳名）你若是能在站口的大狮子边站着，不怕雨洗，我数一百个数，我就给你弄一颗子弹壳！"

我犹豫着，是去还是不去呢？石狮子早浇湿了，啪啪落下的雨水冲洗着石狮子，石狮子一动不动，我也一动不动。——若是这个时候冲进雨中……我想去，可又胆怯了……正在这时，突然听见有人喊：

"立正——！"

一个军官模样的尉官——兴许是连长吧？从院子里冒着雨跑了过来。也不知为什么，大概是嫌站岗的大兵进到门洞里避雨吧，他大步跨上门洞的石阶，大吼一声："他娘的——！"然后把站岗的大兵推进雨中骂道：

"谁让你擅离岗位的？"

还没等上岗的大兵回答，这位连长长官踢了大兵一脚，大兵晃了晃身子，又站直了。长官一步蹿上去，伸开右臂，左右开弓便给了站岗大兵两记耳光。大兵歪了歪头，第二下捎带打在鼻子上，他的鼻子流了血，顺着嘴巴和脸颊上的雨一起淌下来……

也是合该有事发生，正在这个当中，又听有人在院内喊："立正——！"

一个更大的长官穿着一身官服，在卫兵举伞的照应下从院中向大门走来。大长官的身边左右都有副官和勤务兵——保镖，他们打着伞相拥着登上了台阶……

刚才连长打站岗大兵两耳光的一幕，恰被这位更大的长官——好像是上校吧？全看在了眼里……

上校模样的长官走到连长跟前，对这个正在敬举手礼的连长说：

"怎么如此放肆？不知道官兵如父子吗？哼！……"

上校瞪了连长一眼，给了旁边副官一个眼色。

那位跟在上校身边的副官，退下一步，待上校出了院门，让打伞的勤务兵送上吉普车的当儿，一挥左臂，便朝那个也许是一点儿也没设防的连长，先右后左，一连打了四个嘴巴，只听副官模样的人骂道："他娘的！我叫你记吃，不记打！……"然后，愤愤地跟着车走了。

血从连长的嘴角上流下来，直流到地上。他嘴里咕噜了一下，一颗牙从嘴里吐了出来，待吉普车留下一团青烟开走后，连长这才跺了跺脚指着吉普车去的方向骂道：

"狗日的！我日你八辈祖宗！……"

他见站岗的大兵站在雨中，被浇得像个落汤鸡一样，又指着大兵骂道：

"我是你爹！你懂不懂，你这个狗日的！"

站岗的大兵不敢回答，一动不动地站在雨中，像个石塑的石像生一样。他那被雨水浇透了的衣裤紧贴在身上，在瓢泼的大雨中和那对门口的石狮子一样，默然不语……

……当晚，就出事了！

据后来听说，当晚那位被打掉了一颗牙的上尉连长哗变，领了一班他的生死兵跑了，还带走了两匹马，好几十杆枪……

团部当然派兵去追……

于是枪声大作……

过了几天，我们听小 X 说：

"哗变的几十个人，跑了一些，还有一些被追了回来蹲了禁闭。被打掉牙的连长，偷跑时杀了那个站岗的大兵，大兵在临咽气的时候开了一枪，打伤了连长的腿。连长因此慢了一步，他骑上马跑出去没多远，便让后追的兵士们打中后背，一个仰八叉从马上栽了下来，就再没有动弹……"

刚当兵的小 X 也参加了追剿的战事，胳膊上受了点轻伤。

他见了我，从衣口袋里掏出一枚子弹壳，送给我。

我听了父亲、母亲的讲述。家大人告诉我说：

"打仗是凶事！子弹壳……还是不玩儿它了吧！"

小 X 给我的子弹壳我没有接……

先前给的那个，也让我扔了……

战事迫在眉睫，没过多久，我家又搬家了。

这一次，我家离开了海城，北上沈阳。

我姥姥家在沈阳。

可等待我们的是怎样的命运呢？

十二 海城，海城

就在夜晚枪声大作的时候，看角门的私塾 X 先生招呼院中的几家男人守候在角门里，把角门加了两三根顶门杠，以备乱兵往里闯。

小 X 跟着兵队出现前，曾抽空通过用沙袋堵死的侧门告诉他爷爷，他们出去追那个打掉了牙的上尉连长去了，同时还从墙那边给他爷爷扔过来两个苞米面大饼子，用他的一件破褂子包着。爷爷 X 先生嘱咐他不要乱跑，可墙那边已传来了枪声，小 X 也没有动静了，跑远了。

枪声渐渐远去，最后消逝在遥远的暗夜中。

白天的那场暴雨早停了，天上露出了星光，一道弯弯的月牙儿挂在天上，明亮亮地——此时，天上人间，竟是如此不同啊……各家的大人都回家了，把角门留给了 X 先生。

二弟和三弟醒了又睡着了。母亲让我也脱衣睡下。

我睡不着，下地尿了一泡尿。我见父亲和母亲一起在拆炉灶。炉灶本是我家刚搬来时砌的，砌在一进屋门的两侧，用的是青砖。……

拆完炉灶，我见父亲用一个破铁锹，在炉灶的原地上挖了一个二尺来深的土坑，挖出的土就堆在门边上。父亲让我去睡觉，我不肯，便躲在里屋，隔着门缝儿看。

我看见父亲母亲搬来一个鼓着圆肚儿的小罐子，然后把一些闪亮的东西装在罐子里。——后来，我知道，装进去的是一些银圆。银圆就是钱，比老三的小手还小些，上面有人像，人像有袁世凯和孙中山两种，镌了袁世凯的叫袁大头，镌了孙中山的叫银圆。若干年后，当我和母亲提起这事时，我问母亲："一共埋了多少？"

母亲想了想，回说："约莫有八十来块吧！"

说罢，目光中闪出痛惜的意思。这大概是那时我家的全部家当了。父亲十八岁时离开老家海城牛庄西头台子村，外出到沈阳的一家皮货铺当学徒，主要是学习打算盘记账，辨认那些从口外——张家口以外，以及承德、赤峰那边贩来的羊皮，什么各种不同的羔皮、筒子、剪绒啦，什么狐皮、貂皮、灰鼠皮啦……出徒以后，远至平泉，为老板的总店收购皮货，然后运回沈阳，加工出售。以后父亲谋了官差，也是当会计，据悉还上了两年专科，之后还是当会计，算是"高级职员"（叶辛《蹉跎岁月》语）。嗣后也是人在江湖，身不由己。许多父母的事儿，年幼的我根本不清楚，也没问过，一些经历都是后来父母二老闲淡时，零星知道的。

埋掉了小罐子，又在原址上把砖炉灶砌好，当晚收拾妥当，才上炕睡了。——这样做，是怕大兵们闯进民宅抢劫啊……

过了几天，也就是小 X 把子弹壳送给我，我不敢要的那日之后，小 X 和他的爷爷——老 X 先生悄没声地也走了。小 X 是勤杂工，不是国民党中央军——简称"国军"的正式成员。他们爷孙俩走了以后，衙门里的驻军来查问，我们才发现那天早上就没见过他们爷俩的影子，八成是回乡下去了……我记起了，头天夜里，在临走之前，X先生祖孙曾到我家打了招呼。父亲问X先生投奔何处。X先生说："随缘吧！"小X拉了我的手，像大人那样握了握。我也学父亲那样问他上哪儿？小X翻了翻眼睛低声说："此处不养爷，自有养爷处！处处不养爷，爷去投八路！"说着把拇指和食指伸开，做了个八字状……

一早我们家，和原住在城墙脚下的X家，以及院里的那几家都被赶出屋外，等候大兵们调车来把我们拉到不知道的什么地方去。我家的行李等一些破烂东西——主要是衣物，家具之类的东西，都堆在角门外的路边上，一队背包的大兵鱼贯般地进了院子。——他们成了这幢青砖灰瓦平房的新的居住者……

父亲母亲不约而同地注视着埋了小镡子的砖炉子。那一刻炉子没有火，一个大兵把背包扔到炉旁的窗台上，他就坐在炉灶上，用纸卷了旱烟抽……

一切都突如其来，我瞅着砖炉子，心里咯噔咯噔地跳着……

父亲俯在我的耳边说："别看炉子好不好？"

我点点头，便和二弟一起朝屋外墙根走去。墙根那儿不知从哪飞来一只褐色的幺蛾子，扑愣愣地在那里张着翅膀，要飞走，却又飞不起来。我和二弟去捉，也没捉住，扑愣了好一会儿，幺蛾子才飞越高墙，朝墙那边的大榆树飞去了。母亲告诫我们说："不要抓幺蛾子，幺蛾子和蝴蝶儿一样，它们翅膀上的粉灰弄到嘴里会变哑的！"自那以后，对幺蛾子，我真的避而远之了。

大概就在这一刻，父亲从哪雇来了一辆人力车，也就是后来看电影《骆驼祥子》，扮演祥子的张丰毅拉的那种两轮车。

原来，就在我们玩捉幺蛾子的那一刻，父母大人临时决定：海城这里不能住了，还是去沈阳吧！他们下决心一家北上，去沈阳！走的无疑有点儿匆忙——我指的是砖炉下边的小罈子里的那些一百多块银光闪闪的东西……

沈阳是大东北的首府，城大人多，谋生可能会容易些。何况，沈阳市郊的桃仙屯是我母亲的故乡，我母亲的母亲，也就是我姥姥家，就在桃仙屯，如今那里不知怎样了。……

就这样，我们三个孩子由母亲带着，也带着大包小裹儿去了海城火车站，父亲坐了另一辆人力车先走往火车站买票去了。

当晚，我们一家上了开往沈阳的列车。

车厢里照样挤满了人，想起一年多以前坐火车来时的拥挤状，此时的拥挤我们已见之不惊了。

父祖的故乡，父祖的出生地海城，就这样被甩到身后，甩到记忆中去了。

我的父亲和父亲的父亲——也就我的祖父，都出生在海城县西部牛庄西头台子村。我家来海城时，祖父已和我二叔一家去了哈尔滨，西头台子村已经没有了直系亲属，有的也是我的堂祖父那些旁支同族人了。我家在海城住的一年多，父亲去过西头台子村没有，我不知道，反正在我的记忆里，母亲和我们哥仨都没有去过。

牛庄和牛庄以西的西头台子村到底什么样，我不清楚。在记忆中只是一个忘不掉的地名，如此而已。可是，"海城牛庄西头台子村"这个地名自我从上学填上履历表籍贯的"原籍"后，也像"平泉"二字一样成为跟了我一辈子，贴在我后背上的一贴老膏药，任何时候甩也甩不掉。

稍长大以后，在和父亲母亲的闲聊中，偶尔提起海城的那段生活时，父母都避而不谈埋在炉灶下的小罈子。小罈子里装了父母前半辈子的血汗钱，心疼是心疼，可是走得突然，丢弃

十二 海城，海城

73

也是没有办法的事。如果临走时，当着大兵们的面儿将小镡子挖出来的话，没准儿，不是被长官们没收，要不也会被大兵们一下抢光……唉，什么事儿都容不得假设呀！

然而不管怎么说，我和海城有一种割舍不掉的精神与血脉的联系。

这，就是我心中不能消弭的海城情结吧！

这种情结，我曾说给二弟和三弟听，他俩都一脸茫然。他俩都太小，生活与记忆给他们的和给我的，都被光阴切割成不同的时段，肯定不一样儿！

光阴似箭，日月如梭。若干年后，在哈尔滨出生的四弟夫妇俩都因工厂倒闭破产而改行卖服装。

哈尔滨的服装，道远的来自福建石狮、浙江宁波，道近的则来自海城的西柳。我家老四媳妇先时曾到福建石狮上过货，有一次上货，去火车站发了一万多元的牛仔裤，可回到哈尔滨的时候收到的却是一大包废布角子和破布头。上了这次当之后，丢了半年多赚的那一万多块钱，心疼得不得了，就再也不去福建石狮了。

于是，改而去西柳服装大集上货。明清时，海城是辽南重地，也是辽南出海的大埠，故而清代的康熙大帝，还有后来的乾隆爷儿北巡长白山祭祖，在祭长白山神和松花江水神之后，返程时也曾多次到海城视察。在地理上，辽河与浑河相汇后称大辽河，在海城附近入海，从粤闽开来的商船可以直达牛庄海港口岸……这情形直到大辽河淤积水浅，船不能靠岸了，牛庄作为辽南商埠的地位，才逐渐被新崛起的营口所取代。牛庄既然和粤闽有着长达千百年的联系，移民来辽地的也多走海路。据老父讲，听长辈回忆，牛庄西头台子村的范姓大家族就是清代早期从山东诸城移居来的。——遗憾的是没有家谱，详情难以说清。

是不是海城与粤闽联系紧密，在改革开放之初，西柳镇搞服装大集受了粤闽的启发与影响呢？或许是或许也不是。反正，石狮那儿有的服装，不消两三个月，西柳也有了。于是，四弟和四弟媳妇小刘，一连数年都要坐火车到海城西柳去上货。

我很关心他们去西柳上货的情况，也关心海城，更关心牛庄。……一次，四弟两口子来我家，谈起去海城坐火车。火车在夜里运行，串门的、上货的都坐了硬板儿（俗语，即硬座车），旅客太多，有的人躺在硬座下边的地板上打盹儿，有的干脆就蒙头大睡了。小刘和另两个同去的伙伴儿挤在硬座上假寐……天亮时快到海城站了，一个中年男子忽然惊叫起来，原来他缝在内裤里的钱包不见了！

"那叫一万块钱哪！"他哭丧着脸儿说。

"是一个女人干的！"有人说。

一个离中年男人最近的那个年轻女人也不见了。而那个中年男人曾躺在地板上睡着了，睡前他还和那个不见踪影的女人有说有笑的呢！

我问老四和小刘，你们如何？小刘眉飞色舞地说：

"我们有防备！嘿……我们带的那一万块钱，分成两打儿，藏在鞋垫儿下边了，哈哈……万无一失！"

我又问："你们去了那么多次西柳，就没去过牛庄么？"

他俩都回说："没有。在西柳上了货，就得往海城火车站赶，火车一点儿都不容空啊！"

我沉默了，也失望了。

这一沉默，一失望，一晃就过去了十几年，老四竟然故去了。而小刘他们早就不去西柳上货了，他们早已同西柳的商家建立了互信的供销联系，西柳厂家把货发过来，这边小刘她们以销售情况按约定的时间与之结算，还款……

可海城还揣在我的心中，同时还有牛庄，还有西头台子村……

2007年夏天，我因约稿要写一部《辽河传》时，我沿辽河左右两岸交替地进行考察……终于，我回到了海城。——这时的海城不叫县，而叫市了！

我到了海城……

我去档案局去查《海城县志》……

我步行海城，浏览市容。我想见一见城墙，看一看城墙脚下我上过几天私塾的地方……我想起了X先生，想起了那个比我大几岁，玩子弹壳的小X。……可我失望透了，城墙早没了，我问了许多人，打听城墙的位置，没有人告诉我。熙熙攘攘南来北往，东奔西行的路人，像两千多年前司马迁在《史记》中所说的，他们都为名利所驱，神色匆匆，谁会在乎一个两鬓斑白的老人的我，问一个如此令人莫名其妙的问题呢？

"城墙？我没听说过呀！我来海城三十年了……"

原来，他是"文革"后来海城的！

他哪知道我问的是海城六十年前的人和事哟？

我坐长途汽车去了牛庄。

一座塑有海船的雕塑立在牛庄街心中。船上的小三角旗、船帆论述的是牛庄/海城遥远的过去，我盯着注目了许久，我才在牛庄馅饼——辽南名小吃的吆喝声中醒过来，吃一顿牛庄馅饼吧，我想。

一个小时以后，我又乘车西去拍摄辽河大桥。回途时，年轻的三轮摩托司机把我拉到西头村村委会的办公房门前。……

我感到我终于到了我久盼的家。

西头台子村改名叫西头村了，后者的村名已印上了《辽宁省地图册》，对这本地图，我不知翻过了多少遍，书已翻得快散了。……

西头村的保卫干事此时是周日值班，他问我："村子里的范姓人家多得很，你找哪一户？"

我怔住了。他又说："村子里，名字有'振'字的，还有七八个老者，你认识谁？找谁？"

轮到我频频地摇头了……

西头台子村的村名，据老人说，它源于从海城牛庄向西数的古时的第一个烽火台下。最早，它是一个守卫烽火台的卫兵据点。后来，集聚的人多了，安了家，种了地，成了村子……

我问保卫干事：

"烽火台还在吗？"

他说："还在！"

我问："能看见吗？"

这次轮到他摇头了：

"有苞米林遮盖着，看不见！你若冬天来，老远就能看见它！"

我恍然大悟，半开玩笑地冲他说：

"怪不得村名简化没有'台'字，原来烽火台不见了，咱村变成了从牛庄往西的第一个村子，故而叫西头村呢！"

"不，"保卫干事说，"头一个叫西关村！咱们是第二村！"

西关村，也就是当年海港出入的关口。古时那里紧贴辽河港口，如今沧海变迁，已远离辽河岸，更远离了大海。不过，自西关村往北，有一处地名叫小姐庙。庙里曾供过一位小姐，查阅海城县的资料告诉我说，庙里供奉的根本不是小姐，而是妈祖。小姐庙本是妈祖庙，是保佑海运平安的女神呐！……年代太远，以讹传讹了！

海城啊，海城！原来，你不仅有城，还有海，还有海运女神妈祖呐！

十三 家住永庆里

　　来到沈阳，我家暂住在北陵公园西南，如今称黄河大街与陵西街之间的地方。那里，当年人家很少，房子与房子之间相距十几丈远，其间有小甬道和小树林。树木很疏落，都是人工栽种的，有李子树，也有杏树，其他多数都是常见的杨柳榆槐等树种。有一种果实像个刀片似的树，我们叫它飞刀，树也叫飞刀树，长大以后来到哈尔滨，一度居住在马家沟，宣化街中段也长有这种树，请教了一位老师告知以棠槭树或槭树。槭树的果实如飞刀，也如飞翅，从树上落下时，会轻飘飘地旋转，煞是好看，遂留下了深刻印象。以致今天，我以古稀之年回忆童年的这段生活时，我仍能回想起"飞刀果"自由旋落的情景来。

　　彼时，那儿的住户少，一座房子住两三家，都是租住的。人少，孩子也少，故而树林下的人也不多。到了秋天，树叶纷纷下落，树叶覆盖了地面，积得厚厚的一层。……若干年后，我看到法国巴黎香榭丽舍大道积满了落叶的电视镜头，那条大道上的落叶与宁静，微风吹起几片落叶，翻动了几下又一动不动了（写到这里，想起"清/轻风不识字，何故乱翻书"的句子，以及那段文字案的血腥，不禁感慨系之）。从这个联想镜头辐射开去推演，沈阳竟像巴黎！陵西大街附近，竟像香榭丽舍大道！真的有点玄了，可因我曾在沈阳生活过一些年，加上口音中掺杂了曲麻菜的苦糁糁的味道而又自诩也是沈阳人，这样一来我心中似乎也因有一种欧洲名都巴黎的神韵而自感光彩哩！

然而，沈阳毕竟不是巴黎；

香榭丽舍大道更不可能是陵西大街……

到了上学的年龄了，陵西我家临时租住的地方离学校很远，为了我上学，也为了父母能够甩手离开孩子找工作，老二老三也得上幼稚园了……于是，我们再次搬家。

这次，我家搬家到二经路（今称二经街）永庆里。

永庆里是二经路与一经路之间的一段南北小街，有横街与二经路、一经路相连。永庆里这条小街，也可以称作是条胡同，胡同仅有一百几十步长，西侧是三层高楼的楼墙，高楼是一家酒厂，当时名叫某某烧锅，烧锅就是半土半洋的造酒的作坊。楼墙上没有窗户，除胡同上空可以见到狭窄的一长条蓝天外，早晚胡同里都很阴沉。烧锅的大门开在二经路上。

永庆里的三个凸起的楷体大字，镌刻在胡同口的牌坊上。所谓牌坊，真是有点抬举它了，它没有石柱，也没有两侧的侧道，仅有的一道横匾跨在胡同口两侧的青砖墙上，匾额上有一石刻的永庆里三个大字。那时，还没发明出简化字来，所以庆字的繁体字——慶，笔画很多，搬来住时这个字我不认识，父亲不仅告诉了这个字的读音，还用手指蘸了水在炕桌面上给我写了两遍。

我认识了我们家的住址永庆里三个字。

永庆里的东墙，开了四五个角门，每个角门进去都是一个东西狭长的小院，院的北侧是一幢青砖房，砖房有三个门，六个窗，一门二窗两屋是一户，一个狭长的院子住三家。我家住在从北向南数的第二个角门的院中，是进院北边——也就是左侧的第一户。从院门一进院，就是我家。因此，我们住的便是永庆里二号院第一家。若是标号的话，便是永庆里二号一户。

到了永庆里住下以后，母亲接来了姥姥。母亲、姥姥都是旗人，也就是满族，是在沈阳东南近郊区桃仙屯的正红旗下的庄户。老舍先生写的长篇小说《正红旗下》，写的是居住在北京城的正红旗人家的生活。北京的正红旗下的人家，包括了官兵和包衣、老博带等，都是从关外开去进京的，因而其间有一些祖亲与血亲的某种联系。——《正红旗下》是老舍先生写的一部家族自传体的小说，遗憾的是一部未写完的作品。虽然如此，它仍然是一部可以洞见满族正红旗人入京后的某些生活场景。这让我这个血管里至少流有一半满族之血，却又一句满族话不会说，一个满族文字不认识的人，大开了眼界，又不免神伤。现在我之所以提到这部小说，是因为老舍先生已经不在了，所以请允许我在这个回忆中，厚着脸皮地与老舍先生，攀一下远祖的"族亲"或"旗亲"。老舍先生如果不是受迫害沉入了太平湖，如果他还活着，我是不敢有这份斗胆的。老舍先生姓"舒"，我的母系之家姓"兆"，"舒"与"兆"属于八竿子也打不着的，即令有什么沾血带亲的关系，也属于清兵入关以前的事了。故而，想沾点光什么的，也就是痴心妄想，踮脚高攀也攀不上的。正确地说，在距今近四百年以前，清兵入关时，正红旗下的军政要人，也包括老舍先生的祖先，在顺治与多尔衮等正黄旗的带领下浩荡地进京了。但也留下一些旗属的庄户耕种原先的土地。在留下的一批老实巴交的庄户中，便有我母族的先祖。进京的和未进京的，虽然都是正红旗人，却远隔着千山万水哪！

姥姥是一位个头适中的老太太，来我家时戴了一顶软胎的黑色丝绒帽子，帽子上镶了两个穗儿，穗上各镶了一颗黄色的珠子，不知真假，反正是帽饰吧。母亲喊妈妈用满语，叫"呐呐"，有时写作"讷讷"或"额额"。关于这些，母亲在时，我都没有细问过，所以现在不免一塌糊涂。我喊母亲的母亲叫"姥姥"，父亲也依我们的口气与辈分称她"姥姥"。姥姥是天足，母亲也是。这一点，在那个年月可以说是老年汉族女人同满族女人的巨大差别。

姥姥是从老家桃仙屯接来的，还是从同样居住在沈阳市一经路的大姨家——也就是我大表哥、二表哥家那儿接来的，我不知道。反正，姥姥来了以后，我就上学了。小学一年级，半日上学，中午回家，姥姥给我热饭吃。姥姥的身体还算硬朗，加上老二、老三送去幼稚园，我上学的学校离家不足一里路，也不用接。幼稚园是学校办的，一早上学，由父亲把我们送去，中午放学回家，老二老三是全日的，我便一个人步行回永庆里二号我家。家门插着，我敲门一喊"姥姥开门"，姥姥便颤颤巍巍地来给我开门。

午饭不外乎两种：一种是高粱米饭，好吃点的是高粱米小豆饭；另一种是苞米面饼子。吃苞米面饼子的时候不多，原因是母亲去了一家纺纱厂上班，看纺纱机。那时，钱很毛，每半个月下来开工薪，纺织女工们领的只有很少一点儿钱，工薪的大头发的是高粱米，不发给苞米面。——成年后和母亲闲唠，母亲说，厂方说苞米面不好保存，在面袋子里捂的时间长了，易于发霉。相比之下，高粱米好保存。——记得我家的外屋，就立了一个高粱秸的篾儿编制的狭长粗席围起来的茓子，里面就装了母亲用汗水换来的高粱米。我记得，茓子最高时，比我的个头还高些，差不多能有二三百斤吧。——有一句话叫作：家里有粮，心中不慌。大概就是因为有母亲挣的这点存粮吧，我们家才在后来物价飞涨，辽沈战役围城时，度过战火纷飞的那些时日。

家里有了存粮，不久就出现了老鼠——耗子。耗子多鬼啊，些许的米粮味儿，便引来了它们。也不知它们是从哪儿来的，反正是外屋的墙角下出现了耗子洞。耗子们晚上出来作案。一旦有人从里屋出来，耗子便跳下米囤，钻进洞里，吱吱地叫唤。吓得我晚上不敢去外屋尿罐处尿尿，父亲便把尿罐搬到里屋。

父亲那时在南市场上做小生意，卖一些针头线脑之类的东西，摆一个地摊儿，能挣个些许的小钱，殊为不易。如是，捉耗子，堵耗子洞的事儿便落在父亲手里。

父亲买来耗子药，和了水往耗子洞里灌……

又用卫生球，也就是樟脑丸之类的东西，压碎了，和灰、泥土等混在一起，把耗子洞堵上……

如此这么一折腾，耗子们销声匿迹了几天。过不多久，耗子们又出现了。姥姥见耗子们大白天趁家中人少屋静时，便又在墙脚钻出了新盗的洞，顺势蹿上粮囤大嚼起高粱米来。姥姥见此，叨叨咕咕地说：

"野火烧不尽，春风吹又生呵！……"

她老人家把耗子们卷土重来的情形告诉了我的父亲母亲。父亲照旧用那些笨拙的方法对付耗子洞。今天堵了此洞，过几天洞口又在别处出现了……

而且，高粱米里也出现了耗子屎……

父亲便买来耗子夹子，弄来一点儿猪皮，在炉火上烤焦了，发出一种皮肉的焦煳味，把夹子支在耗子洞口，当晚，刚关灯不久，就听到夹子响了，接着是被夹耗子凄厉的叫声。父亲开灯出去看，原来两个耗子夹子分别夹住了两只约一尺来长的大耗子！

我穿着裤衩爬出被窝观看。

我见父亲用铁制的炉铲子拍死了这两只大耗子，然后把它们丢到院东头房山处的厕所里了。

从此耗子好长时间不见了踪影。

可是，耗子是斩不尽杀不绝的，一两个月后，它们又出现了。姥姥使用石头子儿堵耗子洞，她一边堵洞一边自言自语地说：

"硕鼠硕鼠，无食我黍！"

原来姥姥也识字！

我问姥姥她刚才念的是啥意思，她便给我解释起《诗经》中的《硕鼠》诗来……

噢，我一下懂了，原来我们和老鼠——人与耗子的战争，早在孔子以前就开始了！……已经干了两千多年！

在中国，有句谚语叫作"老鼠过街，人人喊打"。可见，国人两千多年来一直与老鼠/耗子为敌。

若干年后，在改革开放的年代之初，引进了美国的动画片《米老鼠》，里边讲述的多是猫鼠大战的故事。而斯时，把老鼠绘成"米老鼠"的可爱的形象，而且让聪明的米老鼠在与猫的马拉松战斗中，老鼠尽以顽皮、聪明而取胜。——原来，美国人喜欢老鼠，尤其是艺术家创造的米老鼠。

观《米老鼠》的年代，我已做了父亲，也和孩子们一样爱看《米老鼠》，可是看完了以后，我不禁纳闷儿，难道美国的老鼠不偷粮食吃么？或谓美国人没有经历过类似三年困难时期的肠胃，他们或许不懂中国人的心吧。我笨想。

老鼠若不盗洞，不偷吃东西，凭它与猫斗智斗勇的机灵，的确可爱。这种爱，人们似乎可以借来一用，比喻青年男女之间的爱情歌曲：

"我爱你，爱着你，就像老鼠爱大米……"

试问，此时你还会问"永远相爱"中的永远，有多远吗？

"羊都能爱上狼"，这世上会有什么事不能发生呢？真的不可预料啊……

看来，古稀之年的我，真得改变观念了……

十四 一年级的小豆包

我终于上学了。

小学校距离我家所住的永庆里不到一里路，那是离我家最近的一所小学。这所小学是某基金会办的，似乎是半官方的性质，名字我已忘却，就简称它为 M 小学吧。

M 小学的门槛挺高，入学的一年级小学生得参加一次考试。所谓考试，就是写出从 1 到 20 的数字，这是算学；国文的考试是随便写出 20 个中国字。1 到 20 的数字，我没费劲就在学校发的方格纸上写好了。轮到写中国字的时候，我一着急竟然怔了一会儿。本是老师和我一对一的试考，我用舌尖舔了一下铅笔尖儿，突然来了灵感，一挥手扭扭歪歪地写下了——

胜日寻芳泗水滨，无边光景一时新。……

写到这里，下边的字我一时想不起来了，老师微笑着问父亲："这孩子念过《千家诗》？"

父亲说："也就两三首吧！"

我因想不起来下边的"等闲"几个字怎么写了，就改而写了我和永庆里 1 号院小朋友玩的"钉杠锤"写字的游戏，写下了"天下太平，正大光明"几个字，老师见了这些东倒西歪的字，除了"泗"字我写成"四"字外，都是对的，连夸说："好，好！

好！太好了！"

老师又说："考取了，明天来上学吧！"就这样我被录取了，在 M 小学上了一年级。

M 小学不收学费，因年小而进 M 小学幼稚园班的二弟三弟都是要交学费的，由于管一顿中午饭，他俩的缴费不低。可是，为了孩子，父亲母亲还是咬咬牙，让他俩就近进了幼稚园。然而，我这辈子没进过幼稚园。

第二天，还是父亲送我们上学。

上学的路是这样的：出了家门，往北拐，出永庆里北门，来到一条东西向的小街，这条小街的名字我已不记得了，就叫它莫名街吧！因为下边还要讲到它。莫名街此街因街名已忘，故称莫名街，比永庆里宽一些，向西进入二经路，向东通向一经路，而与永庆里北门相对的是一堵大墙，墙内是一个大院，好像驻了军。此院西侧即在二经路旁，也有高墙，但高墙有两三处倒塌的豁口，豁口内拉了一些铁丝网。大概是时日已久，铁丝网也有一些破损，有些半大小子，也就是十来岁的男孩常从铁丝网那儿钻进去。院内有果树，从墙外走，可以看见挂在树枝间的青杏、海棠果，淘气的孩子免不了要入内去摘，直到被当兵的"喔噢"地来哄喊，他们才从豁口处钻出来……

在这道院墙的北头，院内有一座小二楼，还有一两栋平房，大概都是兵营吧，常能听到号令声。踏着这些当兵的号令声，我们来到一个十字路口。在该过马路的地方父亲领着老二老三，我拉着老二的手随父亲一起趁没有过往车辆的空当儿，快步走过二经路。在过二经路之后，再过与二经路交叉的另一条小街。

这另一条小街和刚出永庆里相交的莫名街是平行的，然而莫名街两头与二经路相交后，就中止了，对过的二经路那边是没有路的，路旁是一溜的平房门市屋，有小铺、煎饼铺、烧饼油条店、水果铺子之类的生意人家。可这条与莫名街平行的街，向东通向一经路，其路南是高墙兵营大院的正门，正门对着二楼，我从未去过，只在路口处遥望过它。这条小街向西通向三经路，过三经路口还向西延伸，不远便是公园了。

这条与莫名街平行的小街，名字我也记不起来，就叫它 Y 街吧。父亲领我们过了 Y 街，沿着 Y 街往西走，即三经路的路段中部，高墙开了一个便门，这个便门就是我上学的 M 学校的侧门。它的正门在三经路上，Y 街与三经路相交叉的东南角是一家报社，从这个路口北行，过 M 小学正门，再过一条与 Y 街平行的小街，是另外一所名叫三经路的完全小学。所谓完全小学，就是六个年级都有，如果只有一年级到四年级的话，就叫初级小学，如果只有五年级和六年级的话，就叫高级小学，简称高小。——若干年后，我刚到工厂工作，被抽调去做临时工作，帮助人事部门整理职工档案，看到有许多革命干部参加工作都很早，他们有的初小毕业，有的是高小毕业。——那个年代，贴在每一个成年人身上的膏药有三帖：一帖是原籍（或称故乡，二者有时同一，有时不同一）；另一帖是家庭出身；第三帖是学历。
——现在，在新中国成立已经六七十年后的今天，由于时代的变迁，原籍/故乡与出身的膏药已基本风干了，只剩学历一帖了。四五十年代，念了初小、高小的，就可以在社会上混碗饭吃。而今，进入21世纪，大专、大本要找工作也不大容易呢！这就是时代在发展，文明在进步！

　　进了开在 Y 街路北的 M 小学便门，便是稀疏树林环绕的操场，操场中央偏东南的一隅，有秋千架和单杠等简单的器械，这里也是放学后孩子们不回家，在这儿流连玩耍的地方。

　　上学头一天，学校的学生从六年级往下排，每个年级两个班，我们一年一班挨着二年级的一个班，一年二班排在最后。几声口哨响过，学生们都站齐了，女校长登上讲台训话，她讲了些什么，我一句也没记住。校长讲完，学生们排着队在级任老师的带领下，向自己的教室——一栋栋相似的红色平房走去。这时，二年二班与我们相邻的淘气男生便向我们做出鬼脸，边做鬼脸边喊：

　　"一年级的小豆包，一打一蹦高儿！……"

　　我们没见过这样的情景，都木木地瞅着二年级的那几个男生。孰料，正当他们起劲地喊时，三年级那边的几个男生却向他们开口，反唇相讥地说：

　　"二年级的小老二，像个豆腐块儿！"

　　原来，喊"小豆包"的二年级的那几个淘气鬼包，个子矮小，不知何时把三年级的学生给得罪了。刚喊了没两声，吹哨的男老师吆喝了一声，呼喊才停了下来。不过，"一年级的小豆包……"这句笑谑的话，却让我记住了，直到现在也没忘掉。

　　读一年级时，我个头还小，坐在第一桌，同桌是男生还是女生都不记得了。反正，日子过得飞快，一晃一个学期过去了。期末考试，我考了个第一，校方给前三名的学生发奖品，我得到的奖品是两只太阳牌绿杆铅笔，一块橡皮，一个削铅笔的保护刀片。

小学生用铅笔写字，用力不匀，有时为了写得更黑一些，就用笔尖蘸吐沫，再不就使劲发力。使劲发力的结果，笔尖的铅芯便易折断。折断后就得再削……要是不折断，写了一会儿，笔尖秃了，也得削。削铅笔需要小刀，而小刀也不是每个人都有的。我有了削铅笔的刀片，心中洋洋得意，别人常来借用。我舍不得借给他，便替他削。某天下课后，来借小刀削铅笔的太多了，我一连削了好几根铅笔，还没削完，上课的铃声响了起来，我也削得手累了。就在铃响的一瞬间，我有些心急，也有些疏忽，右手持刀一歪，竟将我左手大拇指的手指肚划开一个大口子，通红的鲜血立刻涌了出来，滴到书桌上，恰巧让刚进门的老师看见。老师毕竟是大人，心没慌，她连忙掏出自己的手帕给我把左手拇指包扎起来，把我送到校医室作了处理。血止住了，伤口有些痛，课还是继续上了。放学回家，姥姥见我左手包了绷带，不知受了多大的伤，心疼得不得了。

姥姥说："淌了这许多的血，得多吃点饭补一补啊！"

我说："没事！也不疼！"

这时伤口已钻心地疼，我只装作没事一样地忍着，我自己削的口子，赖谁？姥姥逼我多吃半碗饭，我不吃，姥姥就哄我说："你不吃，我就不给你讲土行孙的故事！"

姥姥会讲《封神演义》，我和姥姥特亲近，我一听姥姥用不讲土行孙的故事吓唬我，我只好多吃了半碗饭。吃饱了撑得直打嗝儿，吃完饭姥姥讲的土行孙故事也没有听好，直到晚上，父母都回来了，父亲见我打嗝儿，就让我调整呼吸，长出一口气，调理到了晚饭时，不怎么饿，少吃些，才不打嗝了。

从这天起，小刀被父亲收了去，不让我带学校去了。多预备了几杆铅笔，上学前在家削好……

可是，流血的事件又发生了一次。

每天中午放学，我经过操场从侧门回家，路过秋千架那儿，非排队打一次秋千才往回走。这一天，秋千架那里排队的人少，女生挺多。女生一多，男生便不自觉地开始显摆了。我虽是一年级的小豆包，尚无显摆之心，却因人少，排队轮流快，多打了两次。在我玩到第三次的时候，突然肚子里咕咕地叫了起来，我知道饿了，想起姥姥，又想起了姥姥讲的土行孙，便不想玩了。秋千还没停稳，我就学高年级哥姐们那样往下跳，结果没站住趴在地上了。我感到左手疼，抬起左手一看——呦嗬！左手掌下边，手相书上叫月丘的地方扎上了一块玻璃碴子。

我忍痛站了起来，玻璃碴子还扎在肉里，血已经滴下来了。几个同学围了上来，我这时不知从哪来的勇气，一使劲儿，用右手把玻璃碴子给拽了出来，血随之涌出的更多了，一个女生捂着脸跑开了，她见血有些怕。一个男生也不管我同意不同意，从地上抓了一把土，撒到我涌血的伤口处，说来也怪，土把伤口的血给止住了。血不流了，我背起书包便往家跑……

我还惦念着土行孙娶媳妇哪！

两次发生在一年级念书时的伤痛记忆，不仅深深地记在了我的心里，也留在了我的左手掌上……

左手大拇指的第一节指肚上，如今还留了一道稍显歪斜的近一寸长的伤疤。这条疤手摸时，若有硬硬的一个棱，虽不影响什么动作，可却是终生难忘的印记啊……

在左手掌下方的月丘中部，也留有那块玻璃碴子扎的伤疤……

若干年以后，我22岁时，曾有幸地被推荐去参加空军招兵的一次体检。那位漂亮的女医生用小橡皮锤敲打我赤裸一丝不挂的身体各处说：

"你身体挺棒啊！"

我说："是啊……"

"一点儿没受过伤吗？"她睁大了美丽的杏核般的圆眼睛，又问。

我犹豫了那么几秒钟，把左手伸开给她看了。

她用那温婉的像棉花团一样柔韧的小手握住我的左手掌仔细地看了一番，月丘上的那个伤疤不很明显，他问我在哪里，我按了一下，指给她，那儿明显地感到有一个豆粒那么大的凹陷，她同样地按了按，没有吱声，在表格上画了什么记号，我没看清。只见她一脸平淡的表情摆手让我向前走，却喊了一声："下一个！"

多年以来，我一直以为是"下一个"这三个字结束了我这辈子的蓝天梦。

本来，最初海选时人很多，我并没有在意，经过两轮淘汰剩下三个人时，我的小梦才热了起来。推荐空军（后来知道是地勤）的事当时轰动了单位，当最后三个人都刷下来时，我感到"我很沮丧，甚至怀疑人生"（流行歌曲《梦醒时分》语）。一段时间内，人们七嘴八舌地议论着……

一个脸上有雀斑的女同事，当面对我说：

"一切都是命里注定，光想不行！……"

另一个白胖白胖的姑娘在背后故意大声地让我听见说，

"当不了空军，也一样干革命啊！"

一个瓜子脸的小个子美女，眨着一对笑眯眯的眼睛说："可别吃不着葡萄，说葡萄酸啊！"

我似乎有了一些新的感悟……

一位有几颗浅白麻子的化验员，兼职做工会的业余图书管理员，她给我推荐了一本苏联的小说《真正的人》，是写苏德战争时，一位苏联空军英雄无脚飞将军的故事。

我又有了更多的感悟……

看来，我的小梦破碎若不是手掌上的两个小疤惹的祸，那么问题就出在后背上的那三块膏药了。

我默默地再一次接受了命运的安排。

虽然如此，我却始终不渝地爱听那支《我爱祖国的蓝天》——飞行员们唱的歌……

我再次顿悟了——

在大地上行走，也可以成为一个真正的人。

十五 星期日·抗日活报剧·牙伤

星期日，没什么事儿，那时学校也不留什么作业。所谓作业不过是写一页方格纸上的字，算几道题，不到半晌就可以搞定了。余下的时间，就会缠着姥姥讲土行孙的故事。土行孙讲完了，又讲姜子牙直钩钓鱼，说愿者上钩；姥姥还讲姜子牙卖面，被大风刮跑了面篓的故事；后来又讲姜子牙封神，最后自己啥也没捞着，只好躲在别人窗外旮旯过夜的故事。这让我想起，我家住在海城脚下 X 家时，X 老先生重写"太公在此"四个字时的毕恭毕敬的模样。——啊老先生和他的孙子小 X，现在不知怎样了。此时，姥姥讲故事不叫讲故事，叫"讲古"，也就是指姥姥讲的一切都是古代发生过的，讲得煞有介事，我听得笃信不疑。讲多了，连老二老三也一起搬来小板凳坐在姥姥膝下听。姥姥坐在炕沿边儿，不抽烟，只是喝点儿茶，也就喝那么一两盅而已。

土行孙讲得差不多了，就开始讲孙悟空花果山，高老庄猪八戒什么的。

我问："孙悟空是不是土行孙变的？"

姥姥说："八成是，若不怎么名字里都有一个孙字呢！"

不过，土行孙可以入地捣穴奔走，孙悟空上了天翻一个筋

斗就飞过去十万八千里呢！怎么都这么厉害？

　　有一个星期日，姥姥讲了一段申公豹的故事，便说累了，上了炕躺下小睡了一会儿，她说她头疼，母亲急忙找了一丸药让姥姥吃了，并扶持姥姥躺下。之后，母亲让我们看家，她到一经路大姨家去了一趟。大姨父是医生，当时叫汉医，现在叫中医，母亲从大姨家带回来一些药丸子，装了一小盒，给姥姥备用的。

　　大概睡了一个多小时吧，姥姥醒了，喝了一盅凉茶，神情好多了。母亲烧了水，给姥姥洗了发，做了个髻，母女俩边做边唠，唠的都是一些陈芝麻烂谷子的家乡往事，不时地发出一些笑声。

　　母亲问姥姥："今个星期日，给您老做点您爱吃的盒子吧！我刚才出去买了韭菜，还买了几个鸡蛋呢！"

　　"敢情好了！"姥姥说："三个多月不知道荤腥味了呀！"

　　于是，母亲开箱子取出来一沓子钱，足有一寸来厚，我也不知道有多少。母亲告诉我出永庆里去二经路对过儿有家煎饼铺去买煎饼。若想吃韭菜盒子，家里没有白面，就改而买煎饼，用煎饼包了韭菜鸡蛋馅儿，烙一烙，就成了煎饼盒子……说到这里，我的舌头已经生津，有点儿馋了。

姥姥手慢，她也掏钱，掏了半天，掏出一个小布包，一层层打开，也是一沓钱。她要拿，让母亲止住了，母亲说："呐呐，您老人家还是揣着吧，我这儿有！"姥姥捻出一张票子给我，说："买几个糖球，你们哥仨吃吧！"我看了一眼母亲，母亲微微一笑，我接过了那张票子。

我提溜着那一沓钱，去了煎饼铺。煎饼铺里人不多，只有一个女人买了几张煎饼，卷了走了。我递上钱说：

"买煎饼！"

煎饼铺摊煎饼的人，也是老板，以前我和母亲来买过几次煎饼，算是点头认识。他见了我递上的钱，接过去连数也没数，只用手扑鲁一下，对我说：

"这些钱，只够买三十张煎饼！"

"行，"我说，"你别糊弄我就行！"

"都是老街坊邻里的，谁跟谁呀！"

他说着，给我数了三十张煎饼，有一张破了一个角的，也包给了我，算是搭的……

我又去买糖球，买回来十个糖球……

回到家里，母亲并没有因为买的煎饼不多而生气，只是对姥姥唉声叹气地说：

"这年头，钱老是贬值，那么多钱，只买了这么点儿煎饼，往后这日子可咋过呢！"

"没挨上饿，就算不错啦！"

母亲说："幸亏厂里不发钱发高粱米，老板还是有点儿先见之明哪！"

说毕，母亲跺了跺脚在外屋地上，原来又有耗子大白天来洞外找食了！母亲一跺脚，耗子们跑了，甩下叽叽的一串叫声。……

我忙跑出去抓一把石子儿，往耗子洞里塞。……

一顿油煎韭菜盒子，让姥姥，也让我们吃得挺香。姥姥虽然身体每况愈下，其实也不过刚到六十岁，牙口尚好，她吃得津津有味。我心中暗喜，心想姥姥病好了，又可以给我们讲古了。……

过几天，我又缠着姥姥给讲土行孙，姥姥说：

"都讲完了，再讲就重复了！"

我，还有老二老三也围着姥姥说：

"再讲一遍吧！重复也听！"

其实，姥姥不是不想讲，是她气力不够，说话气喘费力，没劲儿讲了。

姥姥说："你大姨家有全本的《封神榜》，还有《西游记》，都是小人书，可以借来看呀！"

一个星期日，母亲叫了一部人力车（彼时也叫洋车，就是骆驼祥子拉的那种二轮车），拉了母亲和我们仨去大姨家。不知为什么，大姨家已不在一经路住了，听说是附近的兵营夜里太吵，便搬到小西门那边，租了一所邻街的平房住了。住房临街，这些相似的平房家门口在临街的一面，都立了木板墙，木板有一人多高，从外边看不见里边，里边也看不见外面，这样听说过日子安全些。

母亲到了大姨家，先唠了些姥姥的病状，又给拿了些药丸子。

然后，就说到借《封神榜》全本看，母亲指着我说："大兴（我乳名）这孩子，就爱听姥姥讲土行孙呢！"

大姨说："《鬼狐传》也挺有意思呢！"

《鬼狐传》就是《聊斋》，姥姥从来没给我讲过，大概是怕我们害怕吧！

听说《封神榜》全本和《西游记》都让我表哥借给同学去了，我看老二老三在那数糖豆儿，就不再在屋里听母亲和大姨唠嗑儿，而是出了屋和院门，上了大街去找表哥们玩儿。出了木板门儿，街上并没有多少人，也不见大表哥、二表哥的影子，我来来回回地走了两趟，约有百十来米吧，突然发现我自己不知从哪个门里走出来的！原来，每家的木板墙、木板门都一个样儿，我又没记门牌号，各家的门都插着——我竟找不到我大姨家了。我心中很慌，但一想我也没远走，就在跟前玩儿吧，若远走，走丢了咋办？……

我正在胡思乱想之际，忽听北边那儿传来一些小孩子的杂乱呼喊（我之所以判定北边，是因为依街边小树的影子朝北，我怕丢了，才故意作了判断），我急忙走过去，分别看见了大表哥和二表哥在那儿玩呢！

二表哥属龙，长我一岁，他正在和一帮同龄的孩子们在踢皮球。

大表哥比我大四五岁，正在和一帮大孩子们在演街头的活报剧。剧，不知道叫什么名，我凑过去和大表哥打了招呼，大表哥让我在一边看。他扮演了一个独胆的抗日英雄，准备去炸日本鬼子的司令部，扮演日本鬼子（九一八日军侵占沈阳和我东北，我国人民痛恨日本人，因此对他们不是叫小日本儿，就叫日本鬼子，一直叫到数十年之后的今天……）的哨兵，把大表哥拦住，大表哥镇静地站住了，哨兵问："干什么的？"大表哥说："过路的！"鬼子哨兵又问："违禁的有？"大表哥说："违禁的，没有！"说罢，大表哥把两手一摊，表示什么也没有。

鬼子哨兵的扮演者这时忘了词儿了，便歪头问不远处的一个女生，女生说："你的举起手来！"鬼子哨兵的扮演者举起了手——女生，大表哥，还有几个人都笑了起来……

这时，鬼子哨兵的扮演者才明白过来，便用手中端着的木枪朝大表哥一举说："你的举起手来！"

大表哥举起一双空手，鬼子哨兵上前，一手提枪，一手去摸大表哥的衣裤，也没摸出什么。他又摸大表哥的怀里，大概摸出了东西。

他问大表哥："这是什么？"

大表哥说："没什么，那是一块病，贴了膏药！"

"你的放肆！"鬼子哨兵吼道。他从口袋里摸出一枚哨儿，刚放在嘴里还没吹响，说时迟，那时快，大表哥给他脚底下一绊，那个鬼子兵便"趴"的一声摔倒了，来了个狗抢屎。鬼子摔倒后，用日本话骂起来说："八嘎牙路，八嘎牙路！你的死了死了的！……"大表哥趁势把鬼子哨兵的枪缴了。又从怀里掏出一支木制左轮手枪，朝鬼子哨兵开了一枪。枪叭地一响，鬼子兵跑来好几个，边跑边放枪（其实都是纸炮枪，也挺响），大表哥手一挥，他身后不远处，也涌出几个抗日兵来，双方一场混战，先是枪战，后来是肉搏，最后以日本鬼子全被打倒在地为止，活报剧结束。

此前，我从未见过什么演出，这是我平生所见的第一个街头活报剧，因而留下了极深的印象。

演剧结束了，大伙七嘴八舌地品评着……

母亲在大姨的陪伴下来，她拉了老二老三，叫了我。我们和大姨、大表哥、二表哥告了别，又喊来一部人力车，坐车回家了。

这一趟没有借来《封神榜》全本，却大开眼界，因为由此一行我知道除了听孙悟空与二郎神斗法之外，小孩子们还有许多更有趣的玩儿法，比如演活报剧之类……

从大姨家借来一本名叫《促织》的小人书，画的是《聊斋》里关于促织的故事。促织，又叫蟋蟀，或蛐蛐儿。它的故事很吸引我，让我对捉蛐蛐、斗蛐蛐儿发生了浓厚的兴趣……

又是一个星期日，我们央求父亲带我们去捉蛐蛐来斗。父亲准备了几个瓶罐，又用废方格纸折了几个小纸筒，便带我们三个去附近的公园捉蛐蛐儿。孰料，天有不测风云，人有旦夕祝福。过二经路时，我看了看右边没有来车，便发力向马路对面跑，却不想——也没看见从左边过来一辆自行车，不偏不正，恰好把我撞倒在地。

我嘴里出了血。父亲拉着老二老三，不成想我却出了事儿！

父亲走过来，那个骑自行车的是一个中年男人，他也摔倒了，爬起来，扶正了车子，问我：

"小朋友，疼吗？"

当然很疼。我用手抹了抹血，血还在淌，原来跌倒时，门牙撞地了，右门牙尖撞掉了一个缺角儿！

正好，对面离煎饼铺不远有个镶牙所。

我们找牙医诊看，牙医让我用药水漱了口，又用镊子夹了药棉给上了一些药，疼还在继续……

牙医拉了父亲和那个骑自行车的人一起商议一番，我无心听，心里还在惦记着捉蛐蛐儿……

最后怎么了结的，我不知道，只知道我的右边的门牙被撞了一个小三角缺口。——这个缺口不大，谁知我在此后的数十年中都为此缺口所困扰。先是在二十几岁时，这颗门牙掉了，又去牙科镶牙。世界上的一切假的，都不好，都不如真的，假牙尤其如此。……左边的门牙掉了不久，右边的门牙由松动到掉，也就三四年的时间……再后来又镶了门齿……

门牙的一次小事故，留下了终生之憾！

蛐蛐儿捉回来几只，早不记得了，但捉蛐蛐儿的情景，还留在记忆里，挥之不去。

一个小小的牙事故开启了我爱玩蛐蛐儿的游戏，蛐蛐的确很神奇——两只小小的雄性蛐蛐儿，只要放在一个罐子里，二者必斗，凡斗必有胜负，甚至有伤残，可见在蛐蛐的世界里，争王争霸的事情时刻发生……

若扩展到人的世界呢？

争王争霸，争权争物，争财争女人，也是残酷而血腥的争斗，因此这个世界应该崇尚和平，而不是战争。若只是"与人斗，其乐无穷"地玩玩，或许不怎么具有杀戮气，那只是强者心目中的游戏而已，可在施玩的过程中，被当作玩物的人，也就是弱者，却需要付出惨重的代价……

十六 八路侦察员·蒋夫人·故园

那一天放学，我背着书包过了二经路，沿着二经路东侧南行回家。东侧的兵营大院靠马路的豁口突然开大了，铁丝网滚成一个圆形的团儿，也被搬开，我正犹豫地望着，从院里出来一辆胶轮马车，上边装了一些东西，蒙着草绿色的军苫布，赶车老板子也是个穿军装的人，他挥动着鞭子吆喝着："驾，驾！喔，喔，吁！……"

拉车的马稍微作了一下停顿，赶车老板子跳上车，鞭子一挥，"喔，喔"地赶着马，辕马加快了速度，沿着二经路向南一溜烟"跶，跶，跶"地跑了起来……

就在马车稍作转向加快速度跑起来的一刹那，一条橘红色的小蛇从车上掉下来，恰被马车的轮子压了个正着，马车跑过后，露出了一条压扁了身子的小蛇，橘红色的约有二尺来长的小蛇一动不动地贴在路面上。我走到跟前去，蛇身被车轮压出的浆液和一些血闪着微亮。我虽然属蛇，却十分怕蛇，不敢离这条身上还布满了白色斑点的"花蛇"太近。看了一会儿，我就走了。——若干年后，我读鲁迅先生的经典作品《从百草园到三味书屋》，知道这条蛇大概就是赤练蛇。……

回家吃了饭，给姥姥沏了茶，让她漱了漱口，便摊了本子在炕桌上写作业。作业是学生的伴侣，少儿时代谁也离不开它。写了一点钟的样子吧，忽听院外有人喊我，是永庆里一号的小连。小连家是新搬来的，和我家结邻。小连和我在一个学校念书，比我大，插入了二年级，也算同学了，更多的是玩伴儿。

我胡乱地应着，匆匆地结束了算草上的几道题，和姥姥说了一声，便飞也似地出了屋，姥姥病恹恹地说了几句嘱咐的话，我没听清，全留在了屋子里。"捉蛐蛐儿去！"小连兴奋地说。

小连身边还有几个小孩，都是左近的芳邻家的小学生。他们每个人手里提溜着一个小罐儿，那是装蛐蛐用的。

父亲告诉我说，捉了蛐蛐儿不能装在一个罐子里，装在一起它们会掐架，弄不好只会剩下一个……我见他们约我去捉蛐蛐儿，当然来了兴致。我说："等一下！"我又返身回家，从一个废方格本上撕下几张纸，飞快地折了几个装蛐蛐儿的小纸筒，然后才同这些玩伴儿一起出发。

为首的是一个念三年级的大孩儿小珉，算是永庆里左近的孩子头儿。他领我们向北走，出永庆里又拐入莫名小街，在街口处，遇见了一个更大的孩子，看样子像五六年级的大哥哥，可却不认识，他不是永庆里一带的。这位大哥哥身边也有几个小孩儿，好像是煎饼铺那一带的。他和小珉、小连等打过招呼，也和新加入的我打了一声招呼。这时，不知从哪里走过来一个大小伙子，那位大哥哥管他叫三叔，三叔叫他铁锁。三叔手里提个长方形的柳筐，里面有好几个蛐蛐罐儿，是正规的那种，一看不禁让人羡慕。

三叔对我们这些小孩子们说：

"诸位小老弟们，我是买蛐蛐的。你们一会儿跟铁锁去捉蛐蛐儿，铁锁会告诉你们要啥样的——要公的，不要母的！然后，和我的蛐蛐儿斗一下，胜了我的给一帖钱。"说着他从腰间掏出来一叠钱，小连告诉我说，一帖（面值多少，我已忘却）可以买一颗糖球儿！糖球的诱惑对我们很给力，让我们这帮七八个小淘气包儿立刻兴奋起来。

于是，我们就在铁锁的带领下出发了。

我们沿着二经路的东侧向北走，先是到了兵营大院墙的一个豁口，豁口被铁丝网堵死了，里边是一些蒿草和小树，当然蛐蛐儿一定很多。这里进不去，我们就再往北走，目标自然是刚才马车出来压死赤练蛇的那个墙豁口。半途上，我还瞥见了压扁在马路上的那条橘红色带斑点的小赤练蛇。小赤练蛇还在，蛇身上已沾了许多的尘土……

我们不约而同地一起涌进了那个兵营院墙的豁口。进了豁口，绕过一团铁丝网团，便钻进树下的草丛中找起蛐蛐儿来。

已经入秋了，天气还很燥热，树叶有些变黄，有的落下来了。就在草丛中，落叶下或一些废砖头的空隙里，果然有蛐蛐儿在叫："咀咀……"那不是它求偶的引诱声，也不是欢快的歌唱，那是它在提醒人们："天快冷了，快点儿纺纱织布，快点预备棉衣服吧!"

所以,人们给他起了一个官名叫促织。促织是咱们的朋友,咱们干吗捉了它,养它,让它们自相残杀呢?父亲告诉我,蛐蛐儿的叫声是一种叫战的宣言……我胡乱地想着关于蛐蛐儿的事儿。父亲还告诉我们说,市场上有一种斗蛐蛐儿的生意,二者相斗,胜者可以赢得败者手里的钱呢!那钱,有时比中彩还多!我一边胡乱地想着,一边掀开砖头堆,或是草丛根部,再就是落叶下边……凡是听到蛐蛐叫的地方,就是蛐蛐儿的栖身之所,……听了找,找了听……不一会儿我就捉了好几只!

正在兴头儿的时候,远处传来了吆喝声:

"快出去!快出去!……"

原来,兵营那边走来一个当兵的人。他一边挥手,一边轰赶我们,不让我们在这里再捉下去了。

这时我才发现领头的铁锁根本没捉什么蛐蛐儿,他弯腰佯装听蛐蛐叫,却不捉,只是歪着头看兵营那边停在空地上的大炮和兵车……

"都别捉了!快滚吧!"大兵快步地走了过来。

我们都被撵到院外,眼见大兵把那团铁丝网团拽过来,把院墙的豁口堵住了。

铁锁叫他三叔的那个人,站在马路对面儿。他把我们又领回到僻静的莫名小街,一一验看我们捉来的蛐蛐儿。他拉过小珉、小连的蛐蛐儿,每人取了一只蛐蛐儿丢在他打开的两个罐子里,也真神奇,只听罐里的蛐蛐儿都被甩到了罐外,一只缺了一条大腿,一只掉了一根小腿……无疑的,他俩都败北了。

"谁还斗?"三叔说

没有人再献出自己的蛐蛐儿了。

　　三叔笑了笑，从裤兜里摸出几张钞票，晃了晃，发给我们每人一张，把我们手中蛐蛐儿全"买走"了。

　　我们这些孩子都欢天喜地地散了，有人去买了糖球，有人没舍得买。我属于后边的那一伙。

　　回家，我把这张钞票给了姥姥。

　　姥姥苦笑着接在手中摆弄着说：

　　"臭小子，知道挣钱了呢！"

　　晚上，姥姥把这张钞票给了先下班回家的我母亲。

　　母亲又把这张钞票给接回老二老三的父亲。

　　父亲翻来覆去地看了看钞票，又详细地问了问前后经过，朝母亲点点头，用手的大拇指和食指比画出一个"八"字。

　　八路？——我小声地问。我忽然想起了在海城消失了的 X 先生和他的孙子小 X。——若干年后，我和父亲母亲提起此事，父亲肯定地说："三叔和铁锁一定是刺探军事情报的八路军探子——不，是侦察员！"

　　我又问："那张钞票合现在多少钱？"

　　父亲说："大概一毛钱吧！"

　　奇怪的是，这天我可能伤风感冒了，当晚有些热，又有点儿咳嗽。父亲用鸡蛋清给我擦身退了退烧，折腾了半宿才睡下。

　　第二天，父亲带了老二老三去幼儿园，我却没有上学。父亲向学校告了假。

　　也是在这一天，M 小学迎来一个大人物的视察和专访。这个大人物不是别人，她就是赫赫有名的蒋夫人宋美龄女士（这是后来我才知道的）。

　　宋女士怎么来校，怎么视察的情景，因为那天我没有上学而一无所知。第二天我上学的时候，老师发给我一块橡皮，两支铅笔——我至今仍记得很清楚，那是两支绿色的蜻蜓牌铅笔。

——据说，那时市面上可以买到的铅笔一共有三种：一种是前文提到的太阳牌铅笔，是日本货；蜻蜓牌铅笔可能是上海产的，也可能是美国产的，我没有弄清。第三种就是当地产的外表没有漆面的麻秆铅笔，外表是木材的原色，只是滚了一些条纹儿。

同座的同学告诉我："昨天，那位大人物果然进了这间一年级的教室。大人物来之前，每个学生的书桌角上，不仅摆了铅笔和橡皮，每人还摆了两盒罐头。大人物走了以后，学校又把摆在每个学生桌角的罐头收走了……"

这天放学时，街上放了岗，戒了严。我平时上学、放学的路拦上了路障，不让走了。我们这些年幼不懂事的小学生排了队，让老师领着，出了学校大门往北走，过了一个路口，路口也堵上了。再走，来到了市政府广场。广场上正在开大会，人山人海不知有多少人，在距我们允许走路的广场南侧很远的地方——广场西侧，搭了一个台子，据老师指点说：

"那个穿军装站在中间的便是总统蒋先生……"

她又说："那个穿了白色衣服，头戴一顶白色大遮阳帽的女人便是蒋夫人——她就是昨天来校视察的大人物……"

这两位在中国现代史上都发生过重要影响的大人物到沈阳来了！……

当晚父亲回来证实了这个消息，原来父亲带回来一张报纸的号外！父亲念着报上的字说：

"摩拳擦掌，国共的较量在即了！"

"沈阳要打仗了！"

父亲说："南市场上的米价飞涨了……"

他还说："早市上，每天总有那么一个人到处询问粮食的价格：多钱一斤？那人抓一把米，放进嘴里嚼着，美名曰试试水分，暗中却把手里剩下的米装进衣兜。每天早上走一趟，兜一个圈儿，不仅肚子落个半饱，衣兜的粮食多了，口袋也鼓了起来。但是，这个人挺可疑。……"

这一天，也成为我上小学时代里最难忘的一天。

一年级的小豆包所经历的事，一直星星点点地记着。

若干年后的 1979 年秋天，我所在的单位组织技术交流，先是去大连，由大连又到沈阳。巧的是，这次我们住宿的正是我小时念书的 M 小学校旧址，彼时是对外营业的辽宁省直招待所。

——这已是三十二年之后的事了！

我突然想起了他老人家写的著名诗词：

"故园三十二年前……"

我的故园是校园，院内的树还是浓荫密布，但树干粗得一个人都拢不过来。院内花草亦多，虽不是旧时模样，却胜似旧时模样。操场没了，秋千架也没了，但我仍能大致寻出玻璃碴子扎破我的手，我手滴血的那块土地——它喝了我的几滴血，也理应认得我！

我在树下踯躅，秋风落叶，碧空流云，小风绰约而走，沙沙地卷叶而鸣，有如风语。……

当晚，我去大表哥家做客，大表哥问我住在何地？

我回以当年我念小学时的 M 学校……

大表哥哈哈一笑说：

"安乐窝！……"

原来，新中国成立以后，这里成了高级宾馆，也是辽沈省市领导的招待所——后来"文革"时被称为"走资派"们下榻的地方！然而，作为普通技术人员的我们下榻于此，也算幸矣！

但对"安乐窝"三个字，我却殊不可解，内中的设计，包括浴室卫生间等，都极为一般啊！

如今，又一个三十多年过去了，那个地方怎样了呢？

十七　炸市了

在经过几个月的折磨后，姥姥终于走了。

姥姥是在我家走的，可详细的情况，我一点儿也不记得了。我只记得姥姥穿上装老衣裳以后，被移到屋外院子的空地上，头朝着门，脚朝着后边，上面是临时搭好的布篷。姥姥躺在一块铺了白布的木板上，木板四角用四根木方子垫起——这就是躺在一张木床上，而不是躺在地面上了，用一张黄纸盖上了姥姥的脸。姥姥的头前放了一个瓦盆，那是给来送终的亲人烧纸预备的。在姥姥的头前和脚下都点了灯，我和老二老三，以及闻讯赶来的大表哥二表哥等外孙辈的人都穿了孝服，脑后孝帽上拖着孝带……

姥姥生了三个女儿，大姨是长女，我母亲是次女，老姨是三女儿。我记得老姨结婚后先住在内蒙古宁城。宁城与平泉县相邻，老哈河从源头上流下来，在黄岗梁子东南拐了一个近似九十度的直角弯儿，向北流去，进入宁城。老姨父是蒙古人，名字叫薄云，后来这两个字就成了老姨家的大表弟、二表弟和小三女儿的姓氏。老姨一家是怎么去的宁城，我不甚了了。但后来在老姨到我家的几次串门和母亲的谈话中，我好像听说她们家还在赤峰住过。赤峰和宁城都是老哈河北流所经过的地方，我曾沿老哈河考察过，有实际的感受。——姥姥去世时，老姨家已迁到海拉尔了。彼时，内蒙古北部红色政权已占了上风，所以在办丧事的时候好像老姨一家没有通知到……详细情况，我也记不清了。

在我的记忆中，姥姥的丧事还雇了吹棚，也就是专职或业余的喇叭匠。吹喇叭的两个人吹的都是丧事的那种曲子。

我年龄太小不知是什么牌调和的词儿，就是感到挺悲伤的。姥姥走了，我虽悲痛，也有一丝的轻松，因为姥姥喘气困难的时候，看到她难受的样子，我也难受，待她一口痰吐出来了，我也轻松了。

姥姥没有儿子，接续香火的问题早在我姥爷在世时予以解决。那就是过继了一个儿子，成为姥爷、姥姥的儿子。他的名字叫纪长生（抑或为冀长生）。纪和冀到底是哪一个，我小时候问过我母亲，可惜忘记了，不记得了。其实，人们用汉字来标注——书写满族人的姓氏，是一种汉化的方法。满语称姓氏为"哈拉"。比如，清朝皇族姓爱新觉罗，其含意是"金"，可是人家是皇族，是不会改用金姓的。由于满汉杂居，汉族人口多，满族人口少，满语满文在大清帝国建国后的一两百年中，便因汉化而逐渐式微，特别是到了道光年间诏令一律使用汉字后，中下层的旗人百姓，无不简化了自己的姓氏。

不知从何时起，正红旗的姥爷这一家族便以"兆"字为姓氏。记得我母亲在纺纱厂做工时，她领取工资的手戳儿，是一个椭圆形的木质刻的，上面的三个字便是范兆氏。——若干年后，我写女作家苏雪林传时，见到从台南大学退休的苏老太太因为办遗嘱，用的手戳和名字乃是"张苏雪林"，盖苏老太太的丈夫姓张氏也。

纪长生便是我的舅舅，他好像比老姨还小一些，仍住在桃仙屯，此时闻讯也来了。这件事求证过母亲，母亲首肯后，我却仍然记不起他的形象和面孔。有了纪长生，丧事就好办多了。其实，在那个风雨欲来的年月，办丧事力求简化，特别是满族人／旗人的丧礼也已汉化，至少是满汉的混合式。族人不多，也没有人挑剔这个、那个。于是，在入殓钉棺后，只停放两天，就回乡入土安葬了。姥姥安葬之后便是烧七，头七、三七……在七七还没有烧完，辽沈战役的枪炮声便逼近沈阳城了。

纺纱厂停了工，母亲失了业，回到家中。

在母亲继续上班的时候，每天中午是父亲从南市场赶回家来，回家给我热饭。我说："我会点炉子，自己热也行！"父亲不肯。大概是考虑姥姥刚走，一个七周岁的我回到家，一个人开门看家不安全吧。父亲坚持中午回家给我热饭，父亲吃了饭再去南市场做生意，把我一人留在家中，关好门写作业、看家。

姥姥不在了，屋里显见空得很。

我一个人在家里果然很寂寞。作业不多，不大一会儿工夫就写完了。写完了作业，以前可以和姥姥唠嗑。而这时，家中空空荡荡只剩下我一个人时，我才发现，即使是在病中，姥姥的存在也是家庭安全的柱石。现在姥姥走了，姥姥睡觉的炕头空空的。我越见越难受，也不是害怕，大概还是想念吧，我竟然不自觉地掉泪了。姥姥那顶带有两颗珠子的黑绒帽不时地在我眼前晃动。直到若干年后的今天，我已在向耄耋之年行进时，那顶软帽的绒光和珠子，仍可回忆出来。……

姥姥的绒帽不时地在眼前晃动，有时一闪又隐去了。这时，我听到米囤儿那儿有了响声。我到外屋去看，两只耗子正在席上爬着，一边爬，一边警惕地东张西望，它们看见我，哧溜一下子跑掉了，原来墙脚的一个地方，它又盗出一个洞！

耗子进了洞，见我没什么动作，又探出头来，它见我正瞅着它，又缩回去了。待了一会儿，它又探出头来，见我还那儿看它，它又缩回去了……我和耗子就这么对峙着，直到天黑，父亲接回老二和老三，母亲也回来了，我仍在外屋地站着。

我把耗子洞指给父亲看，父亲又用老法子把耗子洞给堵上了。这时，我突然感到了一丝遗憾，就好像又失去了可以对峙的玩伴似的。

第二天没留作业，父亲吃过饭把我也带到了市场去了。父亲从寄放东西的那家取出货物，把针头线脑一类的东西摆到地上叫卖：

"针头线脑，家家不可少！"

一个中年女人过来，蹲在地上挑这挑那，她拿起了几包针，问："多少钱？"

父亲说了一个数目，那个女人一笑，露出一口白牙，掏了钱，数了数，给了父亲，起身走了。她刚迈出一步要走，我上前叫住她：

"阿姨！你手里的顶针儿还没给钱哩！"

白牙的女人笑了笑——她的笑容挺好看——她说："瞧，我倒把顶针儿的钱忘了！"说毕，她又掏出一张钞票，父亲连忙给她找钱。临走，她对父亲说："这是贵家公子吧？眼睛真尖！"

那个女人走了，父亲掏出两张小钞给我说：

"去买颗糖球吃吧！你要是没看着，那顶针儿就丢了！"

我接了钞票一看，这钞票正是我卖了蛐蛐儿赚回来的那种。

——那咱，一张钞票就可以买一颗糖球，如今一颗糖球涨到两张票子了！

我把钞票还给了父亲，还学着父亲的吆喝喊道：

"针头线脑，家家不可少呀！……"

又有人过来了，还是女顾客。

我装作没事似的，仍然用眼睛的余光盯着她的手……

当晚，父亲把追要顶针儿钱的一幕讲给母亲听。

母亲说："你光看那个狐狸精的一口白牙了吧！"

父亲语塞。

母亲又说："一枚顶针儿的便宜也占，八成是在勾引你这个老爷们吧！"

"哪里，哪里！"父亲极力否认。

日子就在这样艰难的状况下，一天天地熬着。

不知何故，同一院子的那两家相继搬走了，院子里只剩了我们一家，分明是要出什么大事了……

那一天，父亲神色慌张地回了家，进了门还在呼呼地喘息。

母亲问他："怎么了，出了什么事？"

父亲回说："炸市了！……"

原来这天早上，失业的母亲带我们哥仨上学和幼儿园。父亲一早就去南市场摆摊儿了。南市场我常去，姥姥去世以后，我中午放学回家，母亲还没失业时，父亲回家和我一起吃午饭，然后上南市场时也多次带了我一起去。去时，出永庆里二号家门左拐南行，走出永庆里，过一个三岔街口，往左过一个小里弄通往一经路，若直行，走过一段崎岖的土路出街，跨越一条东西与一、二经路相交的十一纬路，就到了一条叫南市街的市场，这就是南市场。

南市场里，街两边除店铺门市以外，沿街两边还摆有出售各种吃、喝、用生活杂物的地摊，有卖米卖面的，也有卖布匹鞋帽百货的，父亲摆摊卖针头线脑、顶针、皮筋儿、纽扣、发卡、腿带、别针之类的小物件，本钱少易于开卖，可是如此小货挣的钱也极为有限。虽然如此，仍略胜于无。父亲不抽烟，不喝酒，挣点小钱除了贴补家用作零星开支以外，都花在他的三个儿子——也就是我，老二和老三的衣、食、用和上学上……母亲上班，发米不发钱，日常零花，多靠父亲。

艰难时世，如此维系，亦属不易。这天早上，父亲比每天起得略早一些，吃了口饭就上南市场了。头天晚上，父亲把货物寄放在街旁的店铺里，早上取出，就在他固定的地点摆摊儿出售。早上，市场上人很多，有买杂物的，买米买菜的，也有闲逛的，熙熙攘攘，人头攒动，快到晌午时分，忽听市场南头有了几声枪响，接着就是人群像潮水一样往北跑，乌泱乌泱的，一时令人丈二和尚摸不着头脑，接着又响起了枪声。随后，咒骂与哭喊叫娘的声音杂乱传来，又夹杂了更多的枪响，只听人群里传来吆喝声：

"炸市了！炸市了！……"

"还卖啥呀？快逃命吧！……"

"伤兵来抢东西了！……"

"和警察对打啦，火拼了……"

市场一下子就乱套了！

父亲本是一个老实人。但忠厚是无用的别名——这是大文豪鲁迅先生说过的，而且还更多地遗传在我们兄弟身上。回想起"我这一辈子"（老舍先生的小说名），害人的心没有，防人的心也无，多是逆来顺受，听天由命；犯倔的时候多，奉迎的行动少；因而处处吃亏，时时不走运。郑板桥不是说过了吗？——"吃亏是福"！其实，郑先生的话，乃是阿Q精神胜利法的师祖先宗。事后我们用"吃亏是福"的话来安慰自己的时候多说——破财免灾！吃一堑，长一智……可是，我们的智在哪里呢？阴谋看不透，阳谋往里钻……啊，父亲——或许还有与父辈同辈的人，都成了自己个性——老实的牺牲品。所谓性格决定命运之谓也！……

炸市的那一瞬间，所谓祸起萧墙，来得实在突然，父亲没有防备。据事后——以及若干年以后我问他时——他说：在那一刻，他感到脑子里一片空白，记不得自己干了些什么。他说，他没有跟随大伙跑，好像脚底下生了根，跑不动了似的……

他在那群潮水涌来的人群的"岸边"——自己摆摊的地方，也就是按月交摊钱的一米多宽的地方，竟然呆若木鸡似地站立着，一任那潮水般的人群从他的眼前流淌北去，而他摆在地面上的，用白帆布铺开的一米五长，近一米宽的地摊上的那些小百货，连同白帆布一起都被人卷走了，他还不知道！

谁卷走的？——不知道。

是被一大群人给抢了吗？——不知道。

那些，那些东西哪去了呢？——不知道。

……

"幸好，你还知道回家！"母亲不无讽刺地说。

"幸好，还没挨枪子儿"母亲开始安慰父亲说。

"吃亏是福，活着回来，没伤着，也是万幸！……"

母亲能说什么呢？这天临晌午时南市场那边的枪声也隐隐地传到永庆里来。母亲原想去看看，刚一开院门，从南市场往北跑的人群便进了永庆里，朝北头的莫名路奔去……母亲便立刻关上了门，隔了门缝朝外看……

一个多小时以后，枪声渐渐地稀了，以致最后终于没有了动静……

旮旯里的人群的脚步声与胡乱的呼喊声，也远去了……永庆里这个偏僻的小胡同，复归于往日的寂静。

不知过了多久（我家既无钟，也没有表），父亲踉踉跄跄地奔回来砸门。母亲开了门，父亲差一点一头扎倒在院子里……

再过了一会儿，父亲母亲同时想起了中午放学的我要回家吃饭。他俩商量了一番谁去接我？

一般说来，女人虽然被讥为"头发长，心眼短"的人，可是一旦家里遇见了挠头事儿时，女人总比男人的勇气大，男人在犹豫不决时，女人早已有了主意，且能挺身而出。

出门接我的是母亲！

母亲一生都在忍辱负重！20世纪是个多灾多难的世纪，母亲一生生育了七个子女，六男一女，夭折了两个男孩：老大死了，让我不知是幸运还是不幸地成了老大，最后剩下四男一女都被养大成人，结婚成家，——母亲付出的最多，流的汗水也最多，受的苦难也最深重，最后由我——长子养老送终，实在是天恩地厚，不足以报万一呀……此亦是后话。

母亲出了永庆里二号的家门北走，拐入莫名路口看见我背了书包从二经路兵营的墙根走过来，像没事似的。

母亲这才放心了，叫了我一声小名，把我拥在怀里。她卸下我的书包，问我："饿了没有？"

我点点头，却见母亲落泪了……

南市场的事儿，是我后来才知道的。

十八　黎明前的炮声与沈阳解放

第二天，学校就停课了，幼儿园也停了。

早晨母亲送我们去上课，南边的脚门从里边插上了，门上贴了停课的告示，学校提前放假。

母亲带着我们三个孩子去了学校正门，在正门遇到了几个老师，老师们也在议论纷纷，停课的告示在学校的两扇大门上各贴了一张，停课不是假的。母亲问了几个人，得到的回答，不是"不知道"三个字，就是摇头和叹息……

有人小声地对母亲说一句："等解放军来吧！"

母亲似乎还没明白，那人用拇指和食指张开，打出一个"八"字。母亲终于明白了——学校和停工的纺纱厂一样，在等待着另一种天日……

母亲带我们仨回家，刚一进院，就听见东边的什么地方响起了炮声。声音很大，又在堵耗子洞的父亲闻声从屋里出来了。这时，我们看见东边的天空上一前一后飞着两架飞机，飞机飞得很高，灰白色的，飞得很慢，不错，是两架，正朝我们这个方向飞来。父亲把我们从院子里拉进屋中，他和母亲嘀咕了几句，感到又不对：万一扔炸弹怎么办？父亲和母亲又拽了我们出了屋子，向房子的东头跑去。房子东头有一棵树，树的东侧是茅房，我们站在树下，透过树枝间的天空，看飞机转了弯儿又向北飞去，咚咚的炮声还在响着，在飞机的旁边冒出一团团的灰白色的烟团，像一串串挥洒的问号。

两架飞机还在飞……

烟团后传来隆隆的炮声……

烟团追着飞机，在飞机的周边绽开，瞬间后听见爆炸时发生的"咚咚"的响声……

我们谁也没有说话，都在仰着头看着，直到飞机飞到我们的视野之外后，周遭才恢复了平静。平静了一刻钟左右，父亲松开他汗涔涔的拉着我们的手，一同返回屋中。

上述的真实一幕一直在我的心中挥之不去，记下了几十年。不错——事后我们知道那是辽沈战役之时，沈阳尚未解放，可我多年来一直没有弄清到底是谁的飞机，谁的高射炮？彼时，国民党有飞机大概是不错的，那咱解放军还没攻下沈阳，离沈阳还挺远，那么打飞机的高射炮果真是解放军的吗？

数十年过去了，直到现在我仍百思不解。若干年后，我问过父亲和母亲，父亲说，他约略记得有这么一回事，可是，飞机是哪边的，高射炮是哪伙的，他们也弄不清。

——这是我从童年走向少年时留下的一个难忘的记忆。飞机在天上飞，我是第一次见到，高射炮打飞机，炮弹像过年的二踢脚炮仗在空中开花爆炸似的，而飞机仅仅像蠕动似的超高空飞行，高射炮炸出团团青烟，我也是第一次见到，而且是平生唯一见到的一次。

然而，关于战事的记忆却接踵而来……

好像是初冬时节，天尚不很冷。一天夜里，月朗星稀，我们刚刚钻进被窝要睡，就被震耳欲聋的爆炸声惊醒。透过震得嗡嗡响的门窗玻璃，我们见到火光冲天，永庆里西墙的酒烧锅厂大概是中了炸弹，嗷嗷的死命般的哭叫声隐隐传来，燃烧的大火照亮了我家的院子，透过窗玻璃也照亮了我家的里屋和外屋。外屋粮茓那儿又传来耗子叽叽的叫声，父亲母亲都穿上了衣服，也给我们穿好了衣服。……

信了佛，过年不吃肉只吃素的母亲，闭着眼睛双手合十地小声祈祷说：

"救苦救难的观世音菩萨，保佑我一家平安吧！您的大恩大德，这辈子不能忘啊！……"

一生未信过佛、道的父亲此时一言不发，只坐在炕沿上，把我们仨推到炕里边，他和母亲用身体挡着我们。我们哥仨缩在一起，一边打着哈欠，一边朝一处挤。……

火光还在熊熊燃烧，好像有救火车开了过来，谁知道呢！

121

突然，又有几声爆炸声传来，好像房子和屋中的地也抖动了——

"是兵营那边！"我和父亲同时说。

我想起了兵营的大墙的豁口，想起了从兵营中"喔，驾"赶出来的马车，那条被车轮碾死的赤练蛇……

我又想起了铁锁和买我们蛐蛐儿的三叔，我"赚回"来的那张钞票，以及父亲说，化装成三叔的蛐蛐儿买家像是八路军——解放军的便衣侦察员……

炮声渐渐地密集起来……

忽然，又是一道闪亮照彻了夜空，接着是震耳欲聋的又一声巨响，房上的瓦也掉了几片。父亲听了爆炸的方向断定是一经路口那边，也就是父亲去南市场时走过的那段崎岖土道的东侧……映来的火光比西墙烧锅的火光还要亮许多……

炮声咚咚地一连串不停地响着……

像爆豆一般的枪响，是机关枪在射击吧……

炸弹的沉闷的巨响，不时地从远处传来……

这一夜，我们都没有睡，周围的邻居也都没有睡，永庆里、二经路也没有睡。……

全沈阳都没有睡……

待天亮的时候，炮声、枪声小了，渐渐地稀落下来。刚静了一会儿，忽地又发出一连串爆豆似的响声。天大亮的时候，阳光照亮窗户的上方，光线射进屋中。

我们困得不行，不由地抱团睡着了。

母亲把我们放倒，盖上被子。枪声一响，我们又被震醒，可转身又睡了过去。

待枪炮声听不见了时，已朝阳满天。父亲的胆子好像变得大了。他出了院门，转了一个多小时吧，回来后向母亲讲述他看到的一幕幕，这时我也醒了，是被尿憋醒的。

父亲说，永庆里西墙的烧锅他去看了，他绕到二经路的门口见到烧锅的厂门已经炸飞了，厂房炸塌了一半儿，却殃及了地下的酒窖。酒窖里的原浆酒都烧光了，屋子也烧塌了架……

父亲说，烧锅老板站在门口，一言不发，此时他是一筹莫展呀……

父亲又说，烧锅对过，马路西侧的那些门市房也都损失严重，有的房门都掉了下来……煎饼铺、水果店和给我看牙的牙医各家还都在，门窗的玻璃碎了不少……

我问："兵营那边挨炸了吗？"

父亲说："院墙震倒了一大片，兵营的房子里好像空了……我没过去！"

父亲又说，他还到一经路火光朝天的地方去看了。

这时，他有些动情地说：

"太惨了！大概是中了一颗烧夷弹！"他打个比画的手势说："一辆吉普车中了弹，车上有几个人不知道，反正全死了！骨头都烧塌了。只有吉普车还剩下一个钢骨架，车轮胎也没有了！最神的是，开车的司机已烧得血肉不剩，却剩下一副完整的骷髅骨架，仍坐在司机的座位上，驾驶盘还剩下一只黑色的铁圆圈儿……"

说得详细，听得吓人。

母亲说："别再说了，听了连饭都没法吃了！"

吃过早饭，父亲又去南市场看了看。

回来后，母亲见他神色凝重，便没有问他。

但父亲还是忍不住说了："听人说，锦州、长春都让解放

123

军拿下了,只剩沈阳和营口了,外城已被包围,没准儿三两天,沈阳也让解放军拿下了呢!"

这话,果然被言中——

1948 年 11 月 2 日沈阳解放了!

沈阳新生了!九一八之后,一直忍辱负重的沈阳,终于挺起了腰杆!

也不知从哪儿拥出来那么多的秧歌队、歌唱队,一下子涌上街头,打着"庆祝沈阳解放!""欢迎解放军!""人民民主万岁!"……之类的大旗,人们抬着毛主席和朱德总司令的巨幅画像,敲锣打鼓上街游行……

母亲接到纺纱厂的召唤,又上班了。

学校通知我们待命。

父亲在家陪着我们……

革命歌曲震天动地——

"解放区的天是明朗的天啊……"

"你是灯塔,照耀着黎明前的海洋……"

"向前!向前!向前!我们的队伍向太阳……"

沈阳一扫阴霾与沉重的往昔,她焕发了青春,也绽放出了笑容。

十九　过年

这一年新年来得特别急迫，年货什么的还没有备下，新年就到了。

新年前腊月二十三是小年，也是灶王爷上天的日子。

灶王爷上天要吃灶糖，灶糖也就是麦芽糖，有长形、方形和瓜形等多种，瓜形特招人喜爱，因此我们都叫它糖瓜。糖瓜这种东西必须冬天来卖，因为它一遇热就化了。小孩子喜欢甜食，当然爱吃腊月二十三的糖瓜。

自从父亲买回来灶糖——有糖瓜，也有长形的灶糖，我们哥仨就围着父亲问："啥时候吃糖瓜呀？"

"等天黑时吃！"父亲说。

我们都盯着放在外屋隔板上的灶糖，那堆在隔板上的放射出淡黄色的灶糖光泽，叫我的舌根生津，不停地咽口水。

早在这以前好几天，父亲母亲就注意到，我家没供灶王爷。这座房子的炉灶都是砖砌的，炉台是一块铁板，不是旧式在平泉住时用的那种锅台，炉子上有一圈圈的炉圈儿，是一种洋货中国化了。虽然炉灶上也安了一块隔板，可隔板上面的墙上并没有贴灶王爷，因而隔板上也没有供品。此时，父亲怕我们争吃灶糖，便把灶糖放在隔板上。

我心里纳闷了："没灶王爷,咋送他老人家上天去言好事呢?"

院内那两家搬走了的前屋,父亲去看了,他说:"有一家有灶王爷,一家没有,咱们从那里'请'一个怎么样?"

"只要保平安,请一个也无妨!"母亲说。

那两家的门钥匙寄放在我家,就放在隔板上面。

父亲取下钥匙,到东头那家,也就是我们躲在东山墙看高射炮打飞机的那家屋里,将灶王爷"请"了过来。

所谓请,就是把灶王爷他老人家从墙上揭下来,然后贴在我家墙上,权充我家的保护神。

父亲蹬了凳子刚要去揭他老人家的画像,母亲快步过来说:"等一下!"

母亲点上了三根香,插在那家隔板上的香炉碗上,让父亲和她,以及跟过来看的我们小哥仨,分别朝灶王爷他老人家的画像磕了头,这才毕恭毕敬地,小心翼翼地把画像"请"过来,又磕头作揖将他老人家请到我家隔板上面的墙上,燃上香,献上敬意,让他老人家体谅我们这样的小户人家的困境与艰难,豁达地在上天去见玉皇大帝时,多说几句祈祷的话。

腊月二十三晚上,父亲母亲虔诚地将灶王爷"请"(揭)下来,用火点燃烧了。事先已上香,事后便将新"请"(买)来的灶王爷画像再贴上去,再上上香,再磕头作揖,礼毕,全家人把供上的糖瓜等灶糖拿下来分吃。

糖瓜、灶糖等都是手工作坊的出品,并非模压,看起来大小有些差别,父亲担心我们哥仨争,事先便讲了孔融让梨的故事,这使得我们三个一点儿也没起纠纷,分了啥便吃啥了。这糖瓜真甜,吃进嘴里便含化了,甜在舌尖上,也甜在心里。我们一边吃，一边看，看父亲又在新灶王爷的画像边贴了他刚写下的一副对联儿：

上联贴右边——上天言好事；

下联贴左边——下界保平安；

横批是———一家之主。

对联可以在购买他老人家画像时附带买来，为了节省些许小钱，父亲还是省了。回家他用红纸自己写，他的毛笔字还说得过去，小时曾练过"小大由之"。

有一家之主的灶王爷他老人家保佑，我们也迎来了沈阳解放后的第一个旧历年——春节。

这一年的春节特别热闹，因为日本鬼子滚蛋三年了，刮民党（国民党）、中央军（遭殃军）也被歼灭了，人民当家做了主，劳苦大众得到了解放，真是欢天喜地歌不尽，鞭炮声中换新天。街市上热闹我们见得少，因为我过了这个年才进入八岁，没到旧历(也称皇历或黄历)四月十九我的生日，还不满八岁哪。所以，父母不让我们远去，只能在永庆里胡同中玩儿。

母亲曾给我们讲过一个拍花子的故事。故事说，有那么一种蒙汗药，往小孩子头上一拍，小孩子就懵了，就会不由自主地跟了拍药的那个人走。有一个小孩被拍花子拍了之后，给领到山中的一座破庙里，然后杀了一条狗，剥下狗皮，趁狗皮还热的时候，把小孩灌了麻药，然后在小孩的前胸后背用刀划了许多口子，再把血淋淋的狗皮给小孩捂上，狗皮便长在小孩身上，小孩因有狗皮捂着，长得很慢。再后把着了狗皮的小孩卖给变戏法的，让他学一些翻筋斗的动作，还把小孩的舌腺割断，小孩不会说话，只能听唱，随着变戏法的班子到四处去演了挣钱。

……

这个故事母亲至少给我们讲过三次以上，就是提醒我们小孩子不要到离家太远的地方去玩儿，更不要跟陌生人接触，尤其不能要陌生人的东西，如糖果点心之类的吃食，以防被拍走。——若干年后，这个恐怖的故事被莫言写进了小说，时间换了，是在人民公社时代。这位自称讲故事的人接着讲了故事的结局：

有一次这个戏法班子来到一个村庄演出，在演出后由披了狗皮的孩子拿帽子在围成圆圈的观众脚下，四脚（手脚如狗一般）着地行走收钱。这时，这个人头狗皮在身的小孩在观众中认出了自己的舅舅。他爬到舅舅的跟前，热泪如涌，用手捶打了舅舅的脚，又用手指了指自己的口，泪如雨下。舅舅在那一瞬间，从眉眼上认出了自己的外甥。他强忍着从观众圈中挤出来，大步跑向派出所，报了案。于是，该案告破，有关的罪犯受了惩处。小孩子身上的狗皮剥掉了，小孩又成了小孩，可惜舌腺被割，终生不会说话了。……

莫言把这样的一个故事背景移位到公社制的时代。……

可我却在新中国成立前后，至少听家大人讲过三回同样的故事哪。……

故事的凄惨令小孩子们听了却步，却从未怀疑过故事的真伪。——我今天仍不怀疑故事的真伪，但令我惊讶的是我童年在沈阳听讲的故事，居然也在山东流行（并为莫言所采用），可见传播范围之广。然而莫言将故事的背景时代移往公社年代，却有一个无法破解的破绽：公社年代并无个体的流浪变戏法的马戏班子。那时，一切演出都在党的文化部门领导下进行。……而讲故事仍然只是讲故事，笔者至今没有见到有人对此故事的真实性提出质疑。

话题扯得太远了，还是收回来，回到1949年的春节吧。

我们小孩子不敢远出永庆里，跑到更远的地方玩儿，却不妨碍有人带了小孩子，来永庆里挨家演唱讨钱。

大年初一的那天上午，有一个拉胡琴的老者，也就近五十岁的模样，带了一男一女两个大头娃娃，从永庆里一号门口唱完，来到二号我家门口。老者先讲了几句拜年的吉祥话，便把胡琴挂在腰上，吱吱嘎嘎地拉了起来。他先是拉一曲《东方红》，又拉了一曲《没有共产党就没有新中国》，两个大头娃娃，一男一女摘下了大头娃娃的头盔，演唱了这两支歌儿，这两支歌儿唱完，便戴上大头娃娃头盔，向在屋里忙活着的我的父亲母亲拜年，乞要东西。过年都是讲吉祥的，父亲母亲听了歌，又听了拜年的话儿，都出来向这俩小孩——大约十来岁吧，一一还礼，还夸奖唱得好，不由分说，每人给了一张钞票，钞票都让拉胡琴的老者接了过去。

接下来，男孩女孩摘下帽子行礼后，又戴上了像个大西瓜那么大的娃娃头盔，一男一女的头盔上画着眉开眼笑的娃娃的头脸，两个戴头盔的孩子便跟着胡琴的弦声唱起了民歌：

一呀一更里呀，
雪花飘呀飘满地。
情郎哥想妹妹伢妮，
伢妮子呀，你干啥在家里？

二呀二更里呀，
雪花飘呀飘屋里。
情郎哥呀想妹妹伢妮，
伢妮妹我在家里纳鞋底。

三呀三更里呀，

雪花在天上飞来飞去。

情郎哥想妹妹伢妮，

伢妮妹我在家也想你！

四呀四更里呀

天寒地冻冒哈气。

伢妮妹想哥在心里，

做双新鞋过年送给你！

五呀五更里呀

三星亮了北斗低。

情郎哥进城赶大集，

真叫伢妮妹我心中好惦记！

六呀六更里呀，

晨风料峭月偏西。

城里的歌管楼台声细细，

情郎哥的魂呀别叫人勾了去！……

　　情歌儿唱得挺滑稽，诙谐幽默的动作，加上大头娃娃的圆头盔一扭一摇，直叫我们哥仨看得十分入迷，歌词儿听不怎么懂，只是两个人的动作逗得我们哈哈大笑。——这笑不能白笑，也是有代价的。——拉胡琴的老者放下背上背的米口袋，这回他们不收钱，而是讨要高粱米了。

母亲给他们舀了一碗米。

老者嫌少说："一平碗呀，再加一把吧！"

母亲笑了说："都不容易呀！"

母亲示意我去用手捧一点米给他们。

我回屋去捧了一捧米……

老二也去捧了一捧米……

老三也跟着去捧了一捧米……

三小捧米加起来，也有小半碗了。老者笑得眯起了眼睛，男女大头娃娃摘下头盔，头上冒着热气，喘着对我们哥仨说：

"谢谢小哥仨！"

他们收拾了一番，便出了我家院门往永庆里三号院去了。

我们想跟了去，母亲忙加阻拦说：

"高粱面蒸饺出锅了，快进屋上炕吃饭吧！"

大年初一就这样在大头娃娃带来的歌声中过去了。

二十 三经路完小

春天开学时，我们原来 M 小学的学生一窝儿端，全合并进了三经路完小。一年级小豆包的时日已经结束，我们都成了"二年级的小老二，像个豆腐块了……"

到了二年级，有了音乐课。音乐（当时叫作 yīn yào 课，三年级下学期迁居哈尔滨，入马街小学，则改称 yīn yuè 课了）老师弹一架风琴教我们唱歌。这是我第一次近距离地看老师用手用脚弹风琴教唱歌，以前在 M 小学念一年级时，曾在别的年级的门口听过风琴声，但那离得远，看得不很清晰。老师的手一按一扬，风琴发出悦耳的声音，叫我心痴神往，十分专注。可惜我没有什么音乐天赋，喜欢也只是悦耳悦心悦情而已。

老师先教唱简谱：

"1，2，3，4，5，6，7，i……"

唱成：

"哆，来，米，发，嗖，啦，西，兜！……"

老师唱一句，学生们跟着唱一句：

"1，3，5，3，1……"

"哆，米，嗖，米，哆……"

反复唱了一堂课，上半堂还挺新鲜，过了半堂课，老重复唱这七个音，就不免感到枯燥乏味，渐渐地提不起精神了。

过了几天，上音乐课的第二堂课。老师教唱《东方红》。《东方红》这支歌，自从沈阳解放以后，大街小巷都有人唱，算是耳熟能详，我也会跟着唱，却不那么标准，于是学起来劲头也足：

东方红，太阳升，

中国出了个毛泽东，

他为人民谋幸福，

呼儿嗨哟，

他是人民大救星！

唱了几遍以后，我们大家能很流利地，很完整地把歌唱下来了。老师说，唱得很好，但要注意在唱"呼儿嗨哟"这四个字时要加点力，节奏感要明快。一个在后座的男生举起手来问？

"呼儿嗨哟是啥意思？"

有人在下边笑。老师用手势压了压说：

"呼儿嗨哟是感叹词，其意在加强'谋幸福'三个字的效果，也有强调的意思，所以唱时要加重！"

"噢——！"

大家不约而同地发出一声感叹，表示明白了！

到了二年级，学生可以带午饭了。我每天带一个苞米面的饼子，一块煮熟的咸菜疙瘩，没有饭盒，用一个布袋装了，挂在书包外，防止大饼子和咸菜弄脏了课本和作业本儿。午饭学校给热一下，有一个白铁打的蒸锅，少数有饭盒的，可以放在蒸锅里热，像我这样没饭盒，用布口袋装了大饼子（只能装大饼子，不能装高粱米饭）的，便放在蒸锅外热一下。好在儿少时代的我——也包括我的男女生同学，都很皮实。一顿午饭，一小块熟咸菜（用苤蓝疙瘩酱腌，再生吃或熟吃，我特爱熟吃的这种咸菜）加一个大饼子，不一会便咽下肚子，然后到学校的自来水管龙头那儿咕嘟嘟地喝几大口水，这午饭便结束了。

下午是自习课，实际上是连写作业带玩。过了一堂课的时间，以打铃为号令，我们男生不约而同地背了书包，分成两伙踢起皮球来。大家把书包分堆在两边儿，算是球门，然后就对踢起来。

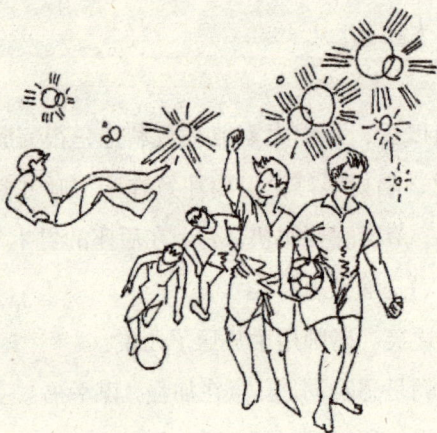

这种比赛是很激烈的，赛场上什么事儿都会发生，今天他踢了那个人的肚子，明天又有人的手被踢肿了，然后又有人被球击打了脸，弄了个乌眼青……十分淘气的我，也不甘落后，不是向前冲锋陷阵攻门，就是往后跑回去救险。在一次救险的当儿，我举脚过高，一脚踢到了那个进攻救员的大腿根部，却不防他斜里反过来一脚，正踢中我的裆部，我顿时感到那根儿十分发痛不支，便蹲了下去，用手捂着裆部哎哟起来……

同时摔倒了两个人，分属于攻守双方，球赛停了下来。我方的头儿比我大一两岁，他好像还担任了我们班的班长职务。他跑过来问我怎么样？要不要到校医那儿看看去？

我摇了摇头，豆大的汗珠儿已经从额头上滑落下来……我也没揉，实际上那个地方也无法揉，我只是用手捂着、护着……过了好长一会儿，我才站了起来，走路却有点蹒跚不整了。

班长宣布球赛今个结束，明个儿再比。

班长有个大哥哥的样，他背上了自己的书包，还替我背了书包。我抹了抹脸，擦了擦汗，在班长的陪同下去了厕所。在厕所小便的时候，他弯腰仔细地看了我裆部的那些零部件，未发现异样，便放心地笑了起来，我也笑了起来，这一笑又感到微痛了……

我把班长当作了最好的朋友。

当天我回家没有和父亲母亲说，我担心说了，就会不让我踢球玩儿了。——那个年月的小学生，课余时间不踢球玩什么呢？玩扇"辟吉"（读 piǎ jī）！

"辟吉"这两个字，至今我不知如何写法。它是怎么来的？为什么这两个字在《辞海》、《辞源》以及《新华字典》和《现代汉语词典》上都没有呢？

"辟吉"是用黄纸壳做的，上面糊了一张纸，纸上彩印着一些古代的名人半身像，最普通的是那种如二寸照片大小，外边加了一个两毫米宽的圆边框。还有比这种普通型大一些的叫"中辟吉"，还有更大的叫"大辟吉"，但中型、大型的都很少。普通型，也就是小型的，直径大约有二寸左右，市场上有售。一个大张的有几十个，小型张的有十来个，买回来沿圆形的边框剪下，就可以玩儿了。

其玩法是"钉、杠、捶",胜者先扇,负者把自己的一枚"辟吉"扣在地上,使之环周不露缝儿,以避免胜者一方用力扇出自己的"辟吉"时,将扣在地上的"辟吉"翻个过儿。扇翻个了,就归了扇方。若没扇过来,扇者的那枚"辟吉"得让对方回扇,胜负同前。——这是七八岁的男孩子普遍玩的一种输赢玩具,差不多哪个男孩子在衣袋裤兜里都有十几个,甚至更多的"辟吉"。

女生则没有,女生的玩法是跳猴皮筋,耍口袋,跳方格儿等等。但男孩子差不多到了十岁或十岁以上便不玩"辟吉"了,它属于小孩子们玩的初级阶段。可踢皮球却与时俱进,只不过皮球随年龄增长而逐渐改成大球,到了初中便改为踢正规的,标准的足球了。

学校在春天时还要组织学生远足。远足就是郊游。远足是让学生步行到郊外有山水的地方去,让学生——特别是城市长大的孩子接触大自然的山水草木,让大自然的景致陶冶孩子们的性情。让山中轻风,水中鱼虾,树上花果、草中的扁担勾、蚂蚱、螳螂、甲虫、蝴蝶等,给小孩子以新奇的感知。

小学生的自然课本,三年级就有了。一二年级主要是识字和学习简单的加减法而已。

基于这样的原因,学校只组织三年级以上的学生参加集体远足活动。对于一二年级的学生,学校要求家长带孩子到郊外去远足一次。远足这个词很好,它含有步行的内涵,因此也有锻炼体魄和增强意志的意思。

家长不会无视学校的要求。于是,一个星期日,在纺纱厂上班的母亲和在外边帮助别人跑腿做生意的父亲便提前准备我的远足了。研究的结果,当然也要带上老二和老三。老二和老三还在上幼儿园，这家幼儿园不是先前的那个，而是转到一经路的另一家的幼儿园，离我家永庆里也不远。每天早上还是由父亲去送，晚上下班时母亲捎带接回来。

远足的地方，父亲母亲选择了去往母亲故乡路上的浑河边，那里十分空旷，除了远处有一座白塔（南塔）外，大地上只有村庄、田野和浑河两岸的芦苇与荒草了。数十年后，我在撰著《辽河传》时，记下了这次远足的情景：

六十多年前，我家居沈阳时，浑河是流经沈阳南郊的一条城外之河。在淡水季节，浑河虽宽，水却不大，漫漾而流的浑河之水澄明清澈，透过水面可以看到来回游翔如飞的小鱼。记得那时在河中嬉戏，水深刚过脚踝，最深处也不过略及腿肚子，浅浅清清的流水贴着脚脖或腿肚流去，颤颤悠悠汨汨如诉。我和童年的伙伴（指二弟与三弟）用手捧捞捉水中的小鱼，装进瓶中玩耍。阳光在水波上跳跃辉闪，亮得刺眼，我们只好背过身去，看清凌凌的河水从上游流来，又朝西南流走，带着耀金的浮光，轻悠悠地远去，将匆匆的光斑水影印进我的脑海里，叠印在我的梦中。当我们在沙滩上玩够了的时候，才依依不舍地提了瓶子，也提着瓶子中的小鱼步行回家。夕阳将我们的身影拖在身后，身影在沙滩上，在河水边摇摇晃晃地划过。……

六十多年之后，我再次来到浑河的岸边，那里大致是我童年玩过的地方，一切都变样了。浑河因为下游修了一道拦水的橡胶坝而成为河宽水深的一段大河，并且成为调节沈阳小气候的长湖，也给沈阳市民筑起一道休闲的漫步长廊，我真的不敢认了！——这就是我曾经远足、洗脚的浑河吗？她还记得六十多年前我们一家五口人在河滩和沙地上留下的笑声、脚印和身影吗？

我童年时代光阴的故事呢？

跌落在哪一片细细的波泓之下了呢？

二十一 桃仙屯

这年秋天，母亲带我们哥仨下屯去了。

所谓下屯，就是到乡下去探亲。我母亲的故乡叫桃仙屯，也就是后来沈阳建立了桃仙屯机场的地方。当然，这里也是我姥姥、姥爷家。可惜二位老人都不在了，祖坟的一抔黄土，埋葬了老人一世的辛酸与悲苦。可能也有些欢愉，但我很少听人提起，那个年代，谋生是人生最大的目标。目标只有一个：活着。可活着，并不容易呀。

桃仙屯我姥姥家名下还有一座房子，姥姥、姥爷都不在了，这座房子应该过继为兆家的儿子纪长生的名下。房子只有两间：里屋与外屋。按今天的标准去测量，大约在40平方米上下。房子连同小院，院里西北角面临屯中唯一的一条东西大街，门朝北开，出了门是极窄的一条小河，河上搭了一座小桥，过桥就是东西大街了。小河在东西大街的南侧，往东再走不远，小河便消失了，换言之也就是空有河床没有水了。我随母亲下屯时，桥下还有一道一两米宽的水，但不是流水，而是两边河床三四米乃至四五米宽的小河的东延。

河水相当干净，明亮而清澈，在河北沿，也就是路的南侧，有几个扬竿垂钓的人。这是我第一次看见人们钓鱼：钓者把红色的蚯蚓——也就是从一个小土罐里捉住一条曲蛇，用手撕下一小段，装在丝线拴好的钓钩上，钓钩上有倒饧的尖儿，这样蠕动的曲蛇的残段躯体不会脱钩掉入水中，鱼儿一旦吞吃了曲蛇，口腔的某处被倒饧的尖儿挂住，也不会脱钩逃掉。

我站在钓者的身后，看钓者频频地甩竿儿，将上钩的小鱼甩到岸上。多是一捺来长的小鱼——后来我知道这种鱼名叫柳根儿，长不大，繁殖力极强，在辽河流域和松花江／黑龙江流域各地都有它们的存在，炸着吃，味道亦十分鲜美。——我顺着河边向远离姥姥家的方向走去，我见钓者的身边都放了一个黄铜盆（那时没有搪瓷盆、铝盆，也没有不锈钢盆和塑料盆），盆中盛着半盆水，水中游着的都是钓上来的柳根儿，此外也有小鲫鱼、小鲤鱼和泥鳅鱼。这些鱼的名字也都是我在桃仙屯一行中认知的。

母亲在开门的土坎上喊我了："吃饭了！……"

我便腾腾地跑回姥姥家。炕桌已经摆上了，老二和老三已经大嚼了起来。这顿午餐吃的就是炸小鱼儿，鱼刺儿已炸酥了，不扎人了，可以放心大胆地吃了。饭是高粱米红小豆粥，干粮是黄米黏糕，糕中有小枣儿，上面敷了一层小豆，切了片吃，又甜又香。我记得以前我家吃过一次黏糕，不过不像这一顿吃得难以忘怀。

吃了饭，我又到门外去玩。老二老三像跟屁虫似的要跟着，母亲不放心，也和我们一起出了西北的门，来到大街上。大街的北边稍偏东，是一个临街的小学校。因为是星期日，学校的操场上只有几个小孩子在玩儿。我见学校的操场上有一根高耸的旗杆，而学校的教室都是青砖灰瓦的老式建筑，却一下子想起了孙悟空和二郎神斗法，前者会七十二变，后者会七十三变，略胜一筹。孙悟空摇身一变，变成了一座土地庙，可尾巴藏不住，就变成一根旗杆立在庙后。二郎神追击孙悟空，半途中忽然不见，只见一座小庙立在路边。初始时二郎神尚未怀疑，因为这样的山神庙、土地庙很多，每每常见。可一见旗杆立在庙后便明白了那是孙悟空变的，于是便挥戟刺来，孙悟空一见不好，立即挥棒来迎，两个厮杀起来。……

想起姥姥讲的这个故事，又看到姥姥家小学校操场上的旗杆，互相印证，就记牢了一辈子。若干年后我在撰写《辽河传》，写到浑河提到桃仙屯时，也联想到这所小学，更想到了孙悟空与二郎神斗法的故事。——大约是1984年吧，我已调到出版社工作和崔中义等同事去广州参加书市，回程时买不到机票，就买了到沈阳桃仙屯的中转机票。转机时，我特意到大楼的窗户上看了一下桃仙屯。这一望才知道，届时的桃仙机场/屯已非昔日之象，连一点可以捕捉的记忆也没有了。

回到姥姥家的小院中，这才感到姥姥家的小院内非常整洁，房屋的对面是一个仓房，也是两间。其实，这二间房母亲、大姨和老姨都住过，当然是夏天，冬天一冷，为了省火就都搬到大屋的北炕上睡。屋墙、仓房的墙，以及院子周围的泥墙都非常干净，可见住在姥姥家的外甥纪长生非常勤快，墙体的外表都用掺进了稻壳的泥抹光，像水磨石似的，嘿！真漂亮！比我家居住的永庆里二号的南墙——三号院房屋的北墙，一年四季阴沉长了绿苔藓的情况，简直不可同日而语。

仓房里当时没有住人，我推门进去，里边有锅灶，内室也有小炕，都十分整洁，炕梢有一个烟道，烟道是砌的，上面有隔板，隔板上有一个炕琴。炕琴就是一个矮柜，矮柜上放一个书架，书架上有那么一摞书，我细看了一下，有《三字经》《百家姓》《千家诗》《千字文》《幼学琼林》《诗经》，以及母亲和两个姨母学习的课本。炕琴的侧面并列地放有几个米袋子，装的是粮食。看来这个家的精神食粮和物质粮食并存在一起，挺小康呢！我在仓房发现了一个二寸半高的一带盖儿的黄铜制的小杯，我看可以养蛐蛐儿，就和母亲说：

"我想要这个！"

母亲点点头，同意了。铜杯上的盖儿，有一半是固定在杯体上的，另一半有铰链可以开合，杯体光滑，发出暗黄色，非常可爱。——但至今我仍不知道它是干什么用的。

出了仓房，我弄了一点土垫在铜杯上，恰巧窗下有蛐蛐叫，我听了一会儿，知道它藏在一个花盆下，我突然搬开花盆儿，正见蛐蛐儿还在张翅鸣叫，只一下便扣在了我的手中，然后我把它装进铜杯里。我丢了几粒辣椒籽给它，把盖盖上，怕它透不过气来，便在铜盖下边垫了一根草茎，随手把铜杯放在了窗台上。

母亲带了我们出了东南的院门。院门有砖柱支撑，上面有防雨的瓦盖儿，门是原木门，漆成黑色，左右两扇，门在临小路的外面，贴了对联——

上联：忠厚传家远

下联：诗书继世长

横批：耕读人家

我不知道姥爷的具体情况，也没有问过。但从姥爷家的小院子看，充其量是一家小康农户。

姥爷家有多少地！我不知道。肯定不会太多，因此过后掀起的土改运动，把母亲家划了个中农。其时，当时姥姥、姥爷已经过世，房子又以几百斤高粱米的代价，连耕地一块儿过继给了长生舅舅，这划出的成分也是以后长生舅告诉了大姨，大姨又告诉我家的。——所以，对联上的忠厚传家，或许仅是夫子自道，而诗书继世，也是一厢情愿，或许亦只是姥爷家、长生舅舅家的一个小梦罢了。姥爷也在屯子里的小学念过书，长大成家，守田种地过日子，三个女儿都上了学，在那个年月，姥爷、姥姥应该说还是很开明的。而且，也算忠厚传家了，诗书继不继世，并不重要，因为横批已经限定了耕读二字，是不离土地的旧式人家而已。

我们出了院门——姥姥家的院门记忆在我的脑海中长存不忘。莫言先生得诺奖后，他家的农村小院门及父母在院内仓房前的合影，在网上流传。老实说，他家的仓房显旧，院内却显得有某种吉祥气，却比我姥姥家的院内多显沧桑。——他家的成分是上中农！在网上，莫言家院内的对联是这样的：

上联：千祥云集

下联：百福並臻

横批：（看不清）

莫氏——原姓管，管先生之家胜我姥姥家多多，虽无诗书济世之类的祈祷，却胜似有这类祈愿的人家。事实上，一切家居门上的对联都是祈福的吉祥语，却是不错的。自从中国人发明了对联，对联内涵中的吉祥、富贵、福祉、嘉运等等，却是真的"传家久，继世长"的。

话题扯远，再拉回来吧！

我们出了院内，过了一条小路，路那边便是大田。这片大田已经秋收了，但还有一些女人、小孩举了镢头之类的工具，在田地中乱刨乱挖。

我从未走近田地，此时见到田地，便撒欢地跑起来，向大田深处的那些人跑去。母亲喊我，我也装没听着，有老二老三拉着手，母亲走得很慢，尤其是收获后的大田，土地松软，走得不快，不一会儿我就跑远了……

正在这时，我前面不远的一个小姑娘喊道：

"妈呀！快来吧！你看我挖出了这么大的一个大地瓜！"

原来是收获后的地瓜田，人们在田里"溜地瓜"，就像黑龙江这边秋后"溜土豆"一样。

喊妈的是一个十来岁的小姑娘，她挥着一个镢头，她妈听见女儿呼喊便快步走了过去，看热闹如看风景的我，也朝那个小姑娘挖出地瓜的地方跑去。

到那儿一看，小姑娘已经挖了一尺多深，一个七八寸长的地瓜还有一半埋在坑底的土中。她妈接过女儿手中的镢头，小心翼翼地朝下挖，忽然地瓜动了一下，就在这突候的一瞬间，一只灰黄色的东西蹿出土坑一溜烟地跑了。"快抓田鼠！"小姑娘妈喊着，却因田土松软跑不动，眼见得田鼠窜进地头处的乱草丛中不见了！

那是一只大田鼠！事后听母亲说，田鼠的皮可柔软了，可以制作"吞袖"，也可以制作衣领和帽檐儿。可是，此刻它却逃跑了，躲过了一劫！

小姑娘挖出的那个地瓜，原来是已让田鼠拖进了洞中的地瓜，可见田鼠本领高强，若不是亲眼所见，谁会相信这么大的一个地瓜会被它拖了去。——事实上，许多动物的本领都很高。——写到这里，让我想起三年自然灾害时，人们缺粮，我有一次坐郊区火车去城高子乡下寻机溜土豆。那时土豆早溜光了，人们进入收获后的大豆地中寻找摘拾落地黄豆的机会。有的人在田边发现了田鼠洞，便用铁锹和二齿子挖刨起来，挖到洞底，竟发现了田鼠自建的粮仓！粮仓中没有别的杂物，一色的大豆，他们把洞中的大豆全挖了出来，竟然有三十多斤！这一消息传开，那年秋天挖鼠洞的旋风席卷金源故地阿城各公社的乡下，尤其是离铁路站点较近的地方。

或问：田鼠用鼠嘴衔进土洞深处的大豆粒儿，沾满了田鼠口腔中的唾液，这大豆可以吃吗？

回答是肯定的。我虽没有挖过鼠洞，也没听说有人吃了老鼠洞里的黄豆发病死人的。

——又扯远了！然而，童年的记忆无疑是很苍茫的。

在苍茫的往事中，有多少可以忆想的镜头与风景可资一观呢？

二十二 模特·挂钟与橡皮

第二年春天，又是一地春草绿，依然桃李杏花开。我家又搬家了。先是母亲上班的纺纱厂北迁牡丹江，职工可以连家属一块儿迁移。父母亲俩人合计了半宿，最后决定不去。不去的原因有两个：父母亲都认为，全家留在沈阳，在大城市生活，即使米贵，谋生还是有办法的。第二个原因，就是我们三个孩子的上学问题，老二也到了上学的年龄，老三还在幼儿园，可老二老三去的幼儿园是私人开的，官方要合并，合并以后离我家过远，接送不易，就又回到家中。失业了的母亲在家，除了干家务以外，还得教老二老三识些字，因而由此时开始，母亲把自己的工人身份改写成家庭妇女了。

好在父亲找到一个差事，在官方的房地产部门打杂，跑腿儿。当时，日伪遗留的房产，国民党接收大官留下的房产（还有资财，有别的机构去管），还有逃离沈阳的一些人的房产等，由于刚经过辽沈战争，空房不少，需要测量、登记和出租……这些事需要雇人登记造册，来干事的人要有些文化。于是，父亲就谋了这样一个差事。有了这样一个跑跑颠颠的活儿，总算把全家吃饭的问题解决。不然的话，父亲母亲看着外屋的粮芡只出不进，日渐矮下去的存粮，只能忧心忡忡，暗自着急。

146

母亲的那些工友姐妹们，也有那么两三个来家串门，谈的都是纺纱厂搬迁的事儿，以及去与不去的利弊与对比。后来，我听到她们说，有回来取父母家眷北上的人说，那儿条件还可以，厂子给搬迁北去的职工发了一笔费用，用来补助自盖房屋。有一个来串门的女工心眼活动了，想去，来问我母亲去不去。正说着，又来一个女工说："去不了啦！厂方已经截止了。"她说："女工稀烂贱，在那边当地招工，培养它一两个月，还不是照样开工！"说着说着，三个人都哀叹自己的命运不济。——我在一旁写作业，听母亲和那两个姐妹的谈话，有时也谈到上班接纱头的一些事儿，偶尔也会发出一些笑声。她们说："做纺纱女工这一行，眼睛要特别好，特别尖，要能在最短的时间发现断头，跟着许多台机器来回跑，一天最少也得百十里！……"

我听了母亲和阿姨们的话，心里好像对纺纱工人陡升起一种敬意，我这时才知道外屋地里粮苁中的高粱米，都是母亲一步步走来走去看守机器，接线头挣来的，……我顿时感到母亲高大起来，有这样能吃苦耐劳的母亲，我心里托底，也很骄傲！——若干年后，我在20世纪的六十年代，"文革"以前，黑龙江日报副刊部的陆伟然老师打电话找我，给了我一份牡丹江某纺织厂一位纺织女工劳模的业绩，让我为之写一篇赞颂她的散文诗。当我回到独身宿舍认真读这些记录女劳模的材料时，"接纱头"这三个字立刻触及了我了童年记忆的闸门，我想起母亲当纺纱工时的一些零散的记忆……于是，我带着一种对母性的虔诚的敬爱之心，摊开稿纸，写下了《纺织女工的性格》的一篇专题散文诗。内容已经不记得了，可在那庄严的题目背后的崇敬之心，却是我永远不能忘怀的。那篇专题散文诗发表后，我至今还珍藏着，因为这里面还有一些点点童年记痕呢！

这年冬天，寒假期间我家从永庆里搬走了。永庆里二号我家的院子狭长，三号院的房子遮挡了阳光，还有一棵树，所以我家院里阴湿发潮，冬天用火炕取暖特费煤，否则就不堪居住了。

从永庆里搬到了和平区南六条与中山路相交处西南角的一个日本人留下的居民宅院里。这个大院有十几套日式二楼住宅，我家租用的是街角正对十字路口的那座小二楼，楼下住两家，楼上住两家。我家住在楼上，租了一间大约14个榻榻米大小的房屋（榻榻米，即日人睡觉铺的约二寸厚的草垫子，面积不足2平方米），还有一个小储藏间，厨房是两家共用的，厕所也是。上楼的水泥台阶在外露的院内。院门开在南六条马路上（今称南六马路），不知为什么，多年来我曾无数次地梦见我在那个院门出入上下的情景……这是后话。

我家的窗户朝东，面对着中山路。而在中山路的对过，过十字路口，有一座三四层高的灰楼，院门总是敞开着的，院门旁的水泥抹的方柱上挂了一个白地黑字的长条校牌：

鲁迅美术学院

可能楼内的某些地方正在修缮，一进院门的左侧堆了一个大沙堆，往里还有砖堆。小孩子与沙堆有着天然的亲和力。星期日，我们哥仨吃过了中午饭便到美院的沙堆上去玩儿，玩得不亦乐乎。美院的学员们——男多女少，看见我们大约六七个小孩子玩得高兴，便坐在楼门前的台阶上为我们画速写。还让我们摆出各种姿势，让我们当模特，也给我们画肖像。后来，我们知道这是他们在练基本功。彼时，我看见他们画得十分认真，又十分相像，感到十分好玩儿，心里老个儿地羡慕了，但画画是一种天分，我等此类天分平平，也只有羡慕而已。大哥哥们画好了，还给我们一人一张，可惜这些未来画家的早年习作，后来搬离沈阳时都遗失了。——玩沙子、画我们的情况继续了半年多，到秋末时，美院迁往南湖，这份玩缘也就结束了。

搬到南六马路居住，二弟也上学了，他进了沙滩完小。沙滩完小在我家的南方，步行过去大约两站路。那时，中山路行驶的是有轨电车，人称摩电车，路上有双轨，空中有低压的电线，电车上边有一个椭圆的弹簧弓子，与电线接触，电通了，电车便可以开走了。

老三还在上幼儿园，幼儿园就在我家的院内，不用远送，这一点也是父母亲相中这个地方的一大理由。每天早上父亲送老三上幼儿园，然后和我一起坐电车北行，父亲坐一段下车去上班，我则坐到市政府那一站，下了车南行一段，仍在三经路完小念书。

老二去沙滩小学，早晨与午间母亲步行接送，不坐电车的唯一理由是省钱。沙滩完小那里已近浑河岸边，过了浑河就出沈阳城了。沙滩电车站是中山路南北街的 10 路电车的终点与始发点，电车不是很多，坐车的人也不多，彼时沈阳人口锐减，刚建国，人口与经济正在恢复中。

老二放学回家对父亲母亲说：

"老师告诉我们 8 点上课，啥叫 8 点呀？"

我家没有钟表。父亲瞅了瞅母亲，母亲瞅了瞅父亲，一脸的无奈。正是星期日，和我们同住楼上的那一家租的是里外连通的套间，日本式的拉门开着，他家面对门口的墙上有一个圆形的电钟。

父亲叫来我们哥仨，站在拉门外的过道上，指着墙上的那家的挂钟说：

"看吧！那是钟！那个黄色的忙针，也叫秒针，走得挺快。

它转一圈是一分钟。它转一圈儿，那个黑色的大针，也叫分针，忙针走一圈正好一分钟,分针就走一格,分针走一圈儿是60分钟,就是一小时，短的黑针从 1 走到 2，又由 2 走到 3……时针走一圈是 12 小时，你们看钟盘上不是有 1, 2, 3, 4, 5……一直到12 吗? 时针走 2 圈是 24 小时,也就是一天一宿了!"

"那 8 点呢? "老二问。

父亲回答说:

"分针走到12,时针走到8时,就是8点钟。你们8点钟上课,妈妈和你必须在 7 点 15 分以前就得和你从家里出发，不然会迟到的! "

老三问: "咱们家咋没钟呢? "

父亲说: "会有的，会有的，别着急! ……"

老二说: "买一个钟，好贵好贵的，要许多许多的钱呢! "

不管怎么说，大约从此一刻起，我们知道了钟与时间的对应概念。我心也想，"要是有一个钟，该多好啊!"——谁知，即令若干年后，我家有了姑表哥送给父亲的一块两针半的胜利牌苏联产的旧手表，可却始终没有一架钟。

这家有钟的芳邻姓什么，我已经回忆不出来了，仿佛姓李，姑称李家吧。李家早晨忙时，拉门总是开着，这样我就能随时跑去看一下钟点了。冬天天冷时，因为屋中有取暖的圆柱形壁炉，即日本人差不多都砌在屋角，且烧起来邻屋也能取暖的"瘪里搭"，加上屋子保温效果好，李家的拉门还开着。如是，我看钟点十分方便，看完就回屋向老二老三和父母报告时间。

我还在三经路完小念书，因为家离远了，中午吃饭，下午写了作业就放学回家，踢球的时间没了，改为消耗在 10 线电车道上了。其他的那些男生还在踢，因为到了三年级，改成班与班小球员的比赛了。我被踢疼时安慰我的队长，做了班长（我费了九牛二虎之力也没想起他的姓名），仍是足球比赛时我们班的头儿，大伙都叫他班长。

有一天下午正上自习写作业，我们的班主任老师贵淑荣（教我们国文与算术两门课）来班里巡看，我的同桌男生名叫董纯才的举手报告说："老师我有事儿，憋得慌！"

同学以为他要上厕所，便哄的一声笑了起来。

老师问他："什么事？"

他说："队长，不，是班长，上个星期日跟一个大人上不好的地方去了！"

"什么不好的地方？"老师没明白，大伙也都瞪大了眼睛。

"也就是北市场……有姑娘的地方！"

这是什么地方？我并不明白，后来问了家大人，方才知道果然不是好人去的地方

班长/队长此时没在教室里，不知干啥去了。

老师用眼睛撒摸了一圈儿，不见班长的踪影。

老师问董纯才："你怎么知道的？"

"我亲眼见的，"董纯才说，"星期日我和爷爷到北市场买菜，亲眼看见班长和一个大人进了那地方！"

正好班长此刻进来了，原来他去手工课老师那儿取我们的手工课叠纸作业回来了。董纯才刚才说的话，班长也听见了。

老师问班长："有这回事吗？"

班长涨红了回说："我叔叔去……"

他欲言又止。原来班长家在乡下，叔叔在城里，为了上学，他进了城，吃住在叔家……班长上学晚，他好像比我大二三岁，此时他也不知道怎么说好了。

老师说："班长，你放下作业，到我这儿来一趟！"

班长去了，不知说些什么。不一会儿回到教室背了书包就回家了……第二天，听说他叔来了，不知和老师说了些什么，一场风波就此算是结束了。

过了几天，我听班长提起这件事时是这么说的。他说：他叔有个姨表妹，家里特穷，便把姨表妹卖给一家做了童养媳。童养媳的丈夫是个痨病鬼，过门不久她的丈夫就死了。那家说，表妹妨死了当家的，不可养了，就卖给了另一家，还做童养媳。她的第二个丈夫是个赌鬼，赌光了家产，又把表妹骗卖到娼家，已经二年了，还没接客。班长他叔想把表妹接回来娶她，所以他叔带了自己侄子一起去看她——未来的婶娘……原来如此！

和我同年的董纯才，在我眼里是个好学生，他的毛笔字学得早，因此我们的写字课作业，描仿他不写，老师专让他写大楷，他的大楷写得也好，令人好羡慕。可是，他多事儿。今天他捅捅这个，明天捅捅那个。一天他把我的橡皮拿了去，他说他的橡皮丢了，要用小刀把我的橡皮切一半给他。我不干，他不还给我，我去夺，把立在桌角上的墨盒打翻，溅了一桌一地墨水儿。当时也是自习课，正好老师走进来，把我俩都叫到前边去，面对黑板，问了始末。老师把橡皮要了回来，还给了我，然后说：

"换座儿，我看你们谁还敢再淘气？"

她问董纯才，董纯才说："以后不敢了！"

又问我："你呢？"

我说："以后好好的！"

"那好！"老师说，"董纯才到后座去！后座的女生惠曼华上前座来！"

就这样，因为一块橡皮，我记住了董纯才和惠曼华——一个男生，一个女生的名字，同时也记住了老师的名字。

惠曼华是一个长得很好看的女生，加上她名字的新颖让我心情愉悦。这个名字在我的记忆中渐隐渐消，可后来我上初中时，担任教员的父亲买了一本惠特曼的《草叶集选》，由这部诗集作者的名字立刻联想到我小学时的同桌惠曼华的名字，便加深了记忆，乃至终身不忘(这本诗集也历数十年风雨，尤其是"文革"中的焚书保存至今，也算一个奇迹)。至于她能否记住我的名字，倒从未去想过。而对我照顾如长兄的班长，我们叫他队长或班长，他的真实姓名却早如浮云消散，回忆不起来了。

有趣的是，那部惠特曼的《草叶集选》，先时我以为丢了，便又买了一部《草叶集》(全本)，孰料就在我写此文时，《草叶集选》忽然从一摞鲁迅的杂文集下边出现了……

二十二　模特·挂钟与橡皮

二十三 我十岁了

开春还不十分暖和的时候，母亲给我找出一顶挺新的学生帽。好像是大姨家两个表哥用过的帽子，表哥戴小了，就给了我家。

我戴这顶帽子上学，邻居见了赞叹地说：

"嗬！像个高年级生啦！"

我听了美个滋儿的，见了老师脱帽行礼，贵老师也夸我有礼貌。

这顶蓝色的形状仿解放帽型的学生帽，让我喜欢得不得了，孰料不几天，就让我给弄丢了。过了一个星期日，待星期一上学找不见帽子时，我非常闹心，使劲地想，一点点地回忆，终于想起来，帽子星期六时让我落在摩电车上了……

事情的经过，一经还原就逐渐凑完整了：

那天放学时我戴着帽子坐摩电车回家，车上人不多，我见有空座位，便坐下了。我的邻落是一个中年人，提了一兜小螃蟹，都是活的。据他和人唠嗑说，这些螃蟹都是朋友从南方带回来的，他要回家蒸了吃。

看见了螃蟹张牙舞爪的样子，我一下子想起了蝎子。

原来，母亲听说大姨又搬家了，这次搬到了一条东西大街，俗称姑子庵的那条胡同住了。姑子庵的名字挺特别，我问母亲是怎么回事。经过母亲的讲解我明白了，男人出家当和尚的地方叫庙或寺，女人出家的地方叫庵。姑子庵就是住了许多出家女人的地方。庙的繁体字——廟，母亲给我讲解说："一点一横长，一撇到西洋。上十对下十，日头对月亮，合起来是个廟字。"母亲又说："庵字也有嗑儿：一点一横长，一撇到西洋，一人骑在上，电闪尾巴长，合起来是个庵字。"两个字，我都记住了。

母亲带我去看大姨家的新居，留父亲带老二、老三在家，母亲去也是想帮助大姨家干点儿活儿，捎带要些儿童们常用的药。当晚，我和妈妈住在大姨家。这是一个邻街的大院，院内一幢面向南的平房，门前有花草，挺不错的。门窗都开在院内，而临街的北面是屋墙，开的窗很高也很小，大概是为了保暖吧。

第二天早上，我起来洗漱完毕，就在院内各家的花盆架下捉小甲虫玩儿。有一家在门口放了一个脸盆，盆内装了半盆水，还放了一条雪白的毛巾。那个脸盆是雪白的搪瓷盆，和我家的铜盆不一样，所以就格外地多看了两眼。"我家的铜盆结实，"母亲告诉我说，"你记得不？前年日食，天狗吃日头，天黑了半日，你还敲铜盆，到处喊：天狗吃日头啦，快来救呀！——你记不记得？"我当然记得。那天，父亲用蜡烛的烟熏黑了玻璃，透过熏黑的玻璃，可以看见天狗张开大嘴吃日头的情景，十分吓人。——若干年后，我们才知道，日食是月球的影子偶尔阻挡了阳光，在地球上的人看来，就以为有一种天狗把日头——太阳给吞了。通过人们的喊叫，天狗又把日头——太阳给吐了出来。实际是月球移动，它的影子走开了。

我正在胡思乱想那年看天狗吃日头，我在永庆里敲盆来回跑的惊恐状况，心中还有一丝恐怖涌出来。不知怎么的了，忽听一位女人死命地尖叫：

"哎呀妈呀——疼死我了！"

原来是大姨东邻居家的女人，拿起洗脸盆水中的毛巾，刚往脸上一敷，躲在毛巾下边的一只蝎子用后尾的毒针蜇了那个女人的脸。蜇了脸，施放了毒，女人疼得直叫妈。从女人毛巾下逃走的蝎子掉在地上，翻了个个儿，张爪子要跑，早让人一脚给踩死了……

可是，那女人还在死命地叫喊：

"疼死我了——妈呀！"

大姨父给请了出来，看了看那女人立时肿得肥厚的脸颊，眼睛就剩一道缝儿了。大姨父给那女人施了些药涂在脸上，那女人才逐渐地静下来，眼泪不住地流下来。

母亲告诫我说：

"看见没有？蝎子的毒针太厉害，千万碰不得呀！"

156

"那么疼吗？"我问。

母亲又告诫我说：

"蝎子没有妈。蝎子死了，它的上盖开了，爬出来许多小蝎子。蝎子妈用死换来了蝎孩子的出生。所以，让蝎子蜇了，再疼也不要喊'妈呀'，越喊越疼，不喊'妈呀'，可能还好点儿！……"

——就这样，我看见电车邻座上那个提蟹子的人，由蟹子想起了蝎子……

想着想着，那个提蟹子的人在中山公园车站下车了。我看见他提着张牙舞爪的小螃蟹过了马路，朝东走去。我转过身来，从窗口继续瞅那个人远去。车上的窗口没有玻璃，车一开动风挺大，我担心帽子被吹落，就把帽子摘下来，放在座位上，压在书包下面……

到了南六条站，我提起书包就快步跑下车，把帽子的事儿全忘了……

想起帽子时是星期一，中间已经隔了个星期日。

我坐车上学，怯生生地问开电车的司机：

"叔叔，我星期六坐车时，把帽子丢在车上了，不知您见了没有？"

司机歪头一笑说：

"前天丢的，怎么现在才想起来找？"

我沉默不言——我今天才发觉丢了啊！

放学回家坐电车回家，坐的是另一辆电车，开车的是女司机，我又怯生生地问：

"阿姨，我前天坐电车在南六条下车时，把帽子落在车上了，今天才想起来！您听没听说，有人捡了个小孩帽子……"

女司机瞅了我一眼说：

"没听说！丢就丢了，就当换个教训吧！"

我挺懊丧，后悔看那人的螃蟹，又去想些什么蝎子的事儿。

我没敢把丢帽子的事告诉父亲母亲，心里总堵得慌。好在天热了，不必戴帽子了，父亲母亲也一直没有发现。

一次，我在学校碰见永庆里一号住的那个小连，我俩扇了一会儿"辟吉"。玩了一会儿，我说我得走了。他问我家搬哪去了，我对他说，搬南六条去了。原来，他家也不在永庆里一号住了，他家搬到了太原街。他还告诉我，为了省钱，他放学都是步行回家。我俩一交流，发现放学若是步行，还有好长一段是同路。于是，我当即和他一起背着书包，出校门沿三经路南行，到十一纬路西行，到新华书店处，我向南沿中山路电车道南行，他继续西行到太原街……

这时，我产生了一种省钱的想法，那就是上学坐电车以防迟到。以后放学不在学校玩啦，步行走回家去，省下车钱将来买一顶新帽子。彼时，坐一趟车，相当于今天的四分钱或五分钱，十天可攒四五角钱……可是买一顶学生帽需要多少钱呢？我不知道。但是，决心下了就得实行，不然算什么男子汉、大丈夫！？

小连带我进了中山路口的新华书店。书店，这是我第一次进去，一层的书柜台上摆着一些书，买书的人不是很多，但是也不少。小连比我高一年级，又是书店的常客，我跟他到了儿童书的柜台，这翻翻那看看，我被书吸引了就看了起来。售书员对我们这类小孩子总撵，她们知道小孩子没钱买书，进书店来，只是翻看而已。看了一会儿，售书员一撵我们就走，他们要不撵，我看得入了迷，还忘了回家呢！

步行回家还有一样好处，就是我若不进书店，而是沿着中山路东侧南行，在中山公园的墙外走。中山公园里的梅花儿、丁香花儿、杏花儿……相继开放，香气四溢，园内开花，园外也香，我吸着香气一路行走。走过了中山公园的铁栅栏墙，偏西的太阳照得我全身发热，不一会儿汗就出来了。于是，我及时地越过中山路，到路西有荫凉的地方走，立刻变凉快了。

花香的季节过去，我照旧逛新华书店，在书林的长廊里漫步，在书海的波涛中遨游，不知不觉地养成了爱书的习惯，并保持终生。

书店是那样地吸引我，在我参加工作后，由于工资不高，每月还得掏出三分之二的钱交给母亲养家——因为，我是老大啊！——我喜欢买书，每次出差得一点儿伙食补助，从牙缝儿中省下点儿，就买它一本。中国古典文学的几大名著，就是这样陆续买来的。

"文革"前的一年，我去沈阳出差。出了沈阳站，我被安排住在太原街的一家旅馆里。办完了事，我便去了表哥家，吃了中午饭往回走。我没有坐车，走的仍是我当年步行回家的一段路——十一纬路。

于是，我就开步西行。走着走着来到中山路的新华书店，进里边逛了逛，买了一套《水浒传》上下册出来。我双手拿着书，往西走去太原街我住宿的地方。

我一边走，一边翻看，突然间几乎和一个人撞上了。我抬头一看，是一位年轻的姑娘，非常年轻，衣着整洁，面孔也挺漂亮，打量了一眼，也不过只有几秒钟的工夫，姑娘开口了（一口曲麻菜味儿，显然是沈阳市当地人），她说：

"大哥你好！我是瓦房店的！买回去的火车票钱不够了，就差几毛钱，您帮一下呗！"

我先是怔了。听了她的话，还没等我回答，她那纤纤素手已经伸进我白色短袖衫的左上口袋，将我的口袋里的钱，全拿去了！在五秒钟或七八秒钟过后，我才反应过来，我一看口袋空了。口袋里有多少钱，我不知道，只记得买书时掏出了五元钱，买书花了二元八角，找回的钱，还有零钱（也不多）全在白短袖衫的衣袋里，详细数目不知道，却全进了那位面容姣好的女人手里。她叫我一声"大哥你好"，瞬间就解除了我的武装和警惕。待我清醒过来朝她向火车站方向望去时，她还转身回头看了我一眼，可那已离我五六十步远了。——我没有去追她，对于一位如此年轻，如此模样儿可观，如此陷入困境（且不论真假）的一位二十来岁的姑娘，权作一次小助吧。

——后来，我想起了大表哥提醒我的，正是谨防这样的骗子啊！但我无论如何不愿意相信这样的事实：即把一位面容姣好，声音柔悦的年轻姑娘和骗子联系起来。

这样的情况，相似的情况——在1976年"文革"结束后，我去上海出差，返程路过济南时，又遇见过一次，不过我这次没有上当。心里惋惜地想，同样是一位很漂亮的姑娘，干吗非干这一行呢？

我情愿将她们解读为一种委婉的求生方式，而不是从道德层面上去解绎或谴责……

"经历都是财富。"这话是谁说的来？

童年或是儿少时代的经历大多淡忘了，没有意外的情况发生是很难记忆的。

转瞬间，又入夏了。学校组织远足，我已经三年级了，应该参加学校的远足。——这次远足是第一次，因此记忆颇深。中年后，上海的一位文友编辑"作家的第一篇作文"，向我约稿，我把这次远足的情况写了一篇小文寄了去，登在一本书中，现摘之如下：

那是一个山花怒放的时节，草长莺飞，风和日丽。我穿着白布衫、蓝裤衩，书包里装着一张葱花椒盐发面饼，一瓶凉开水和两个国光苹果。这就是我的午餐。那是我第一次到离家很远的郊外去，所以一进入绿树浓荫的北陵，就被亭亭如盖的大树所吸引，空地上的草坪，野花烂漫，池中的荷叶展开在碧水中，偶有微风吹出细波。携着悦耳的鸟鸣，我们又去参观寝殿。

沈阳北陵，又叫昭陵，是清皇太极和孝端文皇后博尔济吉特氏的陵寝，建于 1651 年，距我们远足那一年正好三百年。头天晚上，妈妈在烙饼时便给我讲旗人老祖宗的故事。母亲是旗人，她知道许多老罕王——努尔哈赤征战的故事。据母亲讲，我母系的远祖好像也是皇家的族亲，只是时间久远，难以说清了。母亲讲"古"，让我听得津津有味。父亲是汉人，不时地从旁边插话纠正母亲的讲述。母亲毫不在意，她讲得神采飞扬，我觉得比听大鼓过瘾。

北陵的崇楼大殿金碧辉煌，苍松翠柏掩映左右，肃穆又巍峨。我站在清王朝第二位开国皇帝像前，甚感自身的平凡与渺小，也感到一代王业霸权的庄重与神圣。当然这些词儿都是后来父亲告诉我的，那时我还想不到这么多。正在我胡思乱想之际，人们哎哟地叫了一声便往后撤。等我明白时，恰见一条蛇从翘檐上掉下来，摔在我跟前。我甚至没有害怕，蛇没有摔死，它还在爬行。可我却让老师一把拽走了。老师引我们来到一块空地上，大家围起来进行野地午餐……

这是一次愉快而难忘的远足，星期一上课，贵淑荣老师让

二十三

我十岁了

161

我们试写一篇记叙文，将这天的经历写下来。我托着下巴思考了几分钟，就用笔尖蘸着唾沫笨拙地写了三百来字，写了崇楼大殿，也写了鸟语花香，当然也写了蛇，还写了我心中卑微的感觉，有几个字不会写，就用当时的"ㄅ、ㄆ、ㄇ、ㄈ"拼音代替。过了几天，作文发了下来，老师批了个甲⁺。这是我记忆中的第一篇作文，它的"成功"给我带来了快乐，也带来了自信。回家后，将作文交给父亲和母亲看，他们虽然指出了其中的不足，但更多的却是不绝于耳的赞誉。就这样，十岁那年我爱上了作文。不错，是十虚岁那年。

如今，数十年过去了，我还依稀记得远足那天的情景。一篇偶然得到老师表扬的作文，使我和文学结了缘，而且维系终生。不过我又想，假如没有讲故事激发我的联想，我的作文一定很平常，我是否日后还会成为作家呢？我回答不上来，因为日后我对数学、对历史都有着巨大的兴趣，似也不乏某种天赋哩！大概人的一生一切都是命中注定的吧？

二十四　南湖·翟秋江·扔枪的人

二弟进沙滩完小上学了，春天时也要远足，但这样的远足学校不予组织，原因是学生太小，有不少还奶声奶气，走远道显然不行。学校要学生转告家长，让家长利用星期日假日带学生到郊外有山有水的地方，看看绿色的世界，看看大自然，让小学生们也有机会感受一下城市以外的青山大河，感受一下田野和庄稼。——和我在二年级时一样，那一天也由父母亲带着我们哥仨一块儿出去远足，为了老二。

那么，上哪儿去呢？

老三说，还上去年去的那疙瘩，到浑河捉小鱼去！

老二说，老师说了，不要老去一个地方，要去一个有新鲜感的地方！

父亲母亲问我。

我说，我已经去过北陵了，再去哪儿无所谓。所以，我说："哪儿都行啊！"

经过一番计议，父母亲决定带我们到南湖去。

南湖，如今叫南湖公园，那儿是大学城，我家对过的那所鲁迅美术学院就搬到南湖去了，所以决定去南湖一观，我们三个都拍手赞成。

163

出了南六条路口我家院子的大门，拐上中山路，向北步行，走了摩电车一站地，就到了南五条马路与中山路的交口。南五条——如今叫南五马路，是一条西偏北向东偏南方向的大街，其宽度比南六条街宽一倍以上，中间有摩电车的双轨。到了路口，在坐不坐摩电车的问题上，争执了起来。从这个路口坐摩电车东行，坐两站下车就到了南湖的北口。我们准备等着上车，可老二不干。

老二说："老师说了，远足要走着去，我不要坐车！"

老二很犟，执意走着去，前两天，他听说我们从三经路完小出发，各年级学生由老师带队步行去北陵，可羡慕了，直说，"我也要走着去。"

在这个问题上，父母亲当然得让步。其实，每天早上母亲送老二去上学，由南六条到沙滩完小也是摩电车的两站路，老二对走两站路，并不畏惧。

老三对走两站路似乎还没有概念，也双手赞成。

我那时只要不下雨，每天放学都步行回家，别说是两站路，十站八站路也不在话下啊。

父母带我们一步步走去，路上的风景，路上的所见所闻已不复记忆。只记得我们由南湖站牌那儿向右——也就是向南拐，进入南湖的地界时，便让我惊呆了。

这里一片荒草萋萋，去年的枯草还没有倒地，新春冒出的绿草又长了出来，在枯黄和碧绿的掺杂中，有鸟儿在叽啾地鸣叫，真是处处闻啼鸟呀！

南湖宽阔的水面闪着蔚蓝色的波光，蓝天上的白云倒映在湖面的水影上，静影沉碧，只有细碎的波光在静谧的辉闪中，偶尔发出一两下水声，那是顽皮的小鱼儿冲出水面，短暂地享受一下阳光的温馨。

我们暂时无法接近湖滨，湖滨的水岸边长满了芦苇，芦苇在微风中摇曳，不时哗啦啦地传出水鸭子等水禽拍翅击水的声音。有了人声——话语声与脚步声，以及我们三个人的惊呼声，那些躲在岸边的水禽吓得振翅高飞了。

两边是杂草挤路，路只有二三米宽，路是整修过的三合土铺筑的，路边都是齐了大人胸脯高的蒿草，我们小孩在路上走，远处的人是看不见的。与这条三合土路相邻的，东边是南湖岸，西边是一条湮没在蒿草中的电车轨道。这里的电车轨道和中山路、南五条的电车轨道相连，只是锈迹斑斑，看来很久没有过车了。掩映在蒿草深处的轨道上，是丢弃不用的废旧电车，车上的玻璃全没了，露出一排排的空洞与窗框，车上的摩电弓子歪斜地指向蓝天，好像一个大问号，直捅天宇，向苍天询问自己余下的命运如何？

再向前走，在左方的湖岸边出现了一处开阔地，这里有钓鱼人的痕迹，却没有人来垂钓，不知湖中鱼多否？

蓝色的南湖湖面开阔，给我们留下了的是寂静的大自然的本色。少有人来打扰它，这里是鸟类的家园，一只大鸟从高耸的树丛中飞起来，嘎嘎地叫了几声远去。几秒钟后，一切又都复归于寂静了。

湖边的泥土呈黑灰色，湖是泥岸，也夹有细沙，但总的看来，还是来这里的人极少，既没有游泳者，也没有游玩的小船。——这和今天的南湖公园形成了鲜明的对照。

我们在这里盘桓浏览了一番，怎么也没有找到可以坐下休息和野餐的地方，便开始往回走。

老二嘟囔起来，他说：

"什么破地方！一点儿好玩的也没有！"

老三忽然指了指草丛中的一处破草帘子问：

"那是什么？"

其实，那儿我早看见了，是一个被草帘子卷了丢弃的死婴。离此不远，还有一条掏空了的死狗，看样子已经风干了……

父亲母亲都没有吱声，便带我们从来路上往回走。

看来，南湖周边是一处空旷少人的地面，少有人问津，彼时犹如大沈阳城的一块弃地，一处被沈阳市民遗忘的角落。

然而，这种遗忘一年后却被打破了！

事情是这样的——

老二在沙滩小学上学的同学中，有一个同班同学名叫翟秋江。翟秋江同学家距离我家不远，便常到我们院来玩，尤其是晚饭后，一帮孩子每人提一根棍子，学习武松的叫法，称之为哨棒。也不对垒，也不开战，只是拖着棍子在街边上，一会儿起哄地闹，一会儿拖了棍子飞跑，追什么假想敌。谁要是有了个新弄到手的棍棒，便互相击打一下，试试结实不？

童年的这种乐趣，同今天的孩子拥有几十种，乃至上百种玩具的条件，几乎有天壤之别。那时候，家家贫困，既没钱也没地方去买玩具。拖一根棍棒沿街边的人行道上疯玩，是那个年代给我留下的唯一一段记忆。我的一根棍子，好像是从哪个日本拉门卸下来的一段横框，方形，漆成黑色，木质很好，有小孩用床上拆下来的铁管击打我的这根木棍，这根木棍儿丝毫无损。

在这些参与玩棍子的孩子中，有我，有老二老三，也有老二的同学翟秋江。

翟秋江的胆子挺大，他一个人去了南湖。

他去南湖的目的似乎不是远足，而此前他在他哥哥的带领下已经远足去过……所以，这次他自己去，是想要在湖滨的树丛中寻找一根好的木棍做哨棒。

事情的起由就这么简单。

他去了。到了南湖的入口处，沿着三合土路向里走。他不是去看湖，蔚蓝色的湖光波影和他没有一点儿关系，也引不起他的兴趣。

他的目光一直在树丛中搜寻。他对那些参天的大树也不屑一顾，他只把眼光放在水平线上，寻找那些一两米高的小树和荆棘矮林，因为这样的小树枝条他能够折断。他还带来了一个削铅笔的小刀，可那小刀只能削削铅笔，砍木条子一点儿派不上用场。他还在寻找，看看这，看看那，离开了路，又越过了生锈的铁轨，在草丛中穿行。

他见过一只兔子，一蹿跑了……

他见过许多只野鼠，也只躲了他的脚步声，依旧叽叽地在草丛中叫着，庆幸着，互相告知这个走过去的臭小子，对咱们没有啥威胁呀，咱们该干啥，还干啥呀……

他还差一点儿踩上一只癞蛤蟆，这种有着一身丑陋表皮的东西，有点儿不咬人，"搁痒"人，翟秋江躲开了……

就在他躲开癞蛤蟆一闪身的当儿，透过草丛，他看见远处有一个男子，腋下夹了个包儿，东扭扭，西看看地摇晃着脑袋，大概是怕人看见似的，他弓着腰，不是稍弯了腰，几乎是半跑地朝前快走了。

翟秋江发现了这个人以后，先是有点儿恐惧，但他见那人的样子，知道那人更害怕，这时翟秋江反而一点儿恐惧感也没有了。

他跟着他……

悄没声地观察那个人……

那人不知发现翟秋江了没有，还在径直地往湖畔的草丛深处走去……

那人环顾周围四下张望，翟秋江蹲了下来……

当翟秋江度过了难熬的几分钟——一分钟？两分钟？三分钟？五分钟……谁知道过了几分钟？当翟秋江再度站起来寻找那个人时，那个人已经不见了！

翟秋江走过去，那儿有一堆草丛，那个鬼鬼祟祟的人把他腋下的包儿，丢在柳树丛下的杂草中了！

翟秋江几步蹿过去，打开包儿一看，他愣住了！

包儿里包着两支手枪！钢蓝色的，崭新的那种。……

"啊！"他轻轻地叫了一声，又回头看了一看，确定身后没有人。

他把包儿给合上了。

他没有动那个包儿。

他忽然地提醒自己：说不定刚才扔了包儿的人躲在哪儿"撒摸"着，监视着自己哪……

他出了一身冷汗……

他立刻有了主意……

他若无其事地从草丛中站了出来，走到三合土的路上，往周围环顾了一下，在路边做了一个记号，他便快步地往回走了！

他到了派出所……

他向警察叔叔报告了他的发现……

他带领警察叔叔重返南湖的草丛中……

警察叔叔在翟秋江的带领下，起回了两支钢蓝色的崭新的手枪，还有近百发子弹……

这一事件作为新闻上了报……

翟秋江出名了……

南湖重新回到了人们的视野……

寻找扔枪的人的侦察也开始了……

——一年以后，我家已搬离沈阳，来到了哈尔滨。

有一天，二弟忽然惊叫起来，原来上述的翟秋江小英雄的事迹成了国文课本中的课文！

这篇课文中还配了一幅插图，插图中的翟秋江很精神，画的还挺像哪！老二不断地端详着……

"挺像！"老二指了指插图，再次肯定说，"是我同学！"

"这不写着嘛！沙滩完小的翟秋江！"我指了指课文说。

这一刻，仿佛我们也有了些光彩。

二十五 酷热的夏天

这年沈阳的夏天很热，热得人大汗淋淋，无不想找一个阴凉的地方避避暑。连风也是热的，吹到脸上怪痒痒的。

一个背了箱子卖冰棍儿的小孩子从南六条的马路上走过，他边走边喊：

"卖冰棍儿啰！卖冰棍儿啰！……"

原来，制造冰棍儿的那家工厂离我家不远儿。那个背箱子的小孩儿从冰棍儿厂批发了一批冰棍儿，便背着箱子走街串巷，喊叫零卖。

由此，他可以挣些钱……

那孩子，无论是年龄和个头儿都和我差不多。

他能干的事儿，我为什么不能干？我和母亲说："我也要去卖冰棍儿！"

母亲一时愣住了。她没有想到我会突然提出这个问题，让她一时语塞。

"宝贝儿子，"母亲说，"你能和老二老三一起玩儿，让我腾出个空来给你们做鞋，就可以了！你这么小，干吗出去卖冰棍儿呢？"

"挣钱呀！"我说。

我忽然想起我丢了的那顶帽子，以及我半学期来步行回家，不坐电车省下的钱儿。攒下的一点儿钱都在书包里藏着，父母亲大人并不知晓，我也一直没有说。

母亲不同意。

父亲下了班回来，我又对父亲提出这个要求。

父亲也不同意。

第二天，那个卖冰棍儿的小孩子儿又从我家门口经过，我连忙找来父亲和母亲到楼梯的缓步台上去看。那个小孩儿还没有走远，却被一个买冰棍儿的人给截住了。那人买了两根冰棍儿，收了钱的小孩子背了冰棍儿箱子，又喊着走了。

"卖冰棍儿啰！卖冰棍儿啰！……"

那声音既清嫩又老到，看来他卖冰棍的时间似乎已经不短了。……

我又向父亲母亲提出卖冰棍的要求。

父亲领我到冰棍厂去看了看，问了问批发的最低数。最低的批发数是 20 棍，批发价是……零售价是……父亲飞快地算了一下，没说什么，只买了五根冰棍回来，回家一人一根儿，先吃了。

"还挺甜呢……"

没想到父亲竟然同意了，而且还从冰棍厂掏押金租了一个小木箱回来。他找出来几张旧报纸，正好母亲为了做鞋，打了糨糊打袼褙。父亲便用剪刀剪裁了报纸，把那个租来的木包装箱，从里到外，用报纸糊好。木箱的板子之间有缝儿，会透热，便糊了三层……到中午，一个冰棍儿箱子糊好了。

吃了午饭，父亲在我央求下，带我去批发了 20 根冰棍儿，把冰棍儿放在箱底的细纱布上。细纱布就是做口罩的那种纱布，可以做被套，也可以做棉衣里子，这是母亲从纺纱厂里买来的廉价的等外品，剪了一块，折叠了好几层，垫在箱底上，以减缓冰棍儿的融化速度。换言之，由于天热我必须以最快的速度，在冰棍儿的四棱还没有融化前，把冰棍儿卖出去。若卖的慢，冰棍儿开化，那就没人要了。在一定意义上说，这是一种赛跑。

我飞快地背起冰棍儿箱子，——20根冰棍儿也不算太重，——出了冰棍儿厂的冷冻车间，就朝西往火车站的方向走去，父亲嘱托了什么也没听清，我答应了之后，便像那个卖冰棍儿的小孩一样儿叫卖起来：

"谁买冰棍儿来！谁买冰棍儿来！……"

骄阳似火，晒在人的头上、肩上热辣辣的，可我不怕，我背着冰棍儿哪！路上的行人很少，多数人都在家歇晌或午睡，喊叫的声音必须大一些，不然人家是听不见的。听不见叫卖声，谁会出来买呢？

于是，我加大了一些叫卖的声音：

"买冰棍来！买冰棍来！"

马路边上隔不远便有一棵树，我从树荫下穿过，躲过一点骄阳的猛晒……

我的冰棍儿终于开张开卖了，有人买了……

我心里挺痛快……

这老热天，挨了晒还是有收获的。我一边想着，一边走一边喊：

"冰棍儿的卖！冰棍儿的卖！……"

我用不同的叫卖声音试试，到底哪种叫卖声省些力气……

天太热了，我的脚慢了下来，卖的速度本来就不快，溶化的速度却加快了……

当我卖掉了第十五根以后，有那么一会儿工夫没卖一根儿，可我开箱一看，冰棍已经开始溶化了，我感到木箱板儿也有些温手了。于是，在刚走到火车站后，我便折头往回走。不是我走不动路了——我要在冰棍化掉一半之前，把冰棍带回家，要是都化了，这一趟就白跑了！

我终于赶回家中，把剩下的五根冰棍儿一人一根分吃了。我吃的是最后那根化得最厉害的……

算了一下账，没赔没赚，正好保本儿。只赚了五根半溶化了的冰棍儿，全家五口人分尝了！

第二天，我还要去卖，可是我一张口，连我自己也吃惊了——我的嗓子哑了，喊不声来了。

不能叫卖了，还能卖冰棍儿么？

原来，这一关节早被父亲料到。昨天我出了冰棍儿厂的冰冻车间快步走出时，父亲就告诫我别扯着脖子喊，以提醒我保护嗓子。我没听清，其实，就是听了也不会在意的。

这样，我的经商生涯，历时半天就结束了。

父亲带我去退了箱子。原说好是租一个月的，没想到一天就结了。老板还不错，如数退回了押金，连一天的租费也没收。父亲有些过意不去，便又买了五根冰棍回来。

老板摸了摸我的头说：

"这孩子细皮嫩肉的，不是卖冰棍的料啊！"

回到家里，全家人每人一根冰棍吃了。父亲叫住我，故意和颜悦色地问：

"哎，你的帽子呢？"

我一时语塞。

"对呀，"母亲也说，"你的那顶蓝色的学生帽呢？"

掩饰不住了，只好一五一十地说："丢了！"

"怎么丢的？"

我讲述了丢帽子的经过……

父亲并没有责备我。

母亲也没有责备我。

这样我更加不安……

父亲说："昨天你要戴了帽子出去，恐怕不至于晒上火了，哑了嗓子！"

原来，嗓子哑了和丢帽子也有关系。

其实，我卖冰棍本身也和丢帽子有关。我想卖冰棍挣了钱，买一顶新帽子……

父亲和母亲交换了一下眼色，慈爱地笑了起来。

我突然拿起书包，底朝上口朝下地把书本都倒了出来，书包中的零钱也倒了出来。有两张皱巴的票子掉到地上，老二老三分别给捡了回来。

我把丢帽子以后，放学时和小连一样步行回家，攒了一张回程的车票钱的事儿，也交代出来了。

母亲把我搂进了怀里。

她说："儿子！没想到你这么懂事啊！"

"你忘了!"父亲说,"那顶帽子怎么说也是你表哥用过的旧帽子,为了一顶旧帽子,你是在折磨自己呀!"

　我说:"不!我每天步行回家,也锻炼了脚力,春天那次远足,有不少同学半路上走不动了,可我一点没累!昨天卖冰棍我也没累,就是天太热了!"

　父亲把归拢好了的一叠零钱给了我。

　他说:"这是你步行攒的,还归你!"

　我没有接,却让母亲接过来,塞在我手中。

　这一点点钱离买一顶帽子还差十万八千里,可我却感到了双亲的暖意。

　父亲说:"买帽子的钱该由大人掏,谁让我们养了你们哥仨了呢!"

　老二说:"我也要帽子!"

　老三说:"还有我!"

　父亲说:"都会有的,天冷了咱们不戴帽子能行吗?"

　"这钱?……"我突然想起来,我在中山路新华书店看好了一本书,便问:"这钱,我买本书行吗?"

　"行!"父亲问,"够不够?"

　我家除了我和老二上学的课本外,一本藏书也没有。姥姥家门上的对联说"诗书继世长",在我家却一点也继不上呢!

　就这样,我用这点节省下来的钱买了一本书——一个歌本。

　歌本上除了《东方红》以外,还有我喜欢听的《南泥湾》《解放区的天》《你是灯塔》《中国人民解放军军歌》……

　不知为什么,我本没有音乐方面的天赋,却不知为何买了一本歌曲集回来。

　母亲平时不怎么唱歌,父亲也不唱,只会哼几嗓子京戏,

175

而我后来发现自己唱歌常跑调儿，就不免地气馁了。

"可我为何脑袋一热买回一个歌本呢？"

我多次问自己，却不得其解……我后来发现，老二老三还是有些音乐细胞的，唱得比我好。如此这般，歌本就成了我们哥仨的共有财产了。

二十六　沈阳，沈阳

沈阳是东北地区最古老的城市之一，1973年，在北陵西南发现的新乐遗址，把沈阳的历史一下子推溯到新石器时代。新乐遗址发现的一枚木雕鸟图腾，也成为沈阳市的市徽与象征，如今已高立在沈阳市政府的广场上，成为沈阳的一大景观。

有趣的是，我家从海城迁居到沈阳时的第一个落脚点就住在北陵西南。后来我去看过，离新乐遗址纪念馆，也就隔了一道新开河。而市政府广场则是我家迁到南六条居住后，我每天坐摩电车去三经路小学上学的必经车站。

我在沈阳居住不过三四年的时间，而且是童年岁月，沈阳给我留下的记忆和我童年的忆念是交织在一起的。片断闪烁，鳞鳞爪爪，既如浑河源流水长，又如南湖耀眼的波光，用张中行老先生的话来说，那是一片"流年碎影"。而这些流年碎影刻印在我的脑海里挥之不去，成为我成年以后永远的牵挂。如果问，永远有多远的话，那么我可以告诉你，永远就是我的一生。童年时的许多美好的记忆怀想，与沈阳几乎不能分开，所以，我把沈阳也当作我的故乡。

河北省平泉县，是我的出生地，自辽金宋元明清以降就是燕冀与北方的通衢之钥，也是长城以北诸民族与文化融合带上的链环之一。父亲是山东浮海来辽南的闯关东人的后裔，母亲是旗人，因此注定了我在民族文化的融合带上降生，血管里流淌着炎黄，也流淌着肃慎、女真和后金——满族人的血……

平泉既是我的出生地，也是给了我血肉与情感的故乡啊。

海城是我父、祖的出生地，也是父祖的故乡。这一支范姓族人，自山东诸城浮海而来到辽南落户，是不折不扣的闯关东的人家。范姓是一支古老的大姓，《百家姓》中的"奚范彭郎"即是。《百家姓》中说：

范姓是帝尧庶子之子刘累的后代，到隰叔氏时分成刘姓和范姓两支，后者受封于范，故以其地为姓。帝尧是帝喾之孙，而帝喾又是黄帝的曾孙，如此可见我们范姓人还是有些来头的。只不过刘累是帝尧的庶子，传五世至隰叔，而这未免又让我们气短了一些。回顾历史难免有些挖祖坟的意味。由海城说到范姓的起源，顺藤摸了一次瓜，如此而已。古代的范姓人，著名的有许多，如范蠡，范曾、范雎、范晔、范缜、范仲淹、范成大……，无一不闪耀着文化的光环，可是海城牛庄西头村的范氏族人却没有家谱，无法同上边的名宿搭边，遗憾在所难免，也就只好自己哀叹了。可是，即使挂上了钩又能如何呢？还不是该怎么样活，还怎么活？

然而，不管怎么说，我家在海城县生活了两年，海城也是我的血脉之乡啊。

如此说来，生活了三年多的沈阳，因为她是母亲的故乡，也是姥姥姥爷的故乡，是我母系亲族的故乡，又是我正规上学的启蒙之地，所以多年以来，我都视沈阳为我的第二故乡。

沈阳啊，沈阳！

我的母语、母土、母仪、母范、母族……无不来自这里，因而我对沈阳有一种说不清、道不尽的亲近与亲昵。

沈阳的永庆里是我童年的摇篮之一；

沈阳的二经路，是我童年迈出苗壮之步的地方。在二经路的东侧路边，我被自行车撞倒，"卡坏"了我门齿的一个角，二经路上有我流的血和泪……

二经路是我上学的必经之地，更是我童年成长的见证之一。由二经路，我们曾经由此去捉过蛐蛐儿，玩过"辟吉"，见过一些世面……三经路也是我熟悉的地方，M小学与三经路完小都坐落在这条街上。这条街，有一段也是我步行回家的必走之路，我的身影，我的脚印，我的目光……都曾留在这条街的人行道上和树荫之下了。

我还去过一经路、北市场、小西门、小河沿……

北陵、东陵、南塔、南市场、和平路、中山公园，南四马路、太原街、火车站、铁西区、南五马路、十一纬路、十三纬路、南湖、沙滩小学……都有我蹀躞的脚步与往还的身影。

桃仙屯，母亲与姥姥姥爷的故乡，"忠厚传家久"本为汉族文化的甘霖要津，却也在旗人村落里落脚生了根。中国古时的民族融合，最后的结局，不仅是血脉意义上的，也是文化积淀意义上的。由此，方才有了我们今天的大中华民族的大家庭……

回忆是片断性的，一鳞半爪的，流年光影，陆离闪烁，乃使我千言万语道不尽，万语千言说不完！啊，是沈阳启蒙了我的文化童年啊！

若不是1950年东邻之邦——朝鲜半岛上发生了"内战"，或许我家还会在沈阳住下去。可是，战争这个巨大的杀戮机器，不得不给许多人留下人生的拐点。我家和我，都是。

关于"抗美援朝运动"的详细情况，历史披露的真相和我知道的都不多，加上数十年来的保密，许多事让当时刚十虚岁的我是一点儿也不明白的。

公开的说法是，朝鲜人民军打败了南朝鲜的军队，美国纠集联合国的军队反攻，战火烧到鸭绿江边，"唇亡则齿寒"，中国人民组成了志愿军，开赴朝鲜与朝鲜人民军一道抗击美国侵略军……沈阳离鸭绿江最近，政府动员沈阳市民能投亲靠友的，一律撤到内地或大后方去。

情况变得危急了，学校窗玻璃的内里糊上了纸条，纸条宽约二厘米多，交叉成为"米"字，好像英国旗上的图形。为什么糊在里面呢？那是防备敌机扔炸弹轰炸时，玻璃震碎刺伤人。

街上到处贴满了战事动员和抗美援朝的大幅标语……

我的祖父、祖母、叔叔、姑姑早就离开海城，北迁到哈尔滨了。于是，父亲辞去那个跑腿的临时工作，带我们举家一起，坐火车北上离开沈阳，前往哈尔滨……

一宿半天之后，我们踏上了哈尔滨的土地。

从此，我们一家就成了哈尔滨人……

可许多事儿还让我想念着沈阳，沈阳还有我大姨家和两位表哥哪……然而，想念只能是忆念，忆念久了，母亲便口述让我写一封信，问问平安。而对桃仙屯，自土改以后，我家因北上已和长生舅断了联系。

虽然如此，沈阳仍深深扎在我的心海深处……

时光流逝，快得令人不敢相信……

在世纪之交时，忽然听到了一首悦耳的歌儿——《沈阳啊，我的故乡》，是著名女歌唱家，也是从沈阳走出来的老乡李玲玉演唱的。她美丽的面容和同样美丽的歌喉立刻牵起了我的思念：

> 沈阳，沈阳，我的故乡，
> 马路上灯火辉煌，
> 大街小巷是人来人往，
> 披上了节日的盛装……

听了美女歌唱家李玲玉充满深情的演唱，立刻激起了我的共鸣，连出生在哈尔滨的我的儿子也不自觉地跟着学唱起来：

> 亲人啊朋友，慈祥的母亲，
> 愿你在平安的路上，
> 生活的道路是多么漫长……

这使我立刻想起了童年时代，沈阳给我留下的影像，如过电影似的，重叠而又漫长！

> 有朝一日，
> 我要重返沈阳，
> 回到久别的故乡，
> 我要和那亲人欢聚一堂，
> 共度那美好的时光！

动听的旋律，悦耳的女声，带有一些乡音的曲调，让我百听不厌。是的，和李玲玉（还有同乡毛宁）唱的歌儿一样，沈阳是同我血脉情感共联的，依依之情，实难割舍，原因只有一个……

沈阳，那是我的母土啊！

李玲玉的歌声点燃了我，让我血脉贲张，所以我感到沈阳
啊沈阳，她的歌声在我血管里流淌……也在我的心里激荡！

二十七 钟 声

从哈尔滨火车站出来，站前广场很宽阔，有轨摩电车来来去去。广场前的路和沈阳站前南北东西交叉的路不同，转弧形弯的路多，摩电车的电线在天空或纵横或弯曲地交织在一起，像天网似的，罩在广场的上空。广场上接站的马车、脚蹬三轮车等拥挤地成了半环形，见人群从火车站里出来，纷纷上前招揽生意。

二叔来接站，雇了一辆俄国老人赶的四轮马车给我们，因为还有一些乱七八糟的日用东西，车塞得满满的。二叔用俄语同那位戴了毡帽的大胡子俄侨老板子叮嘱几句，指明了行走的方向，由于车坐不下那么多人，他便坐摩电车走了。

四轮马车按着二叔指的方向，向北拐，老板子脚踏着车下的铜铃，铜铃发出丁玲玲的声响，马车就启动了。我们从车上回头看哈尔滨火车站，车站的站房是一个像玉带桥那样的白色建筑，俄式的却属于新艺术运动的风格流派，同我们在沈阳见到的那些青砖灰瓦的建筑多有不同，令人惊异，我看到的是另一种文化亮丽。——当然，这一切都是后来知道的。

北去的马车不一会儿向左拐，也就是往西拐，走上了拱形的路桥，桥头的右柱上写了三个字是霁虹桥，圆润而敦实的字体，后来我知道这三个字出自东省铁路公司理事，哈尔滨工业大学首任中方校长刘哲先生之手，有一种硕重的遒劲感。而且，在中东铁路建成后通车的半个世纪里，这座下边走火车，上边走汽车、马车与行人的霁虹桥，乃是哈尔滨这个洋味儿十足的北方城市的标志性建筑。桥两侧的栏杆，亦非简单的铁条焊接，而是在比人还高的栏杆的若干间隔中心，加上了欧式风格的带双翅的飞轮，给人以飞动的遐想。——在哈尔滨中西文化的相融中，这是一座成功的范例，至今作为省级保护建筑，它仍然在发挥着连接哈尔滨道里区与南岗区的纽带作用。

过了霁虹桥，马车向右，也就是向北拐，从地段街下坡北行，路边步行的人中，有不少俄国侨民，但中国人都叫他们"老毛子"。"老毛子"的称呼可能源自他们男人的胡须既长又密，差不多中年以后的俄国男人都蓄胡子，青年人则很少。国人对欧洲来的英、法、德、意等国的侨民与俄国人很难分辨，一律称老毛子，便有点约定俗成，渐渐地男女不分了。在我看来"老毛子"一词并无贬义，只是有一种戏谑的味道。换一个说法，哈尔滨人不分国籍管欧美人也叫"大鼻子"，这源于欧洲人也包括俄国人的鼻梁都比较高的缘故。"大鼻子"一称也无贬义，仅只是一个体颜器官特征的描绘而已。随着俄国人的到来，有些菜蔬的品种也引入了。东北的气候冷，引种的洋葱小，哈尔滨人称这种小个头的洋葱便叫"毛葱"。由于某种原因，五十年代后可能对苏联的尊重吧，老毛子的称呼少了，逐渐地改称他们为苏联人了。苏联专家来了，家眷也来了，老俄罗斯的侨民们走了，有的去了澳洲，有的去了南美洲，剩下的越来越少。

地段街是一个下坡的马路，四轮马车的辕马是高壮的大洋马。大洋马奔跑起来，车铃丁玲玲地响着，我和二弟坐在车老板子的身后，面向后方，老三坐在对面，在父母亲的中间，车轮飞快，让我们有些胆怯，用手抓紧了把手。马跑了一会儿，路平坦了，到了田地街路口，二叔坐电车在那儿下了车，向我们招手。这时，马车走得从容了，车也平稳了……我们都舒了一口气。

刚感到心平气和，忽听从哪里传来"当"的一声，接着又是一声，一共响了五下，父亲告诉我们说："五点钟了。"原来这是报时的钟声，出自俄国人的东正教堂。

在沈阳，我从未听过教堂的钟声，这是头一次，有点儿新奇。教堂的钟声深入我的记忆，它给我们这个没有钟表的穷人家庭，带来了一个提醒。

由这几下钟声，让我逐渐知道了什么叫教堂，什么叫宗教，什么叫教职人员，什么叫礼拜，礼拜天是怎么回事，礼拜天信教的人到教堂去是怎么回事……后来看电影《牛虻》，又看小说《牛虻》，逐渐懂得在西方人的心目中，宗教、教堂和信仰的某种不可替代性的地位。国人不懂这些，对之充满一种神秘感。

下行的马车再前行，走过地段街与透笼街的交口，在前行的左侧，也就是西侧，我们看见了刚才敲钟的索菲亚教堂。索菲亚教堂是俄人修的东正教堂，由红砖砌成，上边是洋葱头似的圆顶，顶上有十字架，还有两个稍小的六棱体的尖顶，上边也耸立着十字架。它那精致复杂的外表，虽只瞟了一眼，就给了我这个十岁孩子以视觉的震撼，以后若走到它的跟前，就不免仰视再望了。

过了透笼街再北行，来到石头道街。

石头道街是由石块砌筑的。路面由二尺多高的条石竖立地挤在一起铺筑，非常结实，也非常稳固，马车拐上石头道街向右拐东行，大洋马的马蹄哒哒地响，车轮由于石缝儿的存在咯噔咯噔有节奏地颠簸着，走了一会儿，前边是买卖街，又北行，走了约一百来米，在路左停住了——到了我二叔家。

在二叔家，我见到了从未见过面的祖父、祖母。

祖父是一个六十多岁的老人，头发和胡须都呈灰白色。黑的少，白的多，混合成了灰白色。祖父有一只眼睛已经全盲了，不知是怎么搞的，我从未问过他。

二叔家住的是一座砖混式的俄式单元房屋，年代很老了，内住两家，我们五口人的到来，使本来就不宽敞的空间变得更加拥挤。二叔原在铁路火车站上工作，我们来时，他已调到绥化铁路学校当教员——教俄语。原来，他以前在大连铁路上做事，接触俄国人多，学会了俄语，加上他以后刻苦自学，竟成了俄文教员。

二叔家的这所房子是买卖街的门市房，却没有卖过什么，只有我的祖父在那里看门卖水。原来，二叔家邻近的大院很大，直向进去是面向买卖街的二层楼，南边是面向石头道街的二层楼，院内还有西侧的二层楼，院的北侧是一溜平房，楼房和平房中有许多家没有自来水管，他们要吃水，便到二叔家来买水。二叔家在买卖街方向的窗户下开了一个洞，把自来水管接上一段胶皮管引到窗外。有人来买水了，我祖父便在屋内打开水龙头，给外边买水人的水桶注水。

水是一分钱一桶，买二桶二分钱。但为了"便民"，祖父做了一些三寸长的竹牌，用铁在上边烙上了印，叫水牌。水牌可以用一角钱来买十个，外搭一个，这样买水的人可以多买一桶，祖父以此方法做水牌的"批发"生意。其实，大院住的人基本上是固定的，每户人家用多少水亦基本不变，所以一个月卖出的水也大体相似。每个月月底，自来水公司到二叔家收水费，祖父所卖的水，是从一桶一个钱中劈出的三分之一即三厘左右，收入也十分有限。但不管怎么说，我从祖父卖水的生意中知道了"所谓一分钱劈成两半花"的可能性是存在的。由此我还知道了，钱的"分"以下，还有"厘"，"厘"以下还有"毫"，都是十进位的，可惜我没见过。数十年后，大陆对香港开放，我才在香港的硬币中见到了"厘"与"毫"的硬币的模样。

祖父对我挺喜欢。每逢来人买水，我站在一旁时，他便抚着我的头，对来人说：

"这是我的大孙子！"

二叔家的孩子是二男一女，老大叫大中，比我家老二还小一岁，在我们没有来到哈尔滨之前，祖父也曾对人说过类似的话。我的出现，"大孙子"一说弄得我和大中之间都有些不自在。

祖父却不管这一套，他照说不误。祖父也念过几天书，大概忘的多，记住的少。我来了，他还教给我好几句一套套的嗑儿，什么"黎明即起，洒扫庭除"啦，什么"一粥一饭当思来之不易"啦，什么"未雨而绸缪，毋临渴而掘井"啦等等，后来我知道这是朱夫子的《治家格言》，可它和课文无关，我便左耳听，右耳冒了。

我转学进了马街小学，插班在一班，寡居的大姑母（大姑的丈夫是东北军李杜将军部下的一个营长，1931 年在与日本鬼子作战中战死了，留下了一女一子。女儿早参加了革命，儿子在医科大学念书，学兽医）在这家小学教书，马街小学较远，好在和大姑母一起走，十几天以后，我就认道了，上学放学自己走了。一路上，早晚都有教堂的钟声为伴，也不寂寞。

老二进了离家很近的兆麟小学，老三进了兆麟幼儿园。沈阳叫幼稚园，哈尔滨叫幼儿园，这是哈尔滨和沈阳的一个区别。

城市与城市之间总会有些不同的，这些不同首先表现在建筑、路街与交通上，如果说这些是城市的硬件的话，那么其他的区别就是文化上的了。我感受到的另一个文化上的不同是，在沈阳三经路完小时，把音乐课称作 yīnyào 课，而在哈尔滨，在马街小学，上音乐课则叫 yīnyuè 课。

我把这个不同告诉父亲，父亲正在为就业而奔走，他说："乐字是个多音字，念什么只是习惯不同而已。"

我似乎仍不解。

我问母亲，母亲说：

"入乡随俗嘛！反正学的是唱歌！"

我点点头，似乎明白了。

母亲接着又说：

"橘生淮南则为橘，橘生淮北则为枳。为何？水土异也！"

哈尔滨人多吃窝头和面包（俄人称列巴），很少吃高粱米饭。母亲吃了面包，常吐酸水儿，正为想吃高粱米饭不得而犯愁哪！

二十七　钟声

二十八 雄赳赳，气昂昂

哈尔滨的冬天来得很快，十月初的时候，天已渐渐冷了，父亲给我买了一顶棉帽子，剪绒的那种，老二老三也有了。三个男孩子一入冬还得置办新的棉衣，我的衣服改小些，再絮一层棉花，可以缝了给老二穿；同样，老二的旧棉衣拆洗后加厚一层厚棉花，可以给老三穿。可我呢？只能做新的。母亲针线活儿挺粗，针脚也大。无奈三个臭小子每天似乎都在往上蹿着长，棉衣服刚准备，脚底下的鞋，露了大拇脚趾头，袜子也破了……母亲在日夜不停的操劳中捉襟见肘，悄悄地把珍藏的一个结婚金戒指卖了。好像卖了二三十元钱，全家人去道外，吃了一顿酸菜炖粉条加五花肉，主食是高粱米豆饭，下了一次馆子，花多少我不知道，但我知道这是我家此前此后数十年中唯一一次去饭馆就餐。——穷，是20世纪中国人普遍的痼疾。母亲把结婚时娘家陪送的戒指卖了，那天虽然也吃了高粱米豆饭，脸色仍然是阴沉沉的，没有一点笑容。

父亲还在为就业奔跑，好消息不多……

一个星期天，祖母——也就是奶奶，说要上道外北市场听戏。祖父给了她几张钞票，祖母问我说：

"你听过戏吗？"

我摇摇头。

祖母说："戴上帽子，跟我去一趟，陪我听一折！"

我戴上帽子，系好鞋带，便随祖母出了家门。祖母也是天足，虽已六十开外，一头灰白头发，包了个俄式的三角头巾，走起路来并不蹒跚。

景阳街北头，松花江岸上的江堤并不高，祖母带着我顺着江沿走。江水已经封冻，没有西北风吹来，天气尚有一丝温馨。我是第一次见到如此开阔的大江封冻了，冻在岸边冰层里的鱼，大的一尺多长，小的也有一捺长，比我姥家桃仙屯小河汊里钓的鱼都大都长一些。我奇怪："怎么没有人刨开冰，把冻死的鱼取走吃呢？"

我问老祖母："为啥没有人刨冰取鱼呢？"

祖母说："冰太厚呗！"

就这样，我们走到北三道街，祖母带我进了北市场。

北市场人流拥挤，卖东西和买东西的人一样多。

我们在人群中穿来穿去，她拉着我的手嘱咐我：

"别走丢了啊！"

祖母在一个摊上买了几顶绒线帽子，她试了一试，正好；便又挑了一顶，她问我："你妈这个能戴吧？"母亲的头比祖母的头大，绒线帽得大一号，她为我母亲买了一顶有黑蓝条纹的绒线帽，让我想起了姥姥的那顶黑丝绒饰珠软帽。随后，祖母又买了三副线手套，一副是我的，又松又大，祖母说："大一点儿好，过年还能用！"另外两副是给老二老三的。孩子的手套大概是怕丢吧，两只手套之间都有鞋带儿连着。——这手套仅是现用，其实母亲已在给我们裁制对付更冷天的棉手闷子了。

买了东西，祖母带我到一个小屋前，在门口买了一口杯"毛嗑儿"。所谓"毛嗑儿",也就是向日葵籽,是俄罗斯顿河草原上普遍种植的那种,也由中东铁路的到来,传到了中国。由于俄国人都爱吃它,所以名叫"毛嗑儿",其意是老毛子嗑的"瓜子"。在沈阳,人们冬天都嗑黑色的西瓜子,也叫瓜子。哈尔滨也有西瓜子出售,但"毛嗑儿"也颇受国人的欢迎。

我们进去了,祖母买了一个大人票,一个小孩儿票,屋里

人多,坐的都是长条板凳,台上灯还亮着,一会儿从侧面后台出来一个人,他举锣敲了一声:"开演了!"灯光就变暗了。灯光一变,一阵小鼓响,一阵快慢点儿的板儿响,接着京胡也响了起来……

我以前从未看过戏,这是头一回。

演员出场,祖母说:"这是苏三起解!"

过一会儿变了,祖母又说:"这是武家坡!"

待了一会儿又变了，祖母说："这是四郎探母！"

都是折子戏，一段一段的。我根本听不懂台上人唱什么，只顾嗑毛嗑儿。祖母牙口不好，只嗑了两三个，说："味道还行。"便都给了我，让我一个人独享了。我光看台上人物一会一换，唱词变了，胡琴声也一块儿变。这些我一概不管，只顾嗑毛嗑儿。

听了三折子，祖母也坐累了，她起身带我回家。路上，祖母买了一只烤地瓜，掰了一半给我，冷天吹来，滚烫的烤地瓜给了我一腔温暖。

回到家，老二老三见了绒帽与绒手套都很喜欢，一戴也都合适，乐得什么似的。

老二老三又问我看了什么戏？我比比画画地学说了一番，又吱吱呀呀地胡吆喝了一通，他俩都没弄懂。我本来也没懂，他俩何能听懂？我从口袋里掏出毛嗑儿，给了他俩一人几枚，我们便吱嘎地嗑了起来。

祖母歇了一会儿起来见我们都在嗑毛嗑儿就说："赶明个儿，奶奶再给你们买！"

祖母是一个沉默寡言人，平日不苟言笑，此刻也露出了笑容。

祖母的沉默寡言来自生活的不幸。据母亲后来说，祖母的二女儿，也就是我们的二姑母，坐月子患了产后风不治去了。这是前几年的事儿。去年，我的老叔，患了肺结核不治，也撒手人寰了。老叔在中苏友好协会工作，老婶也在那儿工作，他们有一个女儿叫小橘子，四五岁时没了父亲。风度娴雅，顾长俊秀的老婶儿自从老叔去世后，就把一直跟着奶奶睡的小橘子接走，原来老婶儿不久就再婚了，嫁给了毛四。毛四是老叔的同学、同事加好友，毛四娶了寡居的老婶儿，奶奶知道了也很乐意，还送了一枚金戒指给老婶，像嫁女儿一样。唯一的心思是时常念叨小橘子，不时地让人把小橘子接家来吃饭。

中苏友好协会的办公地址，就在今天的中共哈尔滨市委的大院里。老婶家住石头道街南侧的一座五楼的楼上。这座楼与老哈一百毗邻，与今天的新华书店斜对过。我家迁到哈尔滨以前不久，小橘子已经得肺炎不治找她爸爸于地下去了。这事儿全家都知道，唯独奶奶还蒙在鼓里，一年多来还瞒着她。

一天早上，也是周日，在医科大学念兽医专业的张超表哥回来了。

他说，他们班全体都报名参加了志愿军，已经被批准了。那时上大学是自带行李的，这次回家他便把自带行李扛回了家，部队的行李已经发下来了，下午开大会去领，然后就开拔奔往前线。

超表哥说着，便把手腕上的手表解下来，给了我父亲。他说："大舅，虽是旧表，也算一份心意吧！"

自此以后，这块皮表带的苏产胜利牌两针半手表就归了我父亲，成了我家唯一指示时间的机器。这里所说两针半手表，是指表盘上没有大忙针——秒针，秒针是在表盘上快速转的一个小表盘上，三个指针在一个轴上转的称三大针，而另有小秒针的称作两针半。相比之下，三大针的手表更贵重些。

父亲一开始不想接受手表这样珍贵的礼物，推了几次，超表哥说："我们当了志愿军，上前线，统一指挥，个人戴手表没有用！"

祖母她老人家见舅甥两个人推让，就说：

"别让了，给了就要吧！"

"是的，姥姥！"超表哥是我的姑表哥，我的祖母是他的外祖母。他是我大姑的儿子。

祖母说："小超，你和大兴去老舅家，把小橘子给接回来，吃一顿团圆饭。"

超表哥早知小橘子的事儿，便有些犯难，坐在一旁的大姑母说："你俩去吧！前两天听说毛四调北京去了，你小舅妈也要去的，不知走了没有？"说罢，使了个眼色，又挥了挥手，示意快走。

老婶家的住处距买卖街不远，超表哥便领我去那里接小橘子。小橘子早逝的消息，就是超表哥在路上告诉我的。他还告诫我说，当着她们家人的面儿不要提小橘子的名字。我似乎明白了，点点头。我们顺石头道街西行，过了马路，再走一段儿，在新华书店斜对过儿的大门洞，拐进了那座大楼的后院。超表哥领我们一直上到五楼，敲开了老婶儿的家门。

老婶一身便装，也就三十来岁的年纪，她模样可人，让我一见了就挺喜欢。经过超表哥的说明，她知道了我的身份，便冲我说：

"大侄子，快来吃苹果儿！"

她给我们俩一人削了一只苹果。超表哥根本没提小橘子的名字。这也是心照不宣，老婶也心知肚明我们来的意思，只是都不说破。老婶说，她也快要去北京了，现在正在作善后工作。然后，她找出一条围脖给超表哥，说："戴上这个吧！新的呢！"她还给了我一只白皮球。

老婶执意要送我们。只见她穿了一身蓝地白花点儿的薄棉裤、棉袄，外面又穿上了一件俄式的鼠皮长大衣，戴一件三角巾，俄式兔毛的那种，非常漂亮。她送我们下楼，出了院门左拐，领我们去了八杂市，买了一斤槽子糕，一斤长白糕，都是我见过没吃过的那种。又买了一网兜国光苹果，让我们带了回家。"给奶奶问好！"她说。

我们在兆麟街口分开，她去单位食堂吃午饭。我和超表哥带着老婶儿买的东西回家。

前后不到一小时，我们就回到了家。自此以后，我再没见过老婶。

超表哥对我祖母报告说："姥！小橘子在毛家奶奶家呢！只有小舅妈一人在家！"

祖母叹了口气，挥手抹起了眼泪。这时，大姑过来招呼大家说："吃饭了！有话吃了饭再说！"

自此以后，我再没见过超表哥。当我再次见到超表哥时，已经是二十多年之后，"文革"前一年，超表哥已经是中国人民解放军总后勤部的一名上校军官了。

超表哥参军走了以后，我们自然没有忘记他。那不仅是由两针半胜利牌苏式手表引发的回忆，更多的是那支人人会唱的《中国人民志愿军战军》的歌词和它内涵的浩气所引发的联想——我的超表哥是一名志愿军！

这支歌儿当时全国人民到处都在唱：

雄赳赳，

气昂昂，

跨过鸭绿江！

保和平，

卫祖国，

就是保家乡！

中国好儿女，

齐心团结紧，

抗美援朝……

二十九 八杂市儿

时间过得飞快，旧历的春节——过年说来就来了。

过年要办些年货，由我跟了父亲去置办一些，地点就是道里区市场，人们习惯叫它八杂市儿。

八杂市是一回字形的市场，市场里什么都卖，比如鱼肉蛋禽，比如日用百货，比如水果糕点，比如筐锅刀斧，比如绳麻布带……几乎城里人生活需要什么，市场里都有出售。市场呈回字形双层的方环形，一家一家地，一号挨一号地，所谓细心逛市，货比三家，只要人进来了，总会有得买的。这个市场西门在尚志大街上，东门在兆麟大街上，并与每天敲起悠扬钟声的索菲亚教堂相对。市场的南门在透笼街上，北门对着石头道街，中间有一块空地——市场前的小广场，广场上集中了来自四面八方的马车、骡车，拉来了各地的土特产，如山鸡冻兔，如冬猎的冻鱼，如貂皮狐皮等，总之八杂市用"八杂"来形容它的种类繁多与庞杂，是再恰当不过的了。广场北面，过马路，是哈尔滨市政府的大楼。

但是"八杂"这两个字却是与中东路一起，从俄国传来的，它源自俄语的集市一词，译成汉语也写作"巴扎"，把"巴扎"改写成"八杂"，既形象又准确，可以说是"信、达、雅"兼顾了的翻译的最佳范例。

可是，若干年后，我去新疆考察长城与烽火台，有几天住宿乌鲁木齐，逛乌鲁木齐市场——该市场称"大巴扎"，这让我立刻与哈尔滨的八杂市场发生了联想：难道乌鲁木齐的市场大巴扎，也来自俄语么？进一步的追索让我终于弄明白了，却是半年之后的事。巴扎（八杂、巴札）一词，乃是俄语中的外来语，它来自波斯语 bazar，15 世纪已由丝绸之路进入我国新疆，在那时成书的《高昌杂字》中，已收有该词。嗣后遍及新疆诸地，便有了"八栅尔"、"巴扎"、"八杂"、"巴匝尔"等各种译法，含意是集市。以后，又同宗教的仪式礼拜结合，出现了礼拜一巴扎，礼拜二巴扎，或专业的巴扎，如粮食巴扎、畜牲巴扎，鸡蛋巴扎等。

由八杂——巴扎一词的流布，可以看出文化因素的传播带有无形的翅膀，可以飞越千山万水，随处扎根的。——此是后话。

过大年了，我随父亲去了道里区的八杂市，也就是前不久老婶给奶奶买槽子糕（蛋糕）和长白糕的那个市场。到了旧历年前，八杂市更热闹了，市场前的广场上支起了许多的大摊儿，其中的山珍野味引起了十岁我的注意！

大摊儿那儿有一家卖虎肉的！

虎皮摆在那儿，虎的肉可以任选，由利斧砍下。我拉着父亲驻足看了一会儿。

我用手摸了摸冻得梆硬的虎爪，问父亲：

"虎肉好吃吗？"

"应该不难吃！"父亲没吃过，也有了兴趣。

父亲刚刚有了工作，已经赚回来一个月的薪水——他在距家不远的，坐落在道外南马路附近的猪鬃工厂上班，考取了职工夜校教员，挣的虽不多，还是略胜于无的。父亲掏钱买了一块虎肉，大约有二三斤吧。卖家用小斧砍肉，只卖肉，骨头却是不卖的，骨头卖给药厂，药厂早已号下了。

父亲问了问吃法，猎户回说烀熟了，蘸调料汁儿吃，像吃猪白肉那样吃就行，可以多加些蒜泥！

我现在已经记不起吃虎肉时的味道了，好像没有什么异味儿，全是瘦肉，非常好吃。——这是1951年春节时的一次舌尖的幸运。以后，别说吃，连卖虎肉的也没见过的。——就在我写此文之前数日，女儿告诉我，在一部《张大千传》中记载说，张大千小时不吃肉，一吃就吐！后来家里给他弄了只虎崽的肉，剁成肉糜，张大千吃了甚觉味美，也没呕吐。从此以后，他可以吃肉了。在成名之后他不仅吃虎肉，家中还饲养了老虎呢！

除了卖虎肉的，还有卖鹿肉的，父亲还买了一块鹿胸脯的肉，也有二三斤吧。当时，鹿肉的价格不贵，一副鹿鞭却十分昂贵，令人却步，却也有人买。

鹿肉之外，还有卖狍子肉的，狍子不大，像只大山羊，连皮一起出售，那里摆了好几只，也有人买。

狍子肉之外，还有卖山猫肉的，卖山猫的也是连皮一起出售。山猫也就是猞猁，过去在松花江南北的山林中，猞猁是常见的中型哺乳动物，由于人类砍伐森林，猎杀野生动物，如今（在我写此文的时候）基本上已濒临绝迹了。仅仅在哈尔滨的地图册上，留下几处"舍利屯"之类的地名。

我们走走看看，看看走走，买了一些糖果、鞭炮和哧花与燃香之类的东西，刚要往回走，一辆胶轮大板车上放了一条鱼让我大吃一惊："松花江里有这么大的鱼！？"

父亲告诉我，这鱼叫鳇鱼，大的可达千斤，小的也有几百斤，两三米长是常见的。这是松花江／黑龙江中的特产，以前是专给清朝皇帝进贡的贡鱼。清朝时松花江上下布置了一批军队，采珍珠、打鳇鱼就是他们的专务。夏天打了鳇鱼，养在鳇鱼圈里，待冬天一到，从冰下捞出鳇鱼冻上，用马车拉往北京。

新来的这条鳇鱼挺长，绑在车上，尾巴还拖在地上。当时八杂市里还有两三处卖鳇鱼的，都有两米多长。卖家把鱼横放在摊板上，用锯树的那种大锯，把鱼身锯成一片片地出售，父亲见我背的虎肉、鹿肉也有五六斤啦，再加上别的什么东西，掂了一掂，只买了一段约二寸多厚的一截鳇鱼，拴了绳子，有十多斤，由父亲亲自提着。这样我们就办好了年货，满载而归了。

在往回走的时候，经过的一排摊床和卖虎肉的一样，都是猎人们的摊床，他们从哈尔滨东边宾县、方正、阿城的山区中特意赶到这里来出售他们的猎物的毛皮，有猞猁皮、豹皮、狼皮、鹿皮、狍皮，也有狐狸皮、貂皮、旱獭皮、灰鼠皮，以及狗皮等等，那时，靠打猎为生的人尚大有人在，山中的野兽虽然已少了，可进入深山，还能有所收获。——这些情况都是父亲告诉我的，他不时地同那些卖家问询，大概是了解行情吧。

离这些卖野生动物毛皮不远的地方，还有人在卖皮乌拉。这种皮乌拉我是第一次见到，以往听说过关东有三宝：人参、貂皮、乌拉草。人参在药店的橱窗中见过；貂皮，也在皮货店商家的橱窗里见过，不过印象不深，只感到华贵而已。前不久和超表哥去老婶家，老婶送我们时穿了一件鼠皮大衣，我以为很华贵，便问超表哥，超表哥学过野生动物，他告诉我说：

"那不是貂皮，是貂鼠皮，貂皮的老贵啦，只有苏联玛达姆（俄语：女人）才穿得起，中国人哪穿得起呀！"

我听了他的话，方知道貂和貂鼠的不同。

"那种华贵毛皮的貂，也有紫貂，毛皮有一种暗红色。貂鼠个头小，也叫水耗子。水耗子，明白了吧？耗子类的东西，不怎么珍贵的！"超表哥又解释了一番，不过他也承认，老婶儿穿的那件大衣的确好看，是从俄侨手中买的二手货。

这一下又扯远了，下边我们还是回到乌拉上来。乌拉是一种满族人穿的冬鞋。自从闯关东的内地汉人来到关外以后，也接受了乌拉，原因是冬天在野外行走，如打猎、赶车等，冰天雪地里也不冻脚。乌拉多用牛皮制作，也有用猪皮制作的，以牛皮制的为多为好。乌拉的特点是宽度上很肥，穿时除了脚上有了一层布袜子外，还要包裹一层乌拉草。乌拉草是一种长有二尺多长的青草，非常柔软——就在卖乌拉的同时，也卖这种草。从山野割下的乌拉草打成小捆，像卖韭菜那样，有的论斤卖，有的论捆卖。捆儿打得特别小，也可以说论"把"卖了。这种冬天的乌拉草，有的枯黄中还带有一点隐隐约约的绿色。据说，这样的乌拉草最好，最柔软，也最有韧性。买的乌拉草是原始状态，是"生"的，还得用木槌将草捶扁、捶软，捶软了也叫"熟"了。捶熟以后，其软如绵，草茎仍不断，用来把脚包裹好，再穿进乌拉中去，就可以行走如飞了。

乌拉的前边，圆形的如皮鞋头的地方，有半圈抽成褶儿，然后是两侧包上来的皮腰，皮腰上有孔，和现今的皮鞋一样，用牛皮筋绳之类的系紧。乌拉一般都是熟皮后的"原色"，即土黄色。关外乌拉的普及面很广，因为乌拉的前端有圆褶儿，后来就形成了一个歇后语——穿乌拉跨门槛儿——先进褶（者）。

观看了一会卖乌拉的，又买回来一网兜黑色、黄色的冻梨各二斤，黑色的叫楸子梨，黄色的叫花盖梨，都冻得梆硬。听父亲说，回家用水缓开吃，又酸又甜，非常可口！

三十 过灯节

快到正月十五啦，父亲帮助我们做花灯玩儿。

小孩子们所要玩的花灯，也就是手提的灯笼。好的灯笼有用紫檀木做框，外面罩上红细纱一类的半透明的丝纺织品，中间点一根蜡烛，再在上面绑一根横梁，便可以提着灯笼四下游走了。有一首郭沫若写的诗说：天上有那么多的星星，一闪一闪地眨着眼睛，那就是天神提着灯笼在天上走。——这是印在课本里的，当时能背下来，如今只能记个大概了。

商家店铺门口两侧也各挂了红灯笼，这样的灯笼更大些，里面不是点燃了蜡烛，而是安上了红色的灯泡，晚上天一黑，红灯笼就亮了，非常醒目，也非常美观，大约要挂满一个正月才摘掉，留明年再挂。

孩子们正月十五做花灯，是学校留给孩子们的寒假作业之一，据说是要培养孩子们的动手能力。十周岁的小学生，还没有独自完成做灯笼的能力，只能求助于家长，让家长帮着做。

要做灯笼，先得有个前提，做什么样的灯笼？现在叫创意，那时叫计划。——仿照街上那样的大灯笼，做一个小型的就行！这就是商量的结果。做灯笼得需要材料，——材料到哪里去找呢？办法总是有的，当时流传着一句嗑说：

"窍门满地跑，看你找不找！"

二叔家对面的买卖街东侧，与我们斜对过，有一家制造算盘的小工厂。工厂里制造的算盘是那种常见的小算盘：一个长形的边框，由木板制作，其间有一个横梁，梁框之间安有许多的竹竿，竹竿的上方，也是横梁的上方，安有两枚算盘珠儿；横梁的下方，安有五枚算盘珠儿。使用时便用大拇指和食指拨动算珠，一加一，一加二……计算就可以自如地进行了。每逢十进一，便由右竿进到左竿上，如此类推。

小算盘厂门口堆了一堆雪白的牛骨，那是用来在旋床上车制算珠用的。厂门口的另一面堆了许多竹坯子，那是制作算珠的竹竿用的。

正好，学校的老师通知家长说，开学要准备一个小算盘给学生，下学期要开珠算课了。父亲带我去小算盘厂，买了一个小算盘，顺便跟厂里的掌柜的说，要给孩子做灯笼，便从厂里要了两根工厂淘汰下来的竹节过多的竹坯子。在父亲买算盘、要竹坯子的当儿，我见厂门口堆的牛骨粉垃圾堆中有些废弃的骨质的算盘珠儿，我不顾牛骨旋下来发出的牛骨头的膻气味，从中挑出好些个珠子（都是有缺陷的那种），回到家用母亲纳鞋底子的引线头（也因太短没用了）串起来，做了个手链，摆弄玩儿。这个东西也让二弟三弟见了，很羡慕，后来他们也过道去那儿捡珠子玩。——若干年后，我见老三写的一篇小说《小买卖街》时也提到这家工厂和牛骨珠子，足见这家工厂给我们的童年打下了很深的印记。

有了竹坯子，用刀劈成竹条，用碎玻璃片把竹条棱角锋利的地方都刮了一遍，又找来一段废电线，剥出里边的细铜线，便把竹条儿拧成六角形的边框，用秋皮钉将它固定在薄木板上，中间再反向钉一个尖儿朝上的钉子，四周糊上红纸，灯笼就做成了。灯笼做成，插上小蜡烛，一点就成功了。可是，有两块底座的薄木板太小，点上蜡烛以后，一跑玩了试之，竟将糊在外面的红纸烤着了，废了两盏。

这时，祖母感冒卧床，她说她要吃水果罐头。父亲一听，立刻有了主意，忙说："这就去买！"

父亲带了我去"哈一百"，哈一百的一楼北侧都是卖食品的，到那一看，水果罐头只有铁罐装的菠萝罐头，不是祖母指名要的山楂和太平果的那种。我们出了西侧门，便直奔中央大街。中央大街早先叫中国大街，在沙俄进入中国修铁路的时候，先期来到哈尔滨的俄国人，多住南岗（早期叫秦家岗）和道里（早期叫埠头区）地区。中央大街是一条南连霁虹桥西坡，北达松花江岸铁路货场的大街，街上最初有些中国人开的店铺，故称中国大街。以后，此街成了商业街，俄人开的店铺多了起来，中国人的店铺已经不多了，日伪时期日商也插足于此，与这条街交叉的东西向的街，自北向南，先叫外国头道街、外国二道街……一直到外国八道街，1925 年后也改了名字，如商务街、东药铺街……。可是，我家来到哈尔滨以后，我在马街小学上学，每天经过这里不时地还听到人们用旧名称呼那些东西向的街。以后，时间长了，方才逐渐明白它的确指。中央大街最出名的商店叫秋林公司。秋林公司是俄国人秋林开的，故有此名。因南岗区还有一家秋林公司（其实，长春、沈阳、大连都有秋林公司，当时称作分号，即现今的连锁店），所以，中央大街这家秋林公司又叫道里秋林公司，以与南岗秋林公司相区别。

道里秋林公司坐落在中央大街中部偏北的东侧，楼的外墙漆成灰绿色，门很壮观。这次随父亲进去，见里边有一个看门的俄人老头儿，大胡子，他把门要让进门的"闲杂人员"（如小孩之流）得先亮出钞票给他看一眼，不然是拒绝入门的。正因为如此，此前我没有进去过，验看钞票的事儿是听同学讲的，那就是："秋林门口朝西开，想逛没钱莫进来！"跟着父亲进门，没受阻拦。我见看门的俄人老头儿果然一脸大胡子，他用褐色的眼珠盯了我一眼，我立刻避开了他说凶狠并不凶狠，说慈祥也不慈祥的目光。

道里秋林果然有我们要买的两种罐头，都是用玻璃瓶子装的糖水罐头。当时，父亲并没有买，而是领我楼上楼下地逛了一遍。如走马观花，商品琳琅满目，都没有细看，只在钟表柜台前站了一会儿。不是想买什么，而是我对那些各式各样的钟表发生了浓厚的兴趣，那些上了弦能走字儿的钟，坐式、立式、挂式，样样齐全，钟表盘的装饰十分考究，有的印上的字是Ⅰ、Ⅱ、Ⅲ……，我问父亲那上边的1、2、3……等怎么这样写？父亲告诉我那是罗马数字。从此，我记住了从1到12的罗马数字的写法。

楼上楼下转了一大圈，东西很多，可惜手中的钞票太少，只能望之兴叹。最后，买了两瓶玻璃瓶装的水果罐头，又买了一个直径有一尺半那么大的大列巴——大面包回家。这种大面包，重达五市斤，当时的价格我已忘记。以后，实行粮票制之初，收粮票一市斤，价钱是一元零五分，合每斤两毛一。

父亲按着祖母的要求买了两瓶玻璃瓶子装的水果罐头后，由他提着，我背着大列巴出了道里秋林往回走。走出不远，父亲领我走到马迭尔宾馆的时候，给我买了一根"奶油冰棍儿"。这个冰棍的味道非常之好，比我家住南六条时吃的冰棍好吃多了，主要原因是牛奶的成分多，又加了香精，呈淡黄色，非常诱人。开始吃的时候，我还有些犹豫，可一见中央大街上吃冰棍的不乏其人，心中也就坦然了。——冰雕，冰雪节是如今哈尔滨的特色，可冬天哈尔滨人吃冰棍儿，也是一大景观哩！

　　玻璃瓶装的罐头拿回家以后，开了瓶，卧病的祖母尝了几个，直说嘴没味儿，吃了几个以后就说："不吃了！给几个孩子们分了吃吧！"

　　父亲和二叔对两个水果瓶子动起了脑筋。

　　他们把两个玻璃罐头瓶子装了点儿水，水平面跟瓶底约有一寸来高，拿到后院的窗台上，一个小时后，水已经冻成了冰。这时，他们找来一段线绳，在冰平面的外面，绕瓶子缠了两圈儿，又从哪儿找出来一点煤油，用毛笔蘸了煤油将两圈线绳浸透了。然后，在祖父卖水窗外的冰地上，用残雪将瓶底埋了起来，只露出线绳来。再后，划了根火柴（当时叫洋火）把线绳点燃，线绳上的煤油突然一声微响，立刻燃烧起来，冒出了一圈儿黑烟，接着听到"嘭"的一声，玻璃瓶子的底儿掉了，玻璃瓶子没有底了，成了一个灯罩儿！二叔找来一块磨石，把玻璃瓶子的断茬儿打磨了一番，好像不那么锋利了。又找来一块薄木板，钉了两圈儿秋皮钉（秋皮钉是钉鞋掌用的，各家都会自备一些），把玻璃瓶子做的灯罩安上，一个透明的灯笼就做成了。之后，在瓶口上栓了铜丝，又在玻璃瓶子的外面贴了一些红纸做的剪纸，又剪了一个福字贴上，一个像模像样的玻璃灯笼就做成功了。

父亲和二叔又重复地烧了一次，只见玻璃瓶子出现了一道斜纹儿，只好废弃不用，——成功了一只玻璃灯笼。问题是，这支灯笼有点儿沉，由我和老二轮流提着玩儿还可以。

正月十五晚上，父亲母亲，二叔和二婶各领了孩子提着灯笼出去逛街，先是看灯火辉煌的哈尔滨第一百货公司的外景，然后去八杂市广场看扭秧歌、踩高跷的，非常热闹，欢庆中也听到像"雄赳赳，气昂昂……"一类的军歌，"解放区的天是明朗的天……"一类的革命歌曲。什么《南泥湾》啦，《王二小放牛》啦，《二黑哥》啦，"北风那个吹呀，雪花那个飘呀……"鞭炮与鼓乐齐鸣，笑声与歌声伴舞，真叫人兴奋极了。

过了八杂市广场，由十二道街拐入中央大街，街面上就更热闹了。沿着中央大街我们一直向北行走，直走到松花江边，看见江岸的街上，六角街灯闪亮着，六角街灯之间，拉了临时电线，拴了许多彩灯，赤橙黄绿青蓝紫，与天空上的圆月和星光争辉，让我们相看两不厌的是在松花江冰面上打爬犁的小孩子，还有凿开冰层露出了水，在水中冬泳的俄罗斯男女……

这天晚上，直闹腾到了半夜，我们才回家。

三十一　钓鱼松花江

　　哈尔滨的夏天，好玩儿的地方很多，而首选就是逛江滨大道的林荫、花园，以及观树隙间的白色的雕塑。

　　江滨大道早在中东铁路修通之初，沿江岸就铺筑了铁路，并设站辟为货场，成为水陆贸易的集散地。从松花江上下游来的农产品，如小麦、大豆等由此卸船装车，运往辽南、海参崴或欧洲。同样，从欧洲走铁路经满洲里进来的货物，也由铁路卸下，在哈尔滨依靠公路和航船，运往北满、内蒙古等地。经过多年的经营，这个泊于江边的铁路货站显得小了，于是货场被搬迁，铁路被拆去，只加以修缮成了风景度假区。现在，留在江堤上当年的建筑还有一所——当年的票房子、候车室，如今的江畔餐厅。它已成为保护建筑，还矗立在江畔的冰雪风雨中，挽留着百余年逝去的岁月，成为历史的一个注脚。

　　从划分道里、道外的松花江上的铁路大桥始，向西一直到小九站的水运码头，这段江畔风景带被命名为斯大林公园，这当然是新中国成立后的事。——苏联解体以后，事情发生了一些变迁，如长春的斯大林大街，更名为人民大街。哈尔滨的斯大林公园沉积了一段时光，近几年有关部门从山里运来一块巨石，上面刻了斯大林公园几个字。巨石立在中央大街北头的松花江岸边，成为令人驻足拍照的一景，也成为江滨的一个景点。

哈尔滨的松花江畔观光区，号称二十里风景带，而斯大林公园这一段则是其中最好的一段，大约有一公里长。这段风景名胜是哈尔滨的标志之一，她集中了哈尔滨的青春、美丽、宜人的诸多资质，从而成为外地来哈尔滨，无论如何都是必看的游览胜地，在全国只有上海的外滩，杭州的西湖，广州的珠江之畔可以与之比美。

我少年时，松花江岸边尚没有今天的绰约风姿，那座半拱廊式的哈尔滨防洪胜利纪念塔，是1957年战胜特大洪水之后修建的。所以，我来哈尔滨所过的第一个夏天——1951年暑期时，纪念塔的图纸尚未诞生，江畔只是垂柳悠扬，游人如织而已。

若干年后，我学习写作，写了一组江滨公园的短诗，现抄录一首如下：

　　　江岸公园

你准备那么多绿树浓荫，
用一身风韵将游人吸引；
你拥来那么多笑脸花裙，
用遍地青春来描画传神……

呵，江滨，永远是那样迷人；
堤下的倒影，似写生的油画，
伟岸的桥墩，列举一派雄浑，
夏日清晨，你身边聚多少人群！

呀，江滨，永远是那样清新：
沙滩的阳伞，像散落的花瓣，
精灵的汽艇，犁开一江白云，
即使黄昏，你的静谧也令人亢奋！

这儿有光的灼丽，风的芳芬，
这儿有浪的花絮，波的笑纹，
这儿有歌的旋律，诗的行吟，
这儿有美的铺陈，爱的纯贞……

假若你沉溺在这适意的欣赏里，
请注意繁忙的铁道线，不停的船运，
边城，生命的脉管连着山河湖海，
守桥战士的枪尖上，笑着红日一轮！

这首诗是若干年前（距童年若干年后）写的，如今我能告诉你的"守桥战士的枪尖上，笑着红日一轮！"已经有了变化：百余年前修建的铁路大桥，如今已经退休，成为人们步行过江的休闲桥，而在此桥的东侧——也就是道外一侧，耸起了一座高铁新桥，一老一新，两座大桥诉说着时代的风云变迁，后者则成了哈尔滨人的骄傲。而现在的守桥，已经实行电子监控的手段了。

那一年的夏天，某个周日，父亲在我们的央求下，带我们去逛松花江。

到了中央大街北头，来到松花江边，松花江的江水占了半条江道，江水在靠近北岸的那边自西向东流淌着，在江南这边儿，半条江都是浅黄色的裸露的沙滩，沙滩上有许多穿着短裤的晒太阳的人，男男女女，老老少少，是一片度夏的休闲地。有些条件较不错的人，还支起了阳伞，在沙滩上铺了床单，有的小孩儿光着屁股在床单上站着，也有的在沙滩上跑来跑去玩耍。大人们则在水中游泳。游泳有专设的游泳区，用红白相间的浮漂儿拦着，沙滩上立了两个临水的高椅，上面坐了两个戴墨镜的人，他们是救援者，当然也是水性最好的人。对于这两个裸露着古铜色皮肤，只穿了游泳短裤的人，我立刻从心中升起一片敬意：他们真的很了不起呀！

江南岸的石阶上有卖鱼钩、鱼线和鱼食的小摊贩。我央求父亲给我买鱼钩、鱼线和鱼饵——曲蛇。父亲拗不过我们哥仨的请求，就买了两根打了蜡的细线绳，这些细线绳我发现同洋灰（水泥）袋子上的封口线粗细一样，以后就养成了收集洋灰袋封口线的习惯。江边上出售的所谓钓鱼线，好的是丝质的线，普通的细线绳作钓鱼线，为了出水入水快捷，上面都打了些蜡。细线绳是论米出售的，卖家告诉我们在这块地方钓鱼得下底钩，也就是说江底是缓坡，用浮漂长竿钓，甩出的线太短，水浅，没有鱼。必须用长线和鱼坠儿，把鱼线甩得远一些。

父亲问他："那得用多长的鱼线？"

"至少得十来米吧！"

父亲买了 20 米，剪成两段，卖线的人给了两根小树枝，缠了上去。然后，又买了 10 只已经拴好线的鱼钩，在卖线人的帮助下，将钩拴在鱼线的一端，然后又买了十几条曲蛇（蚯蚓），用湿土喂上，包在一个纸袋里，又选了两根竹竿。这种底钩用的竹竿不必太长，二尺来长即可，上面再拴一个小铃，最后又买了两个小铅坠。——这样，我们的简易钓鱼用具就准备齐全了。

父亲领我们仨下了江堤，脱了鞋一手拎着，另一只手握了小竹竿——此时我发现，这些所谓的鱼竿，都是从一柄废竹扫帚上拆下来的，废物巧用，商家真的会赚钱呀！

在游泳区的下游方向，又走出二三十米远的地方，水深，没有人下水，沙岸边有几个钓鱼的人，下的都是底钩，有的人带了小马夹（折叠小凳），坐在那里，用眼睛盯着远处的鱼漂儿。当鱼咬钩疼而远逃时，鱼线被拉紧抖动，小铃会响。小铃一响，钓者就可以拉线提鱼了。此时，有的鱼会脱钩逃掉，也有的鱼贪吃，吞钩吞得太深，鱼钩上的倒钺刺使它脱钩不得，而成为钓者的收获品。吞了钩又脱钩逃跑的鱼，多半是钩挂到唇边，或是挣脱中失了一块腮肉才脱钩跑掉的，不知它们还能活多久？

我们很幸运。甩下底钩也就几分钟吧，铃就响了，我们欢呼，父亲赶忙拉线收钩，钓上来一条一捺长的黄色的鱼，它吱嘎地叫了一声。——原来是一条嘎牙子鱼，学名叫黄颡鱼，头部的上边及两侧各生出一根骨刺，像个三叉戟。这种鱼并不珍贵，当时似乎很少有人吃。钓鱼人说，嘎牙子鱼也能吃，掏出鱼的内脏，剩下的鱼肉也可以打鱼酱吃，它没有鳞。

把这条鱼摘下来，父亲给鱼钩重新上一段曲蛇，还没抛钩，另一根竹竿上的小铃也响了。我快步过去学习父亲的动作收上来鱼线鱼铃，钓上来的是一条圆形的小鱼儿。"葫芦籽儿"，邻人说。

鱼不大，挺欢实。已经钓上来了两条小鱼儿，可放哪呢？父亲把带来的一个腰形饭盒打开，把里边带的大饼子取出，把饭盒涮了涮，又装了半盒水，将两条小鱼放进去，两条小鱼翻了个儿，游开了。

斯时的松花江里鱼很多，凡钓鱼人几乎无一空手而归，多多少少都会有些斩获。——这一天，虽是学钓，玩的却十分痛快——

一条小鲤鱼钓上来了……

一条小鲫瓜子钓上来了……

一条小白鳔鱼钓上来了……

一条小柳根儿鱼钓上来了……

一条小鲇鱼钓上来了……

这一日，下午四时多了，我们在松花江边学钓鱼，也在松花江边进行了沙地午餐，傍晚玩得尽兴而归。

当我们踏着西斜的阳光回家时，我们哥仨既喊累，也还很兴奋。我们大约收获了二三十条小鱼儿，差不多快一斤了。回到家去，挤去内脏，涮净了鱼鳞，最后炸了一碗鱼酱，就着窝窝头和小米粥吃起来，那才叫个香！——当你亲口吃下你自己挣来的饭菜时，你的心一定是最快乐的！

以后，我自己还悄悄地去钓过几回……

钓鱼的最大乐趣在于以最微小的成本换取最大的快乐与满足。但也会勾起你更大的欲望，即向自然不断索取的欲望。

三十二　搬家太平

　　下学期上四年级，不久我就因搬家至太平区大有坊街而转学进入太平第一小学四年二班。太平第一小学，简称太平一校，坐落在太平桥附近的太安市场中部，它的操场很大，有三排房屋，每排三幢，每幢有两个教室，中间还有一个小休息室，一般都关门不开。一进校门便是宽阔的操场，仅三分之一大的地方即可以召开全校师生大会。操场的东部有一个篮球场，北边靠院墙附近是单杠、双杠之类的器械，而跳高跳远的沙坑，则在广场西部。西部靠北墙，也就是一进学校门的右侧有一排房屋为老师办公的地方。此房的紧西边是一个水房子，那里立了一个白铁打的立式大水壶，壶的底部烧火，中部是煤道，外边镶有一个可以观察壶内水位高低的玻璃管。水烧开时，有一汽笛发出吱吱的叫声，它告诉人们水开了。当水开时，烧水的校工——一般都是五十岁左右的老大爷，把炉门打开，火势减弱了，汽笛便不叫了。那时的学生很少带水杯上学，我甚至不记得我在水房子里喝过水。

　　三排房屋靠校门即北面的那一排叫第一排，第一排房屋的西侧，不是普通的平房，而是举架很高的礼堂。道里的马家小学好像没有这样的礼堂，礼堂的西侧是舞台，舞台两侧还有紫红色的幕布，有两个厚垫子，那是上体育课学习前滚翻之类动作时用的。

第一排房子紧靠东侧的那幢，中间的休息室是教美术课的宋老师的办公室。宋老师不仅教画画，还组织了航模小组，选一些心灵手巧的学生参加小组活动，用订购的航模工板进行制作弹射飞机，用橡皮筋弹射到空中进行高度、稳定性与飞行时间的比赛。据说，宋老师的这一特长在哈尔滨市的小学中是领军人物，连来华访问的苏联教育代表团到哈时，也要与之会见。苏联代表团还曾赠送给太平一校一架手工制作的，有发动机可以用无线电控制飞行的木模飞机。那是我们从这里毕业后听人说的，我并没有见过。

我们班的教室在二排东侧房子的西屋，休息室长年锁着，不知里边装了什么。我们这幢房屋与西大墙之间有与墙平行的厕所两座，靠南的是男厕，靠北的是女厕。和礼堂一起在两侧的那两幢教室，离厕所有一百多米远，下课时每见男生女生都向东边跑。

东墙与南墙连接的拐角处，墙砖上不知被什么人凿出了小坑，踩着这些小坑可以攀墙跳进学校来，有些迟到怕值班生在校门口记名的，就从这里跳入学校。学校好像不知情，也许是知道也不在意。我们班有一个很憨厚的学生，叫杜锡荣，同我很要好，他家就住在此角外面的那条街上，他有时就从这里出入，一年多后，他家离开了哈尔滨，去了肇源老家，回乡务农，也就再没见过他的踪影。我曾去他家玩过，可我却从未有跳过墙。这倒不是我不敢，而是我从校门出校向右走，穿过太安市场然后沿马家沟河向上游走回家时，一路上有三四家小人书屋，可以租小人书看。每租一本看只收一分钱，没钱也不要紧，可以在租书人的肩后借光看。那些小人书琳琅满目，颇吸引人。什么《三侠剑》、《雍正剑侠图》、《虎女》、《狼孩》、《兴儿咬奶记》、《七侠五义》、《小八义》等等，我都是在那儿看的，虽然看得糊拉半片的，还是乐此不疲，每天回家时，在路上至少会在此耽搁一两个小时以上。

我和另外一两个男生迷恋小人书之举，却为我们班的一个小个子男生关某（名字已忘）所讥笑。他说我们几个太小儿科。我问他看什么？他说："我看大书。"大书就是全是字，没有图的书。这样的书，我在马街小学念书时，三年级入了二分校，放学时走十二道街、石头道街回家。每天回家都经过哈一百对过的新华书店，差不多每天都在楼下转一转，书店里到处是大书，是给大人看的，我不过是看看书上的封面而已。关某的大言不惭，令我肃然起敬。我知道太安市场东头离马家沟河堤很近的地方，有几处租看大书的摊床，而且还有几处说书人在那里讲故事，偶尔我也去听。

有一天，我走到那里，果然发现关某在看大书，我凑过去看了一会儿，不得要领，没看进去。我看了一下书名，是一本叫《粉粧楼》的小说。他说，他还看过《十三妹》什么的。这里的收费也是每天收一分钱租一本，能看多少看多少。没看完，明天来了，再交一分钱接着看。如果第二天你来了，你想看的书，别人在看，书摊主人就会给你推荐另一本让你租看。——这种书没引起我的兴趣，我喜欢武侠小说，而关某看的属于言情小说，才子佳人，男欢女爱之类的书让他感兴趣已属必然，他比我大两三岁，青春的萌动已经开始了，加上一点早熟，而且他家就在附近，这些都成了痴迷这种书的阅读条件。

太安市场源自太安街，可太安大街却在太安市场南边，也就是太平一校的南墙外那条街。而市场所在的街叫通河街，此街与河堤之间只隔了些平房，河堤平时也是街，上边不让走车，只能走人和自行车，堤坡下可以走马拉的大板车。

太安市场的西头临近太平桥，这是一座可以走公交汽车与马车的大桥。——在马街小学时看过电影《赵一曼》，被日伪逮捕后，赵一曼因伤住院，后来她在哈尔滨市立一院策反护士，逃了出来，坐大板车东行去宾县山区，走的是东直路，过的就是这座太平桥。太安市场是个杂货市场，像八杂市一样，只是档次低了一些。太安市场沿通河街到东头马家沟河约有四五百米长，卖吃穿用的什么都有，此外还有卖骡马猪驴牛羊的。后者在东端的北侧，东端的南侧就是租看大书的摊床了。

东端的马家沟河上有一座过河的木桥，木桥不宽，只走行人。那时自行车很少，如有也能通过，我还见过牵着一匹马，赶着几只羊或几头猪的小贩也从桥上过过。太安大街的东部连着安东大街，安东大街的东头有小街，北与通河街相通。我每天放学回家时，便从马家沟河左岸向上游行走，过了新乐河口的新乐桥，继续向上游走约二三百米，左岸边附近一家工厂，工厂是因抗美援朝疏散，从辽阳迁来的，名叫东北第六橡胶厂，后来改名叫松江橡胶厂，简称"松橡"。

松江橡胶厂是个"大厂"，那时已有职工一千多人。新中国成立以后，工厂职工办有夜校，父亲为了能安置家小，便从道外的猪鬃工厂调到这里。父亲被调过来，从家属宿舍里挤出一间屋给我父亲，于是我们有了新家。父亲仍搞业余教育，我们一家便从道里买卖街二叔家迁出，搬到松江橡胶厂门对过的大有坊街，距厂门约三百来米的一个大院中居住。

这个大院，原来是一家啤酒厂，工厂早就关了。院内有三趟平房是家属宿舍，围了大院的东、南、西三面，北面是院门。院中间是原来的厂房，南端是小二楼，砖混结构，这里住的都是独身职工，男工住平房，女工住楼上，楼下有十来间屋子，都是由过去的厂房间壁出来的，每家一间，我家住里边第七间，约有十四五平方米吧。中间有个大厅，厅的西北有一眼废弃的马神井，井还在，地面是厚木板，板下有水声，但此井已不能用。我们吃水得去男宿舍那边的井中去打。搬到这里不久，我家已增至六口人了，小的四弟，叫小伟，正在襁褓中。

松江橡胶厂大门朝东，斜对的是一座可以走汽车与大板车的宽木桥，桥下都是由一尺多粗的圆木浸了沥青之后修建的，桥面由沙石与柏油铺筑。厂门口正对着一家小铺，卖烟酒、糖果、糕点之类的副食，主要顾客是厂里的职工。工厂有食堂，但有家的职工还是从桥上步行，跨过马家沟河，走大有坊街回到名曰老宿舍的院中吃午饭。在每天中午匆匆忙忙回家吃午饭的人群中，就有我的父亲。

马家沟河是一条哈尔滨市的排污河，农业废水、工业废水、生活废水经过地下管道注入马家沟河。在哈尔滨这座城市的发萌时代，马家沟河水还挺清澈，随着人口的增加，城市膨胀，在"人多好办事"理念的怂恿下，人口无节制地增长，就苦了这条河。马家沟河水在我转入太平一校的年月，就是黑浑色，除了每年秋天松花江涨水，江水倒灌入河，河水变清偶尔还有鱼之外，马家沟河水污染严重，异味熏人，而那些如关某我的同学等人在距河边不过十来米的地方租书看，则是"如入鲍鱼之肆，久而不闻其臭"了。

我沿着河堤走，对河水中不断扑鼻的异味，除了快走之外，别无良策。在走到松江橡胶厂的东北角时，从该厂下水道排出的污水从地下管道进入马家沟河。管头是露天的，有一个水泥的砌口，露出一两尺长的水泥管头，那里每天 24 小时倾出浅蓝色的排水，有些温度，也有女人在那里用棒槌洗东西，不知洗的是什么。

从这里再往南走一百多米，便是大有坊桥。大有坊桥源自大有坊街，而大有坊街源自松江橡胶厂址的前身——大有屠宰场，也叫打牛坊子。随着中东路的到来，爱吃牛肉的俄国人大批进入中国，牛肉的需求也猛增了。

宰牛场应运而生。

中国船王卢作孚先生 1931 年夏天来哈尔滨考察工业项目，看过道外的毛织厂之后，也曾到大有坊街屠宰场考察过。卢作孚一行原来想在哈尔滨考察之后，将他们在长江航运及办实业时积累的资本向哈尔滨及松花江诸地投资。孰料，他们前脚离开东北，日本鬼子就策划了九一八事变，次年东北沦陷，卢先生的愿望自然落了空。

若干年后，我在《城市与年代》中，对卢作孚对屠宰场的考察作过一点简述如下：

　　他们曾去参观屠宰场。屠宰场在城市东郊，去时路过文庙，至屠宰场（今大有坊街一带），因是星期天，仅得参观空场。这里的屠宰方法全用旧法，宰牛则先用短而锋锐之刀，砍入牛的脑部，使其失去知觉再割其颈而放其血。地面是微斜的水门汀三合土，中间有沟，以利水洗，安有铁环可以系牛。但不很整洁，他们去考察的那会儿，那里奇臭而多苍蝇。据言，每天仅宰猪数十头，宰牛十数头。

从宰牛场排出的废水也入马家沟河。在宰牛场址基础上扩建的松江橡胶厂也接用了这个排水系统。然而，我见到的松橡厂的排水，里边常有菜叶，可见其中也有食堂排出的生活废水。

松江橡胶厂是用天然橡胶加工制作胶鞋的工厂。

早期的胶鞋产品中也有军鞋，抗美援朝战争结束后，军品变民品，松橡主要生产胶鞋。当时的国人穿鞋多还穿自制的布鞋。——我母亲曾一年四季为打袼褙、纳鞋底奔忙，我们哥几个穿鞋就像吃鞋似的，新鞋刚登上不久，大拇脚趾头就从鞋的前端探出头来，这时下一双鞋已进入打袼褙纳鞋底的阶段了。

但不管怎么说，国人生活很安定，生活比新中国成立前好多了，许多人可以买胶鞋穿了，松橡的黄绿色的胶鞋销路还是不错的，生产蒸蒸日上，规模也在逐渐扩大。工厂扩大，每年都招募新工人，而新工人中有不少文盲，也有的念到初小，上了班时橡胶的配方、气压什么的都得从头学起。父亲自己教语文，同时还是夜校的组织者。他本人的学历是中学之后念过大专经济科。上边规定除了语文与算术外，还要学地理、历史，也就是学地大物博，五千年历史文化；学社会发展史（如讲"猴子变人"，即劳动创造了人类等等），讲耕者有其田，讲劳动与剥削……总之，来到了新社会，劳动人民当家做了主人，主人也要学习文化。所以，职工们的学习叫文化夜校，下班后上课。为了适应工作之所需，他还到市里的进修学院学习，以提高自己的水平。所以，到松橡以来，他特别忙。母亲成了四个男孩的家庭妇女，除了家务就是家务，她出去工作的可能性已基本不存在了。

收入不多，支出甚大，家庭经济捉襟见肘。我们哥四个（后来小伟病逝，又生了振刚）有三个已经上了学，可我家连个桌子也没有。分给我们的一间宿舍，屋内有一个通常的大板铺，一个可住我和老二的小板铺。板铺比普通桌子低，刚搬来不久，没有桌子，就坐在用废木板钉的两个小板凳上写作业，或在被子上写作业。数月后，父亲从男独身宿舍那儿捡来一个简易的吃饭"桌子"，四条木腿支了一个木板拼成的有缝隙的桌面，和一个三条腿的方凳，胡乱修理了一下，终于可以利用桌子两端和中间坐方凳三个人同时写作业了。桌子不仅可以写作业，还可以吃饭。它放在两个木板铺的中间，正好，坐在一个方凳吃饭时，两端各坐了两个人，母亲抱着老四，全家算是可以一起吃饭了。

在我的记忆里，老四很少哭。我除了在进院右边的一个大坑中按父亲所授之法种些菜豆之外，我的另一个任务就是抱着老四或是带着他在那个坑田——我的百草园中的豆角、西葫芦、倭瓜、菠菜、小葱地里捉蚂蚱玩儿……长大以后见到"农家乐，乐陶陶"的诗句时，我立刻想到我拥有的百草园——或曰百菜园。

这里让我想起的还有一件事儿：

从太平一校放学回家的路上，当我走过大有坊桥时，木制的桥头柱上除了常见的卖房、租房、寻人的告示外，还有一种止哭小儿的告示贴在桥头上——

天皇皇，地皇皇，
我家有个夜哭郎。
行路君子念三遍，
一觉睡到大天亮。

这样的纸头，在太安市场东头的桥柱上也见过，然而不知像我这样的"君子"——孩子念了三遍以后灵验否。但不管怎样，我见到这类的纸头，一定坚持为它念三遍。——我虽然是个小孩，可我也要做个君子啊！

三十三 大有坊街

大有坊街的两端起自大有坊桥以及桥边的马家沟河。

我家搬到大有坊街松橡宿舍大院居住时，大有坊街虽已设街数十年，可那时街两侧的居民并不多。

我记得从大有坊街桥西端河堤过桥走到桥的东端，东端和西端一样，都是宽广的河堤，权作了行走之路。过了大有坊桥，大有坊街的右侧，也就是南侧是南北向的延光街，街东多为泥屋草房，街西是零零落落的草房，从草房之间的空地上可以看见马家沟河从西南方蜿蜒地流来，河水在阳光的照耀下闪烁着粼粼的光波。河滩上的黑土已被附近的居民垦作了菜田，小葱、白菜、芹菜、辣椒、西红柿、土豆、豆角、苞米等，均有种植，是一片绿色的菜园。

污浊的马家沟的河水滋养了这些大片大片的菜畦地，地上种植的菜蔬生长旺盛，但有否污染问题，却无人提出，也无人过问，更重要的原因是人们还不懂。这些菜蔬种植者肯定吃不了，多余的均流向市场——如太安街市场，是否有重金属残留于蔬菜中，人们是一点儿也不明白，也不清楚的。一年年下来，人们照吃不误，更何况上下均不知情，亦无此观念哉！

在这个小街口，靠大有坊路的一面，有一家合作社，也就是一家小型百货店，卖一些针头线脑，日用百货，布匹水果，土特产什么的，这是大有坊街唯一的商店。与这家商店相邻，门开在延光街上的是一家粉坊——制作粉条的手工工场。工场院内立了不少木杆，拉了许多粗铁丝，许多刚漏下的粉条落入水槽中稍作冷却，便捞出来按一定的斤两挂在铁丝上晾晒，晾干了就成了粉条。粉坊的生产原料是土豆，因此它的院子里一上秋便堆了许多土豆，而土窖里的土豆则留到冬天生产用。粉坊做冷却粉的水槽有好几个，轮番使用，但捞出晒粉的同时，也有个别的粉丝半截断了，掉进水中，无法捞出晾晒，这些湿软的断粉叫水粉，也对外出售，我记得我家常吃土豆炖白菜，炖时加的粉条便是水粉，一煮就烂，比干粉条省火。母亲经常让我端了一个小盆去粉坊买水粉。水粉大约有筷子那么粗，呈半透明状，若是住在离粉坊远的地方是吃不到水粉的。水粉有圆状与扁状二种，后者即是宽粉条。因原料是土豆，大概是技术方面的原因吧，他们不生产粉丝。粉丝的原料是绿豆。市场上出售的粉丝多是山东招远的产品，那种粉丝雪白亮透，做萝卜丸子汤时用，可惜我家太穷，好像只吃过一两回而已。

延光街口北向对着的小街叫南元头道街。南元头道街基本与马家沟河道平行，也是土路，但路况尚好。每当下了雨，马家沟河堤上的路变得泥泞难行时，我就走这条街上学，对这条街也很熟悉。南元头道街与大有坊街的街口，西侧——也就是邻近马家沟河的一侧，是几家门口垫得很高的院门，大概是防雨防涝吧。靠东的一侧，是一家私人开的小铺，什么都卖，尤其是豆腐，每天都有多人问津。和小铺对门的是一家煎饼铺，煎饼铺的窗户对着粉坊的大门，中间隔的是延光街。与煎饼铺比邻的是一家烧饼铺，早晨还卖豆腐脑，是一家只有两张桌子的早餐店，我去买过烧饼，从未吃过他们家的豆腐脑。

从小铺向东，大有坊街上都是稀稀拉拉的泥草屋，再没有什么店铺了。再向东到了东阳街，街口西侧是赵家豆腐坊，店主姓赵，他家叔伯三个孩子都和我是太平一校的同学。我常去他们家买豆腐，街西边那家的小铺卖的豆腐就出自赵家豆腐坊，每天豆腐坊有车给小铺送去几板豆腐，每天结算头一天的货款，挺自然的。豆腐坊的院内在东阳街上。这条街有一段路也挺好，下雨天我走这一段路况好的地段，然后拐到南元头道街上走，这是时间长了熟悉情况的结果。

与赵家豆腐坊正对门的是一家俄侨。俄侨家养了几头奶牛，出售牛奶，每天由那个大胡子的俄国人去送。而我家所住的松橡宿舍大院，进门时还有一条小路，没有名，约有一百米左右，和东阳街口斜对过。当我家的老四诞生后，母乳不够吃，便到这家俄侨处去买新鲜的刚挤出的牛奶，用啤酒瓶子盛了，如今我已忘记了一瓶子牛奶的价钱了。

东阳街的街口，也有一家小铺。这家小铺与我们所住的大院最近，也是我光顾最多的地方，主要是买酱油、醋、麻酱（零售）、豆腐乳（论块买）之类的地方。偶尔也有一个老头手敲腰鼓，推了手推车到院子里卖酱油、醋、盐和咸菜的流动小贩。他很受欢迎，原因是他卖的酱油、醋不兑水。而坐落在大有坊桥附近的那个小铺，我曾亲眼见了小铺掌柜的，向酱油缸里倒进一碗盐和半盆水的。自那以后，我就很少上他家买东西了。

从东阳街口向东，大有坊街开始上坡，坡路的北侧仍有许多泥草房，到了坡顶，泥草房不见了，只见大有坊街的北侧有一个非常大的大坑，坑里有水泡子，长满了一人高的蒿草。坑边很陡，很难下去。若想下去，必得从坑的北侧坡道往下走。

坑的北侧是一家红砖厂，大坑就是砖厂烧砖取土挖出来的。砖厂建厂多年了，取土坑非常大，非常深：坑的南北约有两百多米，东西有一百多米，深度若以大有坊街的坡顶上俯瞰，至少有七八层楼高那么深。

我家刚搬到大有坊时，听说这个大坑是处决死刑犯的地方。初时，我没有去看过这个大坑。第二年夏天，我们偶尔从坡上的坑边向下俯瞰时，处决地已动迁到荒山嘴子那边去了。这个大坑坑底形成了水泡子，已有许多小孩儿光了屁股在水泡里玩狗刨泳。他们的欢叫声一直传到大有坊街上来。总之，这个大坑我从未下去过。也不是不想下去，因为大有坊街的南侧当时是一家果木园，没有围墙，可以进到里边一二十米捉蜻蜓，逮蚂蚱玩儿，便已足够我们"作"了。

由大坑再向东，又是一些平房，但都是红砖白瓦的哈尔滨第一机器制造厂的家属宿舍，再往东是该厂的职工医院，然后是武源街，过武源街口，该厂的家属宿舍为一大片红色的楼房。这家简称叫"哈一机"的大型国企，是我国实施第一个五年计划时，苏联援建的 156 项工程之一。最初生产的是苏制 T-45 型坦克，被称为共和国的骄子之一。——若干年后，"文革"发生，坦克上街，方使更多的人知道了这家工厂的真面貌。厂宿舍的尽头是与大有坊街相交的南直路，到了南直路，即为大有坊街的东端，对过儿是一家中药材仓库。仓库有时运进的药材中有甘草，有些小孩闻讯便去那里拣一些落地的甘草碎茎嚼了吃。我也去过。

上面所记述的是大有坊街北侧的情况。

大有坊街的南侧，自烧饼煎饼铺起，往东只有几座泥草房。过了这三五家泥草房便是一片菜地。菜地好像是由许多家人种的，互相毗邻，一直向南延伸到比我家所住大院还远的地方。菜地的主人之一，住房在大有坊街边上，是一个孤零零的小院，院门邻街，其余三面都和菜地紧邻。小院的院墙、房屋都非常整洁，让我想起沈阳桃仙屯姥姥家的那座小院，唯一不同的是，这家小院院子稍大些。过了这家小院，大有坊街南侧仍然是菜地。在菜地临近大有坊街边，距街边尚有七八米的地方，有一座废弃的砖窑。砖窑也为红砖所砌，是一个圆柱形中空体。窑体的红砖已经酥了，像核桃酥似的，一碰就掉渣儿。

第二年春天，我扎起了风筝，是一个用竹坯子糊成的八卦形，便在冬眠的菜地上放。放时，时常站在废砖窑处向顶风处跑，脚下尽是废砖沫儿。废砖窑的周围，没有种菜，种了菜也不会长。那时，我很淘，有时攀登废砖窑的圆形砖墙，想登高望远或登高一呼，却总不如愿，差不多攀到一半儿，就会因脚蹬的砖头粉碎而掉下去，我也因此多次从上边摔下来。

过了这座残窑址再向东走三四十步，便是进入松橡家属大院的无名小路了。小路的东南，有几座泥草房，住的便是两边菜地的主人。冬天时，这条小路是空旷的，到了春耕时，小路两侧的菜地都被高粱秸夹成的篱笆墙所阻隔。篱笆墙很密，一人多高，几乎看不见里面种了什么，只有自由自在的小鸟儿飞来飞去，有时也落在高粱秸上。因为高粱秸上寄生了一种软体的白色的虫子，鸟大概以吃这种虫子为乐。我们做了劣质的弹弓，团泥做成弹丸，用弹弓打鸟儿，却从未打中过。只有一次打中了在房檐上嬉戏的麻雀，一只翅膀的根部被打伤，它掉了下来被我捉住，不久就死了。这让我十分伤心，用土将这只死于我之手的麻雀埋葬了。我见它那无语的眼睛闭上后，我就不再举起弹弓向鸟儿射击了。

过了这几家菜农的泥草房，沿大有坊街东行又有一个街口。这条小街很窄，但也能走马车，只是路况不好，遇到雨天，便难以行走了。这条街向南延伸，西面是我家所住的大院，东边是果木园。果木园的北门面向大有坊街，对过是砖厂取土的大坑。它还有一个西门与我家所住的院东南门相对。果木园内有一座二层小楼，楼外是地下库，据说是日伪时代的武器库，却未见文献记载过。

果木园的东墙是宏伟路，过大有坊街宏伟路再向东是一些泥草房与红砖房的混杂地，这里也是松橡的家属区。过这些家属区有一个小街叫延华街。1958年秋天，我家从老宿舍大院迁址至延华街176号。——又过若干年后，此处动迁成了延华小区，延华街已经没有了。过了延华街是宏伟小学。宏伟小学建在坡地上，操场地是坡形。若干年后，老三上班开了支，给父亲买了一辆自行车，我顺便在宏伟小学操场上学会了骑自行车。

从宏伟小学再往东，东侧与中药仓库相对，红楼是枕木防腐厂的家属楼。至此，大有坊街南也到了东端。

果木园西门南侧也有一个狭长的坑，据说是为那座半地下库取土上覆时挖的，已过去多年，坑下也芳草萋萋，鸟儿叽啾了。这里也是我们盛夏玩儿的地方，花丛中处处闻啼鸟。它的底部湿润，虽无积水，小青蛙却很多。这种只有大人们拇指大小的翠绿色的小青蛙很可爱，我们捉了又放，不过是淘气而已。

过了这座狭长的大坑，南行，西边是十几家泥草房，房周围也是绿色的菜地。过了这几家人家，再过一个由延光路斜穿过来的路口，西南一大片坟茔地，叫贫民义地。东边是一家专治结核病的传染病医院。传染病院筑有两座楼房，占地很大，院内都是荒草，它的北面与果木园仅有一道铁丝网院墙相隔。

果木园内有两排山里红树，每年秋初山里红熟了，我们便猫腰入内去摘果子吃，人见了喊一两声，我们就跑了；若没人见则续摘续吃。这种山里红果实小，皮肉薄，籽大，本无什么吃的，除了一点甜酸之外，几无可佳之处。只是，当时的我们并无其他乐趣，除了逮蚂蚱，捉蜻蜓、蝴蝶而外，还有一玩儿就是捉蛐蛐儿。哈尔滨的蛐蛐儿大，色褐黑，沈阳的蛐蛐儿比它稍小，为土黄色，二者的叫声相似，斗劲也强。但哈尔滨的天气冷得快，当我们捉蛐蛐儿半个月后，天就下霜了，蛐蛐儿也就绝迹了。

果木园若干年后辟成了公共公园，叫古梨园。因院内有一棵古梨树而得名。那两排山里红树还在，不过已苍老虬曲多了，也几乎没有人在意它的果实了。我家与古梨园的前身果木园结邻时，古梨树就在，却一直没有引起我们的注意。那时，梨树周围的土地种了菜或土豆，我们也不往那儿走。

古梨树据说是张作霖大帅从荒山嘴子那边移植来的。我没找到记录文献。——既然大家都这么说，官方圈了树，挂了牌，保护起来了，我也就不去较真了。最后，有人问我，这大有坊街的街名是怎么来的？我回之以大有屠宰场之名所答。

或又问，为何起名叫大有呢？那么，我来告诉你："大有是六十四卦中的一个卦名——乾下离上。是盛大丰有的征象，吉卦也。古时，丰收年就叫大有年。以大有命名屠宰场，是寄期愿于此啊！把大有二字移作街名，也是图个吉祥。"

三十四 我的百草园

　　鲁迅的《朝花夕拾》集中收有一篇《从百草园到三味书屋》的散文，中学课本上学过以后，还曾读过不少遍，乃至成为养育我的文学乳汁，一篇我心目中的经典。

　　在我读鲁迅的百草园时，亦曾朦朦胧胧地感到有我自己童年的感觉，因为我也有一个与父亲一起开辟的百菜园，长宽各有二三十米以上，总面积大约半亩多。这个百菜园坐落在大有坊街老宿舍的院子中。我家搬去以后，这个入院右侧的一个坡坑荒草萋萋，父亲一眼就看出了它的价值，当年秋初就开垦了它，种上了白菜、菠菜、萝卜、小葱什么的，当年即有收获。于是，我便将它称之为我的百草园，因为它不仅是我学种菜的园地，也是我玩的乐园。

　　若干年以后，某杂志约我写一篇忆旧的散文，我便写了一篇名叫《坡园泥语》的小文交了差。

　　现附录于后——

　　半坡，不是东坡，而是西坡。坡度较缓，可以称为半坡。而这半坡又不甚大，只有半亩多一点儿，比泰戈尔的"我只有两亩地"小多了，所以这个"半"字是兼顾了好几层意思的。

题中的泥语，也是谑语，并非由尼采之语《苏鲁支语录》演变而来。它只是我儿少时代学稼时，常有不自觉地同半坡园泥土自言自语或对话的习惯，是不经意间对泥土说的碎语。

我童年时住在马家沟河以东，一处叫打牛坊子的台地上的大院里，院面的低地是大片的菜田，院东有一条郭小川喜欢赞美的那种乡村大道，道对过是果木园，再往前便是一马平川的田野了。小时候，冬天那里会见到野兔和山鸡在雪地上出没，只是我从来没撵上它们，眼巴巴地瞅着它们逃走。这座大院很早以前，是一家波兰人开的啤酒烧锅，新中国成立以后辗转地成了松橡工厂的宿舍。

父亲在厂里搞职工教育，我家便在 20 世纪 50 年代初，搬进了这所大院。大楼里有一幢与小楼连成一体的车间。车间成了男职工宿舍，小楼的楼上是女职工独身宿舍。我家住在楼下。楼下住有十户人家，我家住在第七室。所谓室，就是一家一间屋，屋中间是一个大穿堂。穿堂中有一口废弃的马神井，是当年啤酒烧锅生产时使用的。我家搬来时，铁臂的马神井还在，只是不好用了。周围是厚厚的木板，木板下隐隐可以听到水声。各家的锅灶就砌在穿堂中，穿堂中飘有饭菜的气味。

我家迁来得略晚。来后发现大院中的平地都被别人辟成了小菜园，只剩下一块坡地还荒着。于是，父亲让我到头一家的张伯家去借把锹。张家二姑娘凤云从她家窗外的小仓房里给我找来一把锹，还借给我一把叉子。她说，翻地用叉子更好使。

在荒草覆盖的坡地上，父亲给我做了一个示范，我便按着父亲教的样子开始翻土，两个年岁小的弟弟，一边在草丛里拣碎砖头一边逮起蚂蚱来。坡地上有两棵小白杨，有一人多高，成了我光膀子干活时的晾衣架，而坡上的绿草坡地便在我们挥汗如雨的翻掘中，成了被开垦的处女地。

父亲从太古头道街买来了种子，白菜、菠菜、葱和小水萝卜，便随手在平整的土洼上种下了，然后又在坡坎上刨埯，种了土豆、苞米、豆角，又买了小秧，栽上了辣椒、茄子、洋柿子。栽完后，又借了未达罗提来了水，将水浇上。两天后，下了一场透雨，坡地上没冲坏什么，而小秧却挺拔起来了。不久，新苗也拱出了土，子叶点点，从泥土中钻出来，绒绒莹莹，鲜得可爱。

这就是我的半坡小园，用今天流行语来说，它便是我的最爱。到小园里拔几棵小葱，剥洗了蘸酱吃，就着大饼子或窝头，便养育了我青春时健壮的筋骨。

放学回家，作业不多，糊弄完之后，便去半坡菜园，名之曰"干活"，其实就是一个字："玩"。

半坡小园成了我，也成了弟弟们的世界，这世界是色彩缤纷的：早豆角开花结荚了，蓝白色的铃蓝小花儿，与绿叶交相辉映，一嘟噜一嘟噜地在微风中摇曳着我的喜欢。

有了盛开的鲜花，便引来了蜜蜂和蝴蝶。蜜蜂特多，它们嗡嗡地飞来飞去，有时也落在我的胳膊上、衣袖和短裤上，它从不蜇我，好像知道我在园田地里侍弄菜蔬，也给它们预备了花儿似的，我们是亲人，是朋友，当然友好相处啦。自然我也不去惹它，它们采蜜，也是给菜蔬授粉，我干吗惊动它们呢？

对待蜻蜓和蝴蝶，我便不那么客气了。有时捉一两只大蜻蜓，用大头针将它钉在一块纸壳上，学习老师制作标本。这标本我弄了许多，有蜻蜓，也有花蝴蝶，特别是黑色的大凤蝶，捉来了真让人爱不释手。母亲说你少捉蝴蝶，蝴蝶是庄生变的，前世是人，你扎它当标本，简直是罪过。我不听，照捉不误。只是不捉白蝴蝶，白蝴蝶太普通了，到处都是。母亲又说，蝴蝶和蛾子翅膀上的粉是有毒的，千万别弄进嘴里，弄不好会成为哑巴！我听了挺害怕，再以后便不大轻易捉蝴蝶了。

于是我改为捉蛐蛐儿，捉扁担勾，捉螳螂。

螳螂捕蝉，有黄雀在后——说的是顾前不顾后的故事。这故事给我的印象极深，有一段时间我特别关注螳螂，特别观察我捉它时，它的反应。螳臂挡车的故事也让我着迷，我还看过同题的漫画。……总而言之，那几年的夏天，我便在小菜园的玩耍中度过。菜园中的每一棵植株，都有我的汗水。

记不清是哪一年了，一次我来到园中，看到一人高的苞米林在颤动，那里分明钻进了一个人。我提着小锹走过去，发现苞米林里蹲着一个中年女人。她脸色苍白，好像在念念有词地说着什么……她用颤抖的手按着嘴唇，示意我不要吱声。我忽然想起，这是我家邻居，住在第二室的那家的客人。第二室也有三个孩子，都是小女孩，大女儿不过才七八岁，所以她们家没开园田地。这个女人就是那三个小女孩的姑姑。——她为什么躲进我家的苞米地呢？

我百思不得其解。

我也没去理她，只摘了一小盆豆角就回家了。

晚上，听父亲和母亲唠嗑，知道那位姑姑因为在乡下抽烟，不慎将柴火垛点着，又烧了几间房子，一害怕便跑了出来，进城躲在了哥哥家。可是，刚到她哥哥家的第二天，县里的公安便追来了。她躲在我家苞米地时，那两位公安正在她哥哥家守着。傍晚时分，她哥哥下班，好说歹说，才劝他妹妹自己去投了案，算弄个宽大处理。第二室的黄叔叔，本是这家工厂的工会主席，由于"窝藏"犯罪的妹妹，被反对者告了一状。据说，写了不少的检查，总算过关，多年以后调到一家小厂去当副厂长了。

三年以后，那位姑姑又出现了。她显然已苍老了许多，脸上平添了许多皱纹。她还记得我，一见面便和我打招呼。她吸着廉价的纸烟，问我上几年级了？我见她忧郁的目光中，有几分和善。她大概是蹲了大狱刚放出来，求她哥哥给找个工作，好混口饭吃。她哥哥，我家邻居的男主人，此时虽已调走，可家还没有搬迁，又生了一个女孩子，生活过得挺紧巴。全家六口人挤在一间屋里，又来了客人住不下，便去楼上的女独身宿舍借宿。黄叔家没开园田地，吃菜全靠买。黄婶对我家不错，有时母亲把我从园中摘回来的茄子、辣椒等，分给她家几个，算是一点儿小补吧。她家姑姑，据说，刚下狱不久被判劳教三年。在大顶子山，砸了三年石头，她的手粗得很，满是老茧。她对我挺好，还给了我一块彩石，挺好玩。可惜，在我参加工作后，那块彩石却没了踪影。那位姑姑，住了半个多月后走了。一个挨过劳教的人，她身上背着这么个污点，以后的命运，不难得知。听说，"文革"中黄叔也因"包庇"妹妹被打断过两根肋骨。

　　邻家姑姑的命运，让我知道人世间也有突发的不幸，这不幸犹如在空中卷来的乌云，不知什么时候便突然降临。虽多了忧患意识，可我还是喜欢这半亩坡园，种菜的活还在继续，而就在这继续中，我也一年年地长大。春天时，我带着也能干活儿的弟弟一同翻土、播种；夏天时，特别是雨后，也要去园中整整垅，薅薅草，将雨水击倒的秧苗直起来；夏末秋初，我还要种萝卜、白菜。在翻开黝黑的泥土时，有时我会不自觉地对脚下的土地自言自语，就像念一段道白。或许，我感到我是和这土地这小园在对话，它的应答回语，只有我能在冥冥中听到。我对泥土说，我会用心地侍弄你，给你浇水上肥，请你给我把菜苗儿长得粗壮一些，肥一些。我家人口多，全靠你的恩赐哩！

我一边说，一边下种，却不知这话让邻家——张家的二女儿凤云听见了。她在地里用剪子摘茄子。我背对着她，也没理会她。她噗嗤一笑才惊动了我。

"你摘茄子呀？"我搭讪地冲她一扬头。

"你和土地爷说话，要烧香叩头哩！"她莞尔一笑，露出一对雪白的虎牙，让我浑身一激灵。

我和小园泥土的对话，是不经意的，我也不知道是怎么说出来的，却被她的一声半嘲笑半提醒的话打断。她眯缝着秀丽的眼睛，睫毛一闪一闪，此刻我一点儿也猜不出她的心思，心中却有一种冲动，渴望和她说话。可越渴望，嘴越笨。我感到我说了很多，她也说了很多。我们站在各家的小园里，中间隔了一条小土埂和几条垄。说着，说着，太阳已经西斜，西边的天空上扯出一片红绸般的流霞。一个小崽子站在坡岗上，冲我俩喊道：

火烧云，火烧云，
凤云要出门……

凤云的脸突地红了，她拾起小筐儿，一闪身便匆匆地走了，红绸般的霞光给她苗条的身影罩上了一圈光晕，她的背影真的很好看。这之后，她写作业常让我弟弟叫我去讲题。弟弟说这题不难，我就解了！——这样的话让我听见了好几次。然而，这年秋天，过了国庆节，我们都搬家了。

我们还住一趟房，她家在东边，是第一家，我家在西侧，是第五家。半坡小园没了，她家的菜园也没了，搬到新家，屋前屋后，还有一块巴掌大的空地，又种了一点豆角和苞米。只是我们突然间长大了，见了面只点点头，笑笑，相互变得矜持起来。沉默、无语，成了青春期羞赧的外在的符号。

如今，多少年已经过去了。当年的半坡小园那里，已成为一条大道，道两旁楼厦矗立，小园的日子风光不再。可在小园中同凤云交谈的情景却磨灭难忘，特别是她莞尔一笑时，闪露出的一对雪白的小虎牙，前些时竟出现在我的梦中。

她后来去了湖北大三线的一家工厂，"文革"后我还曾见过她回娘家一次，仍然是风采依旧，只是成了略胖的中年女人，有了孩子……现时却不知她境况如何了？

三十五　阿什河之波

在沉浮着蓝天白云的阿什河的碧波里，在执挽着大甸田野的阿什河的绿浪间，在那湮没了三十多年的纷纭而模糊的幻影中，我忽然追索到了那像汩汩浪花一样美妙的童年的记忆……

牧羊孩子吹着柳皮哨儿或葱笛儿，踩出了通向阿什河大甸的无数条纵横交错的毛毛道儿。两边是齐肩的蒿草，草丛中有沾着露珠的金雀花、野菊花、豆蔻花，鲜艳得耀眼；蒲棒草在湿软的泥沼中长得好旺，它那颀长伸展的细颈，在绿野中如鹤立鸡群；坍塌的土岸，歪倒的柳丛，密不容身的绿野草丛……三两户人家，偶有一缕炊烟飘起，就在那半是洪荒，半是耕耘的阿什河岸边，当年我曾和童年的伙伴们，在这里割草、嬉戏。在阿什河的臂弯处，我们把钓竿插到河边的沙土里，等鱼上钩。那钓竿是用柳条做成的，现用现到柳毛子里去砍，青绿的柳条，还带着它柔嫩的弹性，正好用来抛底钩，不管多大的鱼咬钩，也不能折断呢。拴上鱼线，把钩上上曲蛇，抡臂一甩，随着"扑通"一声，鱼坠就把鱼线带进阿什河里。我们随后便返身钻入大甸的草莽中，年岁小的去逮蜻蜓，年龄稍大的去捉蝈蝈。临近中午时分，还不见钓竿上的铃铛响，我们脱光了鞋和裤衩，赤身裸体扑通通地跳入河中，凫起水来。玩累了，我们就在沙滩上"竖蜻蜓",打滚儿,弄得浑身上下都是泥沙……

正当我们玩得尽兴的时候,有谁忽然喊一声:"玛达姆(女人)来了!"我们便飞也似的跑去穿上裤衩,假装起文明来。在整个夏天,差不多我们天天都会遇见那个一脸络腮胡子,也住在大有坊街的外侨老爷爷,他领着孙子维佳和孙女娜塔莎,赶着牛车来打草。金发碧眼的娜塔莎比我们大不了几岁,她长得挺漂亮,是个标致健美的小姑娘,我们常朝她戏谑地喊:"达洛尕雅(亲爱的)!"可她却并不在意,她一边挥动割草的大芟刀,一边冲我们微笑地说:"我不会爱你们这些黑泥鳅!"在五十年代那些酷热的夏天里,我们这些阿什河和阿什河大甸养育的子民们,尽管肤色不同,血统各异,可在阿什河臂弯的大甸中,却没有丝毫的民族隔阂,大自然融溶了童年时代朋友之间的一切情愫……

我们把维佳叫"小舅子",其代价是我们帮他割草。只要我们喊他"维佳小舅子",他必须答应,这样我们也信守诺言,帮助他和那个大胡子老爷爷割了许多许多的草。娜塔莎姑娘倒是十分大方,我们割草时,她就跟在后边打捆儿,弄得我们反而不好意思叫啦——谁能幸运地娶这位比我们大的公主——金发美人呢?

夕阳西下时,老爷爷赶着牛车回家了,我和维佳、娜塔莎爬上老爷爷赶的牛车,躺在草垛顶上。我的同伴骑着她们姐弟俩的两台自行车跟在两边。带着金晕的晚风吹来,娜塔莎的臂膀和金发披上一层光彩,我凝视着她的背影,随着牛车的颠簸,我在心旌摇荡,想入非非……

嬉游的童年一闪即逝。阿什河——我度过童年岁月的河,在漫漫的时光中度过了怎样的春秋冬夏呢?那些在阿什河大甸打草的外国侨民们，先后移居到玻利维亚或澳大利亚去了。娜塔莎和她的维佳弟弟也随着她们的父母走了，没有告别，没有相送。过了很久，我们才发现阿什河边不再有她们的身影，也不再有她们的笑声了。而只有土生土长的阿什河畔的乡民们，才和阿什河一起过着休戚与共、荣辱同享、贫富相济的日子。

我曾参加找矿队，溯河而上，在阿什河的源头大个子岭，为寻觅铁矿扎营在原始森林中；我也曾参加深翻地和小开荒，把阿什河大甸挖得千疮百孔；我还参加过大炼钢铁，在阿什河的大甸上砌窑炼焦炭，度过了无数的不眠之夜；甚至，我还曾加入那些厂办农场，在阿什河边为播种高粱玉米而挥镐流汗；我又亲眼看见十年动乱在阿什河畔燃起的派性斗争的火焰……田园牧歌式的阿什河，在艰难的岁月中，告别了它的往昔。我和她一起，迷蒙叹息过，彷徨踟蹰过，徘徊蹉跎过！

但阿什河是一条亘古不息的河流，是中华大地万千条河流中，有着自己光荣、梦想和宁馨的一支血脉。就在这条河流所经由的地域上，我考证过她金代的古迹和出土文物，我采访过她的风景区和滑雪场，我拜访过曾为她付出过鲜血的抗联老战士……如今，阿什河和它所养育的千千万万子民们一样，也没有在浩劫和动乱中消沉，今天的阿什河映出了多少富裕农民的笑容啊！

当我一边回忆一边写下这篇小文的时候，我从一些国外的资料中看到，当年从哈尔滨移居到澳大利亚的那些外国侨民中，出现了许多以写侨居中国生活而成名的小说家、剧作家和诗人。在那些充满了中国情调的外国人的作品中，也可以看到当年阿什河的影子和波澜。这使我突然想起了童年时结识的伙伴维佳与娜塔莎，那位曾以养牛、卖牛奶为生的大胡子爷爷。我很想知道寄居在异域异国作家的笔下，阿什河被描绘成怎样的风貌。
那些曾经喝阿什河水长大和阿什河的乳汁哺育的人们，他们还
记得那些岁月的风尘吗？

三十六　婆婆丁·狼皮褥子
与我家芳邻

　　春来也，鱼虫变化；时至矣，泥土芬芳。当大雁在天上排成一字或人字北飞，新一波的春风入怀施暖的时候，松花江母亲河胸怀中的黑土地泛绿了，小草绒绒地长了出来。

　　瞅着吃了一冬已经空了的酸菜缸，母亲说：

　　"土豆、白菜没了，酸菜也快没了，新菜还没上市，除了豆腐、水粉和咸菜，还是豆腐、水粉和咸菜呀！该去剜点野菜吃了！"

　　是的，野菜蘸鸡蛋酱也是我们餐桌上春天的美味儿呢！

　　周日，父亲在家看孩子、做饭，母亲带我和老二到大田的边缘处去剜野菜。

　　"剜啥野菜呀？"

　　"剜曲麻菜、婆婆丁、小根蒜吗？"我又问。我们已经学了自然课。可自然课本讲植物时，没讲过这几种春野菜。

　　"那咱们查查字典！"父亲说。

　　我家唯一的一本字典是《四角号码词典》，我不会查，父亲告诉我，词典后边有笔画检字表，可以用笔画查找。

　　一查，都没有。

　　后来，若干年后，我才知道——

曲麻菜——学名叫苣荬菜，曲麻菜是俗称，也有叫苦麻菜的。若干年后有一本名叫《苦菜花》的小说走红，苦菜花就是曲麻菜花。

婆婆丁——学名叫蒲公英，又叫黄花地丁，俗称婆婆丁。一说蒲公英我就明白了，我家的百菜园——百草园中就有它。它开花结出果实以后，有球形毛伞，可以乘风飞翔，有利于它的籽种传播。

小根蒜——也就是一种野蒜。

这天吃了早饭以后，我们就出发了。我和老二跟着母亲出了院门，进入大有坊街往东走。我们住的马家沟河东边，大有坊街一带，当时已经是哈尔滨的东郊了，如今叫东城。可要剜野菜，还得再往东走，走出居民区，进入田野，方才可以在茫茫的大地上，寻找野菜剜采。

沿大有坊街向东走，走到南直路，对面是中药材仓库，我们沿中药材仓库北头的一条土路继续东行。土路的两侧尽是高耸的白杨树，路右边——也就是路南是中药库及其院北的泥土房；路左边——也就是路北是一片东西向的狭长的坟地，叫山东义地，当时还没有搬迁。五几年搬迁后，那儿建了一座工厂，叫四海机械厂。——那天，我们走过这条无名土路时，见坟地里杂草丛生，坟包多已漫成矮土堆，有的地方已经塌陷。坟地里绿草多已泛青成片了，但母亲告诉我们说：

"不可去坟地里挖野菜，别去打扰那些沉睡在地下的人啊！"

我和老二都点头说，记住了。

我们随母亲东行，到这条土路拐个弯与另一条从北边伸过来的路合并处，就见到一片南北向的长条形的田野，过了这片约有四五十米宽的田野就是一条双轨的铁道线。铁道线东边还是田野，我们已到城外了。我们知道，这条铁道线是通往绥芬河的，北边的车站是三棵树站，南边的稍远些，是东门车站。——数十年后，不知怎么搞的，就在我今天伏案写这本小书的时候，我于三个多月前已迁居此地——马家花园，也就是东北农业大学校园。现在我的住址距东门火车站，大约只有两三百米，其小区在东门火车站通往绥芬河站铁路的东侧。——小时候住在东城，如今老了又回到东城。——这辈子已过去了大半生，临老了还没有走出东城，转了一圈儿，又回来了……

眼前我们见到的这片长条形的田野是已经耕种的土地，上面还有去年的垄沟，如今尚未犁土，可黝黑的土地上早已绿意盎然了。

"看呀，这么多婆婆丁！"母亲说。

她用一只手拿折断的铸铝——也叫生铝制的锅铲剜了几棵，指给我看。锅铲是炒菜用的，少韧性，时间久了弄断了。为了不磨平，在断处安上一根木柄，又缠了一些破布当了手柄，母亲剜了几棵，根儿细的，把根儿铲断了；根粗的铲不断，便连根儿一起剜出来，好在婆婆丁的茎叶长得不高，根儿也不深，一剜就到手了。母亲指点着我看婆婆丁张开的长有锯齿状的带有暗红边的叶茎，我记得了，随后也跟着剜起婆婆丁来。

我的工具是一把宽锯条磨成的小刀，从邻居凤云家借来的。凤云妈是一个近五十岁的小脚女人，非常和善，她嘱咐借刀的我说："注意别划手啊！"彼时凤云想和我们一起去，她妈说："你一会儿帮我洗衣裳，就别去了！"凤云又借给我们她家的一个干蒲草编的扁形手提篮子，也是市面上常见的那种装菜的草编手提篮子，此时由老二振中提着，跟在我和母亲的身后，把剜出的婆婆丁装进提篮子，他也边走边剜。他用的是一只小锯条改制的削铅笔的小刀，用在剜野菜上，不怎么顺手。

到处是婆婆丁，也有小根蒜，却没有见到曲麻菜，而曲麻菜——我家在沈阳住时，浑河边上，南湖边上到处都是，怪不得人们把沈阳人的口音叫"有一股曲麻菜味儿——苦糁糁的"，原来，曲麻菜是沈阳人的一种标志性野菜哩！或许，婆婆丁与小根蒜就是哈尔滨这块地方的标志性野菜吧。我想。

小根蒜露在地面上的叶子和蒜苗相似，就是细弱得多，我模仿母亲的剜法，把刀插进土里稍深一些，用力一剜，一棵带有野蒜头的小根蒜便连根剜出来了。小根蒜的蒜头好像没有分瓣儿，都是独头的，大的像榛子那么大小，比榛子还要小的占多数。——这两种野菜我们在沈阳住时，也吃过。好像是姥姥在世时，长生舅舅让人从乡下捎来尝鲜的。婆婆丁（也包括曲麻菜）都有苦味儿，虽说吃了败火，我们小孩子哥仨都不爱吃，只有在母亲父亲的劝说下，才勉强吃几口。小根蒜蘸酱吃还行，有点儿辣味，不太厉害，在没有咸菜或少菜吃的春天，吃起来还可以……

有一列火车从道线上通过，自南向北而行，一列闷罐车，可从敞开的车门口我们看见都是一色的苏联红军，黄军装、船形帽。大概是从旅顺口开过来回国的吧。车上的官兵向我们招手，我们也向他们招手……我还喊"哈拉少"！也就是俄语"好"的意思，是从大有坊街卖牛奶的俄侨家的小孩那儿学的。

剜了一个多小时吧，婆婆丁和小根蒜都剜了不少，也找到了一些曲麻菜，不多，都一并收到手提草篮里。老二有些提不动了，主要是他个头矮，提不起来，老拖地，就由我来提。老二改而跟着母亲剜菜。母亲还带来了一个布包，先时折叠起来揣在口袋中，此时，也拿了出来，这样我们剜出的野菜开始分类装了：手提草篮里装婆婆丁，布口袋里装小根蒜。我和老二说：

"小根蒜好吃，多剜小根蒜！"

老二点头答应了，从此就开始寻觅更多的小根蒜剜。就这样，差不多又过了一个小时，布口袋中的小根蒜也满了，于是我们往回走。往回走时，我们沿着铁道线向北行，向三棵树东站那边走，远远地见到三棵树车站货场的南边，铁道线的西侧堆了好长一堆白石头，块儿都挺大，好奇的我把提包交给母亲便向那一堆白石头跑去。到那一看，原来是从火车上卸下的一堆堆的滑石，还没拉走。滑石的产地好像在海城，我家住海城城墙脚下时，我家芳邻 X 家有一对滑石球，挺好玩儿，我就深深地记住了。——此时，见到一堆堆如此多的滑石，心中大喜，也没人看守，我就拣了几个小拳头大小的碎块，一共五个，回来装进手提篮里。手提篮突然沉了，我便把它的提梁儿套进胳膊，扛在肩上。

母亲见我拿滑石在地上画出了道道，还能写字，也没反对，就这样五块拳头大小的滑石随着野菜一起被我们带了回来。

我们沿铁道线走时，那片狭长的山东义地已被我们抛到了身后。这时，来到一个彼时的无名路，路是东西向的，路的西边与南直路相交，交口处有一家挺大的商店叫太平桥第四商店，简称四商店。母亲故意绕远回家，这里边有两层意思：一是绕过山东义地，义地的坟头让人见了总是不那么舒坦；二是到四商店看一看，想买点什么。

我和老二从未走这么远，听说过四商店，却从没有来过。四商店位于三棵树铁路职工宿舍与哈一机职工宿舍之间，人口相对密集，供应半径大，所以四商店规模不小。

母亲买了一条猪肉——"要腰条的！"母亲说，腰条的猪肉靠皮的部位有一条肥膘，可以爅油，爅出的油倒在一个碗里，放点盐，可以保存挺长时间，做菜时用。爅油后的"油梭子"吃了非常香。但多数都是剁碎了和在白菜或酸菜或萝卜馅里，包苞米面菜团子吃，比纯素馅的好吃多了。腰条的肉又叫五花三层，炖酸菜最好吃。

母亲又买了一斤鸡蛋。那时鸡蛋小，一斤能买 12 个或 13 个。不管你怎么挑，10 个鸡蛋也不会有一斤的。——不像现今，鸡蛋的个头大了，六七个鸡蛋就有一斤了。

到家时，已快中午 12 点了，父亲做好了大饼子。大饼子是蒸出来的，不是贴在锅壁有煳锅巴的那种。因为我家的锅是二层生铝锅，贴不了大饼子，只能蒸窝头、蒸大饼子和做饭、煮粥。

　　我按照母亲的嘱咐，把婆婆丁的根儿剪掉，然后把婆婆丁和小根蒜分开洗了，在还回张家借来的东西时，还把剜回洗好的野菜，给了她家各一把，我还给了她一块滑石。凤云接过我送去的东西和野菜时，莞尔一笑，忙说"谢谢"，我说："我得谢谢你家呢！""不用，不用！"她忙说，"都是邻居，客气啥呀？"接着又是微微一笑，一弯秀眉下，闪动着晶亮的眸子，小嘴半张着，露出一对雪白的虎牙，弄得我有些不好意思。

　　母亲炸了一碗鸡蛋酱，是要把洗净的婆婆丁和小根蒜蘸了酱当菜，就着苞米面大饼子吃。母亲还把一些小根蒜叶剁成一寸左右的小段儿，连同蒜头一起做了鸡蛋甩袖汤。——这天午饭，吃着热腾腾、香喷喷新出锅的大饼子，既吃蘸酱菜，又吃鸡蛋甩袖汤，尤其汤里的小根蒜开锅就熟了，那些榛子大小的野蒜头儿，进嘴就化，口感极佳。

　　这顿午饭吃得挺香，吃得心畅，因为是自己动手剜回来的，吃起来别有一番风味儿，竟吃得满头冒汗，连脖领子都湿了。

　　吃完午饭，老二和老三在家里写作业。我没留作业，便到院门口西侧的坡园——我的百草园中收拾了一番，把偶尔谁丢进来的破烂东西，像一顶破帽子，一双破冬鞋什么的，都拣出来送到垃圾堆去，把去年秋天收获苞米、白菜、大萝卜后遗留下来的根茬、枯叶等，都用竹扫帚归拢在了一起（竹扫帚也是从凤云家借来的），把我的百草园弄得清爽了，准备在最近的几天抽空把地给翻了，适时下种。

　　像我这样的十三四岁的男孩子，俗称半大小子，浑身有使不完的劲儿，在坡园中干干就出汗了，我忘了春捂秋冻的常理，就把上衣的扣子解开，让习习的凉风吹了一番——那才叫个爽！

　　可是，这个爽字刚出口落地不久，就感到一股什么东西在身上乱窜，我感到肚皮发痒，我挠了挠，却又感到后背也发痒，我连忙扣好衣扣，把扫帚立在凤云家的煤棚前（刚才打了招呼，就是从那儿借了拿来的），就回家了。

父亲母亲和三个弟弟都在家。我说，我身上、腿上、胳膊上到处都"刺挠"——奇痒难忍。我解开衣裤一边挠，一边让父亲、母亲看——原来，身上各处都起了一些扁平的疙瘩，疙瘩有一两个铜线那么厚，指甲般大小，有点红肿，奇痒无比，我使劲地挠，有的地方挠破了皮，渗出了些血，仍然不解痒……

"怎么起了鬼风疙瘩？"母亲说。

"是出汗受了风吧？"父亲说，"得开点药吃才能好！"

父亲出了门往右拐，住在同一大厅中的我家的北邻姓姜，一对新婚夫妇，还没生孩子哪。男的小姜在医务所上班。父亲去姜家，姜家的女人说，小姜上班去了。虽然是周日，厂里的配炼车间三班倒，周日不休，医务所也有人值班。父亲问明白了，便匆匆向厂里奔去。

松橡的医务所坐落在厂院的中心，那是一座俄式单元房屋，有三名医生三名护士，一名药剂士。其首席医生是从部队转业的，姓欧阳，年岁不小了，小姜是青年医生，刚毕业分配来的。我父亲去时，正好欧阳和小姜都在。父亲向欧阳医生讲述了我发病的突然，欧阳问："发烧吗？"父亲说："不发烧。"就是全身长出了一片片的扁平疙瘩，刺挠得很……

欧阳一声没吱，开了一小瓶现成的药。

他对我父亲说："这是德国药，一次吃一片，一天三次，饭前饭后吃都行。多喝水，多尿尿，吃的药是红药片，尿也是红的，别害怕！"

父亲到收款员那交了钱。——彼时，职工看病开药是免费，家属包括职工的父母、妻子、孩子，看病也免费，开药收半价药费。临回来时，欧阳医生叮嘱说：

"忌吃鸡鸭子噢，别忘了！"欧阳先生把鸡蛋鸭蛋叫鸡鸭子。

父亲回来时，我正在母亲给盖的一床狼皮褥子里捂着发汗，痒得没睡着。父亲叫我起来，就着一杯温水，吃了一片红色德国产的药片。

吃了药片不一会儿我就睡着了。在狼皮褥子的包裹下，我出了一身大汗，中间醒了一次，喝了半碗水，又躺下睡了。

晚上，小姜医生下班后来我家看了一下。

他问："发汗了没有？"

父亲说："出汗了！"

母亲说："今个上午去东边剜野菜，可能受了邪风，回来就起了'鬼风疙瘩'……"小姜医生听了笑了说："民间叫鬼风疙瘩，其实是过敏，看样子像蛋白过敏！不过吃了'百浪多息宁'红药片，一两天就能好！"

"啊，百浪多息宁！"父亲重复了一遍。

这时，我已醒了，又喝了半碗水，也记住了这种德国（当时的东德）产的药名。姜医生走了以后，我尿了一泡尿。尿，果然是红色的，通红通红，让我吓了一跳。父亲把欧阳医生的话告诉了我，这才让我放下心来。大概是体质所决定，我此后也曾有过这类起疙瘩的症状，最严重的一次是1967年春天，我出差上海，返抵北京时，双臂出现了红色的扁平疙瘩，奇痒难忍，我去北京虎坊桥医院去看医生，一名青年医生向我解释说，这是变态性蛋白反应，是对蛋白消化异常所致，也就是蛋白过敏。注意少吃鸡蛋还是有好处的。他给开的药是氯苯那敏，吃了两天就好了，——自此以后，我对吃鸡蛋总是吃几口就算了，不敢多吃的。

晚饭还和午饭一样，我仍然用婆婆丁、小根蒜蘸了鸡蛋酱要吃，让父亲给拦住了。我问为什么？父亲说："欧阳医生嘱咐了，忌吃鸡鸭子的！"我明白了，只好蘸没炸的酱吃了晚饭。

到晚上九点钟要睡觉时，我自感身上不那么奇痒难受了。身上起的一些疙瘩也平复不见了，但浅红的皮色还在，父亲不放心，就让我又吃了一片百浪多息宁……

父亲说："这药真很灵，老欧阳医生真了不起……"

母亲说："还是我的狼皮褥子好啊！发汗快……"

原来，这床狼皮褥子是从平泉带来的。平泉和内蒙古大草原相近，蒙古人视狼皮是很珍贵的，价格不菲，当年买它时，父亲一度犹豫过，可母亲坚持买，还是买了下来。以后，听父亲和母亲二人唠嗑，知道蒙古人都有猎枪，经常带了猎狗一起寻狼打。父母还说，蒙古人最喜欢铺狼皮褥子了。如果缝褥子的狼皮是狼活着——还有一口气时活剥的，最好！人若受了风寒或邪风的话，活狼皮做的狼皮褥子若盖上发汗时，狼颈上的毛都会竖起来……

这百浪多息宁红药片吃了可能也有安眠的作用。我一夜睡得安稳，第二天一觉醒来，真是"春眠不觉晓，处处闻啼鸟"，被窗外果园那边传来的鸟鸣声吵醒的我，一骨碌爬起来，胡乱吃了几口饭，用纱布包了一块大饼子，一块咸菜疙瘩，拿了书包就往外跑。我怕迟到了。

其实，天还挺早，凤云和老吕家的秋香也出来了，他俩在等我家老二呢！

"好啦？"凤云问。

"嗯！"我点点头，不大好意思。

"夜个儿，凤云姐一宿没睡好觉！"秋香说。

"去你的，你胡说什么？"凤云推了秋香一把。

我讪讪地，朝她俩点点头先走了。

凤云虽比我大一岁，却低我一年，比我家老二高一年级。吕家的秋香和老二同班，他们都在太平二校念书，和我不同路，所以我拎起书包，便飞也似的跑开了，甩下一阵春风鸟语在身后。

写到这儿，我想用一点儿笔墨介绍一下彼时居于同一大厅中的我家的芳邻。——

我们所住的小二楼楼下，一共住了十家。左数第一家是张家，也就是凤云家。凤云爸在厂保卫科上班，凤云是二女儿。大女儿凤彩也在松橡上班，已经结婚搬家走了。凤云还有两个弟弟，一个金龙，一个银龙，都还小，没上学。

左数的第二家是姜医生家，姜医生的妻子也是松橡的职工，好像在制帮车间踏缝纫机，后来也当了干部。

左数第三家姓林，女的姓啥我已忘记。小林比小姜大几岁，夫妻俩都是一表人才，人称金童玉女。他俩都是上海人。女方家是一私营工厂的老板，女儿在厂中上班爱上了小林。小林是普通家庭出身，老板不同意这桩婚事。可两人相爱甚深，便一同报名支援北方边疆来到哈尔滨，分配到松橡。此时，也就是与我家结邻时，林家尚未生育。——数年后，林家的女儿降生，与我家老五也就是我最小的妹妹丽萍同年。以后，她俩上学同班，"文革"时中学毕业一起参加工作。我妹妹进了生产眼药水的工厂，林家女儿林小岩丰姿不凡，美丽面容加美丽的歌喉，便进了歌剧院，成了歌唱演员与报幕员……小岩的弟弟小林也长得精神，大约在三四岁时，他家炸元宵，小林在炕上去"够"

灶上碗里炸好的元宵，不慎跌下炕，后脑勺掉进已搬下炉灶的大勺里，大勺里的油还没晾凉，把小林的后脑勺烫掉了一块皮，此后那里再没长出头发来。……数年后，林家爸爸调至一家工具厂任厂长，搬家了。小岩的情况是听我妹妹说的。

我家——从左数是第四家，从右数是第七家。我家的门正对着大厅的外门，但在此住了六七年，并没有感到过冷风灌屋。

第五家与我家为邻，姓吕。男的在松橡上班，女的裹着小脚，一口山东济南一带的口音。吕家的炉子在我家门口，两家虽处得不错，夏天他家在大厅做饭，好炸辣椒酱。一炸辣椒酱，辣味儿就往我家灌。为此，我母亲和吕家女人口角了几次。口角时难免对骂，女人一对骂便骂到脚上来。不管我们两家如何对骂，第二天一早，"大脚片子"的二儿子和"小脚娘们儿"的长女秋香，仍然说说笑笑一起和风云结伴上学。——我家老二成年以后，先去外地工作，回家探亲回哈尔滨时，差不多每次都向我问起秋香的情况。可见他们俩的同学之间，还是有那么一点儿青春期的朦胧的好感的……

和吕家相邻的是董家，董家的儿子保存年纪在我家老三和老四之间。几年后，董家搬走。保存爸调到某厂当了厂长。十多年后的"文革"期间，有一次我在三棵树二商店门前买东西，忽然有人在身后喊我"大哥"。我回头一看，有些眼熟，又有点陌生，原来是钟保存！一个大小伙子对我自报家门："大哥，我是保存哪！"

我终于想起了他小时候总跟我们家哥几个一起玩的情景。保存自我介绍说，他现在任火石厂厂长。他说，他刚去参加产品质量鉴定会议回来。说着，他打开黑色的人造革公文包，取出了一个小纸包给我说："火石一包，质量还可以！"我接了

过来，又唠了我们那几家邻居分开后的情景，半小时后，互相留

了办公室的电话号码，才依依地告别了。

他给我一小纸包火石，那时是挺珍贵的。因为，那时火柴、肥皂、面碱什么的一律按户口发票，凭票供应。但凭票供应的东西质量并不怎么好，有童谣说：

"干豆腐厚，大豆腐薄，呼兰火柴划不着！……"

火柴质量令人担忧，工厂职工手艺好的便自制打火机。有了打火机，火石买不到，火石成了紧俏商品。我得了一包10枚火石，给了厂里一个与我要好手艺也好的小陈师傅5枚，他二话没说，就从口袋里掏出一个新做的打火机给我。他说："太巧了，这个正是给你做的！"他说着打着了火。那时，我俩都抽烟，便取出葡萄牌香烟点上唠了起来……

和保存家相邻的那家，与我家斜对过，两三年里换了两三家住户，都没小孩，情况也就不甚了了啦。

另一家与我家斜对门的是黄叔家。——在本书《我的百草园》一节中提到过他家。黄叔后来受到提拔搬走后，便没有了消息。黄家一连生了三个女儿，个个活泼可爱，可黄婶见我家一连生了四个男孩，羡慕得不得了，常和我母亲念叨，表示了盼子之苦。我母亲有时不免开玩笑说：

"要不，咱们两家兑换一个？"

"要能换还好了呢！"黄婶不免戚戚然地抹泪儿。

与黄家紧邻的两家，在大厅一进门的右侧，两家共用一条小走廊，走廊门与凤云家对门。两家，一家叫"特勒"（绰号，姓名已忘），一家姓李叫大李，都没有小孩。这两家四口人好坐在一起打扑克玩。周日，中午时松橡厂的大喇叭一响，放送革命歌曲，一唱"红梅花儿开在野外的小河旁……"大李就拉着特勒媳妇跳舞，站在一旁的特勒和大李媳妇看了，拍手叫好。特勒还笑着对大李媳妇说："这月老怎么就把线儿穿错了呢！"大李媳妇连忙点头说是。不过，有一天下雨，我看见这爱跳舞的一对儿，在门厅躲雨时紧紧地互相抱着……

五八年大跃进，工厂扩大，我们都搬家到延华街。我家与姜家、凤云家、秋香家搬后还住在同一栋平房中。老宿舍的楼下家属搬空后，经过一番修缮，便拨给新入厂的单身女职工住了。从那以后，老宿舍的大院，我就再也没进去过。

搬到延华街以后，各邻家还像以前一样往来。然而，几年后，进入十年浩劫时期，情况就变了，各家的关系突然地冷了下来，来往也少了。一次，我回家去看望父母。母亲说，前趟房2号的Z家娘儿们来家找了，说老四扔土"坷垃"玩儿，打她家玻

三十六·婆婆丁·狼皮褥子与我家芳邻

255

璃了……我问，"打碎啦？"母亲说："没有……那娘儿们说老四是挑衅！"十五岁的戴了红卫兵袖标的老四坐在炕上一声不吱。原因是，那家有个大小伙子流里流气，手特黑。

我想了想，担心日后老四受欺，决定还是到2号家去走一遭。

我见了那娘们儿，叫了一声"大娘"。大娘怒气还没消，冲我吼道："你家有啥了不起？不就是知识分子臭老九吗？地富反坏右，加上流氓地痞走资派知识分子臭老九，统统打倒，永远不得翻身！臭美啥？……"正说着，她家儿子回来了。我一看，认识。还是在念高中放暑假时我挑了土篮子沿街卖黄瓜，他卖西葫芦，算是有"同商"之谊。他见我，叫了一声"大哥"！我笑了，忙和他握手寒暄——接下来：香烟一递，说话和气。我掏出打火机给他，也给我点上了烟。他妈——那个吼了半天的娘儿们见我俩唠得挺投缘，便扭了屁股出门了。我又和他唠了一会儿，临走把那只土造的打火机给了他。……

我绕过那趟房回家时，恰好见凤云下班回家，我朝她点点头，她也朝我点点。我见她心情抑郁，一脸愁容，便啥也没说。

回到家，我简单地同母亲说了情况。想起凤云，我问母亲："凤云家咋的啦："

"和咱爸一样，"老四抢着说，"他爸，她对象的爸，也都撵下车间干活去了！"

下车间干活儿就是改造的别名，干部的身份登时便没了。

我问老四："你怎么知道？"

"金龙说的。"老四说。金龙是凤云的大弟弟。

我改变话题正告老四："以后，你少给我惹事！"

正说着，妹妹丽萍从学校回来了。学校早就不上课了，去了也不用背书包。此时，丽萍胳膊上戴了红袖标，一进门说：

"大哥回来了，有吃的没有？我饿得不行啦！"

母亲说："锅里给你留着哪！菜团子！"

我犹豫着，心想是否到凤云家看一看，想了半天，又想到单位里也有人给我贴了大字报，我的心情也坏了起来，就没有去。

许多时以后，我再次见到她，她已经成了别人的新娘。

两年后的一天，我带着后来成为我妻子的小余回家拜见父母，大概是在二商店或四商店买点心时，凤云见到了我们。凤云先回了家，坐在她家门口和秋香、金龙、银龙一起候着我们的到来。我俩一走到房山头，见到她们笑嘻嘻的模样，我就明白了。

凤云晃了晃手，低声说："恭喜呀！……"

我装作没听见，从她们家门口走了过去。

再后来，她与丈夫由哈一机调往"二汽"，我知道信时，则是又一年的春天，母亲剜了婆婆丁和小根蒜让我尝尝鲜之际。

那天，我一眼瞥见狼皮褥子，想起了鬼风疙瘩，就没敢蘸鸡蛋酱，而是就着大饼子干嚼了……

三十六　婆婆丁·狼皮褥子与我家芳邻

257

三十七 文庙街·生炉子· 戴上了红领巾

儿少时代的生活历练也许是不可或缺的。比如说，买粮；比如说，买菜；比如说，办年货。

买粮自然要到粮店去。粮店在哪呢？父亲领着去了一次，看父亲如何选择粮米，看店员如何过秤，如何算账，我们如何付钱，如何收回零头……然后，背着米粮袋子回家。

我们买粮的地点在松江橡胶厂东南角上，那儿有一座红砖房，粮店就设在这座房子里。从我们家的住地走到粮店差不多有一华里余，十二三岁的我这时可以扛起一袋苞米面了，可走不多远就得撂到地上歇一歇。二弟比我小两岁，也能扛一点东西，这样每次买粮便由我和二弟一起去，一起往回扛。买回的粮食主要是苞米面、小米和高粱米，此外还有黄豆、小豆与豆油。

北方的高粱米小而色红，沈阳的高粱米粒大而发白，尤其是白高粱米焖出的干饭十分可口。母亲怀念故乡，她不说，只说故乡的高粱米好吃。于是，我家做高粱米饭时，就预先把米泡一两小时，然后再用双手去搓，把米粒的外层膜搓去，把米搓白，也就同辽沈的高粱米差不多了，做出的饭，吃起来也香了。这些都是我的营生。

258

由于常去买粮买米，知道了绕过松橡的南院墙——铁丝网墙，还有一条路，这条路可以通到松橡的西大门。松橡的西大门在西马路上，从西马路可以北行到太平一校去。松橡的西大门面对着文庙街，由文庙街西行，经过文庙（即孔子庙，那时被关闭，成了一座仓库），可以到达一曼街。一曼街是为纪念抗日女英雄赵一曼命名的。哈尔滨为纪念抗日英烈命名的街道有好几条，如道外的靖宇大街、靖宇公园，是为纪念抗日英雄杨靖宇命名的。道里的兆麟街，是为纪念被暗杀而死的抗日英雄李兆麟命名的，同时命名的还有兆麟公园，以及我家老二老三上过学的兆麟小学校等。八杂市西门面向的是尚志大街（尚志公园在香坊区），此街是为纪念抗日英雄赵尚志命名的。纪念赵一曼烈士的公园——一曼公园，在一曼街的西头，它与著名的东北烈士纪念馆斜对着。这些红色革命圣地，我们念小学时，都由太平一校的老师们带队——瞻仰过。前面我所说的历练，既包括生命的历练，也包括精神的沐浴，爱国主义应该是一切少年儿童成长期中必不可少的一课。

文庙街南北，原来有许多坟地，有贫民义地、山东义地等，后来坟被迁移，为平整土地，我们在太平一校读书的五、六年级的学生，被组织起来到这儿进行义务劳动两次。文庙街东北有一个长方形的由黄土堆成的像城墙一样的地方，名叫炮档，原是日伪时期练兵的打靶场，黄土档里不时地可以找到锈迹斑斑的子弹头。——这些地方我们都去玩儿过，但有些瘆人，去了一两次也就不再去了。

为了平整土地，社会上来这里进行义务劳动的很多。当时人们并不知道文庙街南北土地平整后干什么用。以后百尺高楼平地起，这里建起了一座著名的大学——哈尔滨军事工程学院。后来，共和国的许多军事专家、指挥家均出自这座高等学府。如今，这座高等学府改称哈尔滨工程大学。原来的松江橡胶厂已经不存，那儿建起了工程大学的主楼。文庙街与大有坊街已直线连通，昔日的东城区焕发出了新的面貌。

那时文庙街南北大树很多，树上有乌鸦筑巢，乌鸦每天早上离巢东去，飞往阿什河、荒山方向，晚间日落前归来。乌鸦很多，能有数千只，飞过时几乎遮天蔽日，黑压压的一片。乌鸦的叫声不好听，我母亲每天早上出门正巧碰上乌鸦叫，就认为这是一天不祥的征兆，非得先吐一口吐沫在地，再踩上三脚不可。据说，这样可以破解。

我母亲曾在马家沟的工人子弟校当过半年的代课老师，每天上下班走的便是文庙大街。文庙大街上空既然乌鸦很多，我母亲免不了要听到乌鸦啼叫，一旦听到这种啼叫，她的心情便压抑不快。她上课的那学期正是春季开学之后，放学归来时，她得快走回家做晚饭。这一天，恰巧开支，拿了三十几元的薪水，走得高兴而又逢天热，就把围在脖子上的围巾解开了，让清风拂面，不免有点惬意起来。可是，到家一看才发现脖子上搭着的围巾不见了，不知在何时何地丢了。——这天早上，母亲走文庙街上班时，肯定听到乌鸦叫了（差不多因每天都能听到，也就不那么在意了），但听了乌鸦叫，和丢失围脖之间到底有没有什么必然的联系，则是一桩任谁也说不清的事。虽有破财免灾一说，可此事却让母亲懊恼了很久，也不能释怀。她认为这代课之事，实在有些窝囊。代课之因是工人子弟校的一位女教师坐月子了，母亲经由在道外太古小学当教师的老姑介绍去代课的。此后，又上了两个月，到了暑假，我母亲也就终止了她的最后的工作机会。

母亲代课的那个学期，午饭都是父亲午休时快步赶回家，为我和老二，老三放学吃午饭而奔忙的。父亲发现我会点炉子烧火热饭，就让我一放学就回家，不要在学校玩儿了，踢球，扇"辟吉"，看小人书，——本是我在太平一校念书时的三大乐趣。答应了早回家干活儿，就得放弃看小人书的酷爱，至于踢皮球、扇"辟吉"之类，只好在课间的那几分钟进行了。

太平一校的教室没有暖气，入冬后每个班由班长把全班学生组织起来，每两人一班，早上早到校半小时，生炉子，把火烧旺，让教室不冷。煤是学校供给的，学生可以到煤堆那儿去取，取煤的筐由学生自己解决。我们班有一个学生家长卖土特产，他家贡献出一个土篮子可以运煤。我们班还有一个学生他家开了一个棺材铺，家长用木板头给做了一个煤箱。煤铲、火钩子、炉子都是学校发下来的，天一上冷（大约10月中旬），学校下令安炉子。班长和年纪大的同学（同班同学男生、女生中，有比我大四岁属牛的）去把铸铁炉子，铁皮炉筒子抬来，调整一下座椅，把炉子放在能够辐射到全教室各个角落的中间位置，然后将炉筒子装好，插到墙上的烟道中去，一切准备就绪，便点燃炉火试一下。那时煤质也好，燃烧也佳，小炉子生了火，教室暖烘烘的，上课照常进行，也不怕"北风那个吹，雪花那个飘"了。生炉子时需要劈柴，也就是碎木头桩子，树枝子什么的，都由值日生自己从家中带来。我家住果木园附近，捡一些枯树枝之类的并不难。我值日时就在头天晚上备好，上学时带去。

我家的冬天也是在屋里砌一个砖炉子生火度过的。砌炉子的红砖，院内有砖垛，是维修房产用的。搬来若干块红砖，再到果木园外的大坑中弄点儿干黄土，和了泥，把买来的铸铁炉箅子安在炉膛底下，再砌三层，上覆铸铁炉盖子，一座砖炉便砌好了。然后安装铁皮炉子炉筒子，把炉筒子插进墙上的烟道，也就大功告成。此后是生火一试，在砖炉子上烧水做饭，一家人的冬天生活就这么开始了。

那时，职工的过冬取暖补贴是发给30元，相当于一吨半的煤钱。我们家买煤要到道外二十道街铁路的货场去买。买煤要起早，天还没亮，父亲就出门了，我家住的地方没有公交车，一切都得靠步行，走到太平桥，再往道外走。过了二十道街的铁路公路大桥，向左——也就是向南一拐，就到了煤货场。煤货场院内停了一些马拉的大板车，车老板子一见有人来了，就上去招呼，彼时一入冬，买煤的人多，去早了可以雇到第一波马车，上午九十点钟时，就可以把煤拉回家，卸下煤，付了马车费，剩下的活儿，就是把煤放到自己家的储藏地存起来，过冬时一天天的烧用。我家窗户在东面，地高于屋地，窗边邻近此楼的地下室大门。——地下室也是家属宿舍，仅用两米高的木板门打了间壁，上面是连通的，如果哪家炸鱼，一定会熏了全地下室的七家，如果谁家炸辣椒酱，那么全体都得咳嗽了。

我家刚搬来时，在地下室住过一个来月，然而，孩子多，闹得慌，最后给安排了这么一间屋，算是升到天堂了。天堂的屋子外，没有煤棚子，就存煤于屋内的床下，我和老二住的小床下边用来堆煤。砖砌的炉子与小床只离咫尺，屋里尚不冷，大床下是放杂物和粮米的，我家后来又捡到一个瘸腿的简易木桌，没法修了，干脆锯成短腿，成了一个长一米二的"茶几"，上边放了些父亲用的杂书，以及我们哥仨用过的课本，就成了我家的第一批"藏书"，约有二三十本吧。我印象最深的是范文澜的《中国通史》第一卷，是父亲学习用的。还有周立波的《暴风骤雨》，丁玲的《太阳照在桑干河上》几本小说，它们刚得了斯大林文学奖金，走红得很。父亲从厂里借回来看的，我也跟着跳跃地阅读，但只记住了赵光腚这个人物。

1953 年 5 月 3 日，传来了斯大林病逝的消息，国人悲痛至极，中国的几位领导人都去大使馆祭奠了，随后下令 3 月 7 日至 9 日，全国停止娱乐活动，9 日举行追悼大会。斯大林派苏联红军解放了东北，所以我们人人都从心里感谢他，有人在祭奠时流泪也是必然的。

作为一个小学生，十二岁的我记得最清楚的，是那天哈尔滨下了一场泥雨，也就是雨点哗叭地砸下来，带着黄土，落在人的身上，留下一个个的黄泥点子，"天也在哭泣。"老师说。我们听了，更加感动。感动人或许是非常容易的，只要让他的心热了，感动就会发生。

5 月悠悠地过去了。

到了 6 月 1 日儿童节前夕，我被批准加入中国少年儿童先锋队了，很光荣，我也戴上了红领巾。

上学期我的期末考试总分排列第二，成绩尚不错。这学期

三十七　文庙街·生炉子·戴上了红领巾

263

开学后，我当值日生都是早半小时到校。生炉子没冒烟，放学就回家（帮父亲热午饭），没在学校扇"辟吉"，学校不让学生玩这个，我也不带它上学了，这学期也没有在中午放学后留校踢皮球。踢球不小心会踢碎教室玻璃，玻璃一碎，大伙儿一哄而散，弄得教室奇冷无比，所以"我的进步很大"（班主任老师安景泰语）。老婶给我的那只白皮球，早踢破了。自那以后，我真的不再踢球了。

入队仪式在礼堂中进行，全学年六个班，在少先队队歌的唱机声中，一个班一个班的给新入队的少先队员戴红领巾，然后集体宣誓。

给我戴上红领巾的是我们班的副班长，长得最好看的女生李智瑶，她脸如满月，明眸皓齿，一脸的笑容让人一看就喜欢。她个子不很高，好像坐第一排，我坐二排，平日接触不多，但我对她一直挺有好感，那一刻，她手捧红艳艳的红领巾向我走来，那笑容也跟着走来了。

"来，我给小范戴上！"她说。她好像比我大一岁，在班级里，我属于上学早，年岁最小者之一。听了她的话，我的脸有点儿发热，不敢正视她那对好看的眼睛，只瞅着她乌黑油亮的头发，心中却美滋滋的。

系红领巾时，她先系上我衣服的领钩，她温热的小手触到了我的脖子，让我更加感动莫名。奇特的是，当她给我戴好红领巾后，又正了正我的肩膀，我们在老师的口令下，还像大人那样握了握手。此后，才高举右手，行了少先队队礼，相互握手时，她那柔软的小手，握住了我的手摇个不停，让我的心也发热了跟着摇荡，不知为什么，这一刻的感动竟让我铭记数十年，一直到今天不忘。

李智瑶家住太安第几道街，我不知道。我只去过几个男生家，女生家一家也没去过。上中学时，她改名了，也不同班了，初中毕业，她考取了师专。她从师专毕业后，分到第十二中学（我念高中的学校）教语文。过了一年多，我听说她和教我们高中语文的王恩中老师结了婚。王恩中老师一表人才，教学也佳，他长得像彼时走红的著名影星康泰。两人伉俪情深，育有一双儿女。我们同学聚会时偶尔提到她，都为她高兴。——若干年后，王恩中老师退休，被一家报社聘去审稿。偶然的一天，我在秋林公司二楼遇见他们夫妇二人，我上前叫了一声王老师，又和她打招呼。

她忽然睁大了那双美丽的，已经有了鱼尾纹的眼睛，问我说：

"你是范震威，还是……啊？"

她说出来老三的名字。原来她连我和我家老三（她教过老三）都分辨不出来了，这让我很失望，我却没有分辨什么，转开话题和王老师唠起了报社的事，那家报社里我有许多熟人。

如果美好的记忆能够保持终生，那才是最可珍贵的，假若半途中因偶遇而发生逆变，那还不如不相遇为好。真的。

三十八　太阳岛印象

六年级最后一学期时，我们都感到自己是大孩子了，好像一下子就成熟了许多，但老师对我们的要求依旧很严。实际的情况是，五十年代初的小学生，同一班的学生年龄差距，差不多都在三四岁之间，有些大龄同学，萌动的青春，也让他们有了萌动的举止。我们六年级二班的同学中夏长海与韩晶两人的关系日渐亲密，还没等到毕业，他俩就先后退学找了工作，不来上课了。他俩和安老师处的挺好，毕业考试给找了来，参加了考试，弄到及格，终于拿到了毕业证。——自那以后，我再也没有见过他们。

抗美援朝已经结束，朝中代表与以美国联军的代表于去年夏天在板门店正式签署了朝鲜停战协议，战争结束了，欢乐的气氛传遍中国大地，大街小巷披上了节日的盛装，胜利的喜讯也传到我在读的小学。尽管这个学校彼时没有专门的音乐教室，可欢快的歌曲还是笼罩着整个校园，连学校大门外的太安街市场，也充溢着繁荣和更大的期望。

过了六一儿童节后，学校要组织一次野游，哈尔滨人的野游就是沈阳人的远足。去年去的是兆麟公园，临结束时，有个别的学生不见了，后来留下的老师在松花江边找到了那几个从北园门走掉的学生。因为，兆麟公园北园门内西侧是李兆麟将军墓，瞻仰了烈士墓之后，几个胆大的男生便从园北门溜出去。他们知道，出了北门是井街，走两百米到井街的北头就是松花江畔，这里临近铁路大桥，是江边游人最多的地方之一。

有了去年的教训，今年在野游之前，学校在大操场上召开了五、六年级学生的大会。按照惯例，学生站成双排稍息立正之后，便坐在操场上，班与班之间互相叫板，比赛唱歌。某班唱过一支歌后，便在学生指挥的带领下齐声喊："六年 X 班，来一个！"六年 X 班不得不应战——若不应战就被视为孬种，于是六年 X 班也唱了起来……

黑啦啦啦啦，嘿啦啦啦，
天空出彩霞呀，
地上开红花呀……

这支歌刚唱完，另一班的歌声也唱响了：

火车在飞奔，
车轮在歌唱……
多装快跑呀，快跑多装，
把原料送到工地，
把机器送到厂房……

就在歌声此起彼伏时，忽然人们都朝天上望去……广场上空是一片湛蓝的天空，只有几条淡淡的白云，好像贴在了蓝天之上，一只老鹞鹰不知从哪儿飞来，它在天空中一边飞，一边

用利喙啄食它双爪抓着的一只鸡！先是听到了几声鸡的哀鸣，
却不见那只鸡挣脱逃出老鹞鹰的利爪。这时，我们还看见有
六七只乌鸦在老鹞鹰的周围上下翻飞，不停地向老鹞鹰发起攻
击。老鹞鹰一边啄食两爪间它捕获的那只鸡，片片鸡毛从空中
轻柔地、沿着一道道美丽的弧形轨迹飘落下来，它还不停地转
换方向，用巨翅的扇动给来自各个方向的乌鸦的啄击以还击！
乌鸦嘎嘎地叫着，以壮大自己的攻势，老鹞鹰像好虎斗不过群
狼一样，一边啄食，一边还击，一边躲避，满空飞舞鸡的羽毛，
漫天尽是乌鸦的尖叫……这场乌鸦与老鹞鹰的战斗，最后以老
鹞鹰的远逃结束。

老鹞鹰丢下半只残鸡逃飞时，后来听市场上的人说，那只残鸡被丢进马家沟河的河中了，乌鸦们抢下来这半只鸡，却没有得到一口鸡肉。于是，人们七嘴八舌地议论：有人说乌鸦是老鹞子的天敌，没抓着鸡的老鹞子也要遭遇乌鸦的群攻；也有人说，乌鸦本不怕老鹞子，它们见到老鹞子抓来了鸡，便要来抢战利品，因此乌鸦们不是冲老鹞子来的，而是冲鸡肉来的！老鹞鹰最聪明，它见乌鸦们叮住不放，就把剩下的半只鸡丢进河里，让怕水的乌鸦吃不到剩下的鸡肉……可怜一只活生生的鸡，却不慎被老鹞子的一双利爪捉去，无端地丧了一条命……

　　这议论也在太平一校的操场上进行，一片嗡嗡的杂乱的童声交响，七嘴八舌，八舌七嘴……议论沸腾中，体育老师哨子吹响了，学生们这才静了下来。接下来是校长登上学校做操喊号子的那座木制方台，对五、六年级的学生进行训话。……

　　他讲了国际国内一派大好形势，由抗美援朝的胜利讲到哈尔滨，由哈尔滨又讲到太平区，讲到太平一校。然后，话题一转，转到去年野游时，有学生从兆麟公园北门溜走的丢人事件，然后又讲到今年野游的注意事项。今年的办法是一个班按人数每五个人划一个小组，由班主任老师指定组长，五个人出发，五个人安全回来，缺一不可，万一半道上少了一个，组长必须报告老师……

　　大会结束以后，各班都回到教室，由老师指定组长，并按座位划分了小组。

　　开了大会的第二天，我们比往时早到学校一小时集合，然后步行去摩电车——有轨电车站，学校事先已联系好多加了电车，于是我们便登上电车，向道里出发。

　　那时的有轨电车从太平桥终点出发，电车经由南岗喇嘛台、

269

霓虹桥，由尚志大街经过八杂市儿，一直开到尚志大街北头终点站下车。站东边是兆麟公园，那里也是今年五年级学生的野游地。我们六年级生，去年已经去过了兆麟公园，今年由老师指定班长集合全班学生，分组点名，一个不少之后，排队候绿灯过马路，走进尚志胡同，到尚志胡同北端，即来到松花江边。

江边上有过江的轮渡码头，先来的老师已经买好了船票，我们踏着忽悠悠的船板，上了火轮船。船分上下层，也是按小组五个人手拉手坐在一起。有些男生女生腼腆不肯手拉手，组长还得调换先后位置，实在不行，就由组长成为男生女生之间的链环了。

我是第一次坐这样过江的轮船，以前在松花江边钓鱼时，只见船在江上行走，从没有想过坐船，上船时我有点儿紧张，船在轻轻地摇晃，我们也跟着摇晃。当船开动时，马达声嘟嘟地加大了声响，我们坐在下船舱里尤其感到震耳欲聋，便将脸转向舱外，看轮船在江浪上行进，江水向船尾退去，船尾远远地划出两道雪白的浪花，逶迤在船后，追踪着船尾吐出的蓝色轻烟，从斜刺里向松花江北岸驶去。

阳光很明亮，很耀眼，太阳洒下的片片光斑在江面上随着风浪跳荡。江北岸的太阳岛掩映在一片绿荫中，静静地给人以一种幽深与神秘。

突然，有一个男生喊：

"老师！我要撒尿！"

一个船水手说：

"船尾有厕所……"

老师领了那个好像是六年一班的男生，向船尾走去。

可是那个男生害怕不敢走。犹豫中，男生憋不住了，解开了裤子便在船舷上朝江中尿了起来。偏偏此时刮来一阵小风，尿撒出去又被风吹回来，既浇在那个男生的脸上，也淋到了女老师的裙子上……

老师没有生气，只问那个男生：

"真憋不住了呀？"

有人小声地笑了起来，老师转身回望，笑声戛然而止，出现了奇静尴尬的一幕……这时，马达的声音熄了，船靠岸了。

靠岸时，船噗的一声发生了一下撞击。那是船舷上的旧胶轮胎与岸上码头板上的轮胎对撞的声音。

我们下了船，上了岸，啊……这就是闻名遐迩的太阳岛！

下了船，我们仍按小组站队，排成一行，走上了江北太阳岛的江堤。江堤又宽又厚，不知经历了几多岁月的洪水的考验，依然巍立在大江的北岸上。

走了一段江堤，又从江堤上走下来，沿着一条从树草中穿过的小路，向太阳岛的深处进发。这里浓荫密布，高大的白杨树、柳树、榆树和桦树、棠槭树混在一起，枝叶茂密，阳光从枝叶的间隙中筛下来，一道道的光影直射到树下的草丛中，鸟儿在树叶间歌唱，又是处处闻啼鸟！不知鸟儿是唱着歌儿欢迎我们的到来，还是相互交谈着对我们的到来，相互告诫：

"要小心哦！……他们要捉我们的！"

一只大鸟扑棱棱地从一棵树中飞了下来，挥动几下翅膀，又向那片没有树的空地的对过飞去，消失在了绿野丛中。

——写到这里，我忽然想起十几年后发生的史无前例的十年浩劫之初，一个叫乌·白莘的赫哲族剧作家，因为创作的电影《冰山上的来客》被打成大毒草，遭到举国上下的批判与肉体及精神两方面的折磨，偷偷地到太阳岛这片林中的一棵树下，自我沉思，他吸了许多烟，吞下了一些安眠药，最后歪坐于树下永远地走了……

孰料，当年被批判得那么剧烈的电影《冰山上的来客》后来被平反昭雪，作者的罪名也被洗掉，只是生命不能逆转，只能含恨后又笑慰于九泉之下了。那个电影中的插曲，如《怀念战友》《花儿为什么这样红》，近三十年来竟被多人反复演唱，成为人们最喜欢的老歌之一。——你说，这世上的许多事儿，不都是在变化的么？

哈尔滨坐落在松花江中游南岸，北岸的太阳岛是松花江水在上游中分出一股支流，在湿地遍布的北岸冲积成的一个沙洲。这个沙洲广阔，达一千余公顷，由于岛成于许多年以前，因此这里不仅树木丛生，花草遍地，而且也是鸟类尤其是水禽的乐园，更是兽类的福地。——自中东铁路路过哈尔滨卡屯过江，太阳岛也被开发出来成为人们的休闲度假之地，从而名闻中外。每年盛夏到这里避暑和度假的人很多，我们学校选择只许六年级学生来此野游，一方面出于安全的考虑，另一方面也是因为太阳岛的美丽令人向往，年级小的学生容易走失。

到了太阳岛的腹地，在修剪得十分美观的树丛间，按班级选择一块草地坐下来。点名之后，大家坐成一个环形的圈儿，做集体游戏：先玩儿丢手帕儿，又玩儿击鼓传花，再玩儿唱歌跳舞，还有几个人朗诵了诗。其中获得掌声最多最响的是李智瑶她们三个女生背诵的未央写志愿军回国的诗：

车过鸭绿江，

像飞一样，

祖国，我回来了，

祖国，我的亲娘！

……

各种事先排练好的节目表演结束，该吃午饭了。

午饭匆匆吃完，累了的坐在草地上闲谈，有的躺在草地上仰望蓝天，也有的买了冰棍回来吃……

正在平静地向下午过度的一刻，突然我见我们小组的男生石安昌猛地站起来，振臂高呼道：

"同学们！勇敢的跟我来！"

他这么一喊，好几个男生都跟着站了起来，我也站了起来，跟他往西跑去。——这一瞬间，校长的讲话早已丢到脑后了。一连串跑去了六七个男生。

我所在的小组长我忘了名字了，记得她姓顾，姑在这里称她为顾大姐，她比我们年纪小的大四岁，个子也高，坐在教室最后一排。她一见石安昌领了一些男生跑了，大约间隔有十几秒钟方才反应过来。她急忙穿上鞋（石安昌和我们都赤着脚，没穿鞋）追了上去，一边追，一边喊道："石安昌，你给我回来！……"

石安昌这时已登上岛西的大堤，从树隙间下到堤下去了。我听了顾大姐的喊声，止住了脚步，等她赶上来后，便和她，以及闻讯而来的一位女老师一同过了堤坝，下到水边的沙滩上。

几个淘气的男生和石安昌一起，站在沙滩的水边，江汉子的水没过了他们的脚面或脚踝骨，他们都穿着短裤，也就是裤衩，却没有一个敢穿衣裤下水。凡下水玩的男人、女人、老人、小孩儿，都是穿了游泳裤衩或游泳衣下水的。

石安昌也没有这个勇气，他只是用手扬水洗了洗他的腿肚子……

顾大姐跑到水边，一屁股坐在一块石头上说：

"石安昌，你吓死我了！"

石安昌若无其事地说：

"我没游泳啊！我也不会游泳啊！"

"你不会，你喊什么？"老师也批评她说。

"嘻嘻，"石安昌一笑说，"老师，我就会搂个狗刨儿！"

说得大伙儿一个劲地笑。

"还不回去！"老师命令道。

石安昌一伙男生不情愿地，但还是服从了女老师的命令回去了。我趁机用脚试了试水，水很温，一点儿也不凉。顾大姐喊我的名字，我看她一直盯着我，也不很情愿地跟着她们一块儿回到了草地。

草地东边不远的地方，有秋千，还有悠转吊环的。人很多，有人在排号，没什么大意思，我便没有去。

刚才在水边时，我见到泳区的下游方向，靠小桥那边，有几个人在钓鱼。我心里有些痒，想过去看看，便凑到正和女老师讲述经过的顾大姐身边说：

"老师，顾大姐，那边有钓鱼的，可以去看看吗？"

"你欠收拾啊！"顾大姐恐吓我说。

老师也摇了摇头。

我挺失望，但还是服从了……

顾大姐从她书包里抓出一把红樱桃给我。

我犹犹豫豫地接了过来，吃了一颗，甜中有些酸涩，还是一颗颗地吃了。甜中有酸涩，涩中有酸甜，原来，这也是生活的味道。

照看几个女生打秋千的班主任老师安景泰闻讯过来了。

他听了女老师和顾大姐的讲述后，对石安昌叫道：

"石安昌，你过来！"

石安昌走到安老师跟前站住了，歪低着头不放看安老师。

安老师用他的大手伸开五指把石安昌的脑袋一拧，石安昌就和安老师面对面地站了。

安老师说："石安昌！你挺狠呀！我知道不想当元帅的士兵，不是好士兵！这回你当了一回头儿，你挺了不起，挺勇敢呀！我赏你一角（脚）钱！"

说罢安老师飞起一脚，踢到石安昌的屁股上。

石安昌既没哭，也没叫，他波楞盖儿（膝盖）一弯跪倒在草地上就势坐了下来。他打开他的饭盒吃了起来。——原来，他的午饭还没吃完哪！

这一脚踢得不重，却踢得大伙哈哈大笑起来。——这充满了青春的坦诚的一笑，竟把顾大姐的名字也让我给笑飞忘了。

——直到今天，我也没有想起她的名字来。

三十九 哈尔滨，哈尔滨

当"日初唤醒清晨，大地光彩重生"（《明天会更好》语）的时候，我以老年的健壮从床上爬起来，精神矍铄地筹划我这一天的开始。喜鹊从北窗外高大的榆树枝间鸣叫着穿过，我的心似乎在无声地歌唱，让那雪的残存在和煦的春的勃发中消融殆尽。

我独自一人在窗前徘徊，赤裸着双肩，和清凉吹来的风一起阔笑着，迎接万道霞光将晨雾射穿。

——这时，我是快乐的。

我脚下的土地，原来是马家花园的林丛，如今成了一所大学，莘莘学子从我住所的楼下走过去，去到教学大楼中仰饮从土地中生养出来的甘甜的乳汁，让这些乳汁健硕他们的体魄与筋骨……

这个地方距离我念小学时的大有坊街，只有三四千米，可这个跨越却让我走过了六十多年，一个甲子以上，历经多少往复，踏过多少晨夕，送别多少雨雪，冷暖多少春秋呵……我是说，自从我十周岁那年告别了我的第二故乡沈阳来到哈尔滨起，到今天我已走过了我的人生酸甜苦辣的诸多岁月，我做起了爷爷和姥爷……于是，哈尔滨成了我的真正的家乡。我的儿女们都认同这一点——我们都是喝松花江水长大的哈尔滨人！

当我见冰雪消融，大江行将解冻的时候，我走过松花江右岸的树木渐绿的江滨公园，阳光抚摸着远去的人们的背影，我要赞一声，并追送去一个老哈尔滨人的真诚的祝福。

当我走过阿什河这条流过黄金也流过金源的光荣与梦想的古老的河流之岸时，历史作为苍老的睿智者，挟着风雨洗涤过的智博，像恋者携着他们充满激情四射的青春勃发，给了我们这块黑土地以最大的馈赠，让我们从优渥的自然的怀抱与大地母亲的无私中健硕地高大起来，雄浑地伟岸起来。——这里，我是说，松花江大流域中的丰盈，养育了包括我在内的，她的每一个子民。

我走在松花江北面太阳岛的沙滩上，汩汩的浪花像在对我低语；我是一个风语者，我用飒飒的树叶的摩擦声同岸土与巨石交谈，让我们欢快地伸开无形的双手，燃烧起悄然的热忱，相互拥抱彼此的梦想，把梦的图画高悬在大江东去的阔岸上，让岁月的肃穆瞬间变得高洁。——我是说，既然我们在一个多甲子的年月中为抗洪流过血，也流过汗，那么我们在美化城市的建设中，更要为我们赖以生存的家乡、家园，施以更具正能量的助推。

在回眸大哈尔滨九区九县的历史来路时，公元 926 年雄峙于华夏北方的辽朝灭掉了牡丹江流域的渤海园，松花江大地的城乡部落便统统纳入北中国的辽王朝手中，于是今天我们有了跨越千余年的回眸的机会，依兰五国城给了我一个历史寻觅中一个支点的惊喜……

假如我们沿着松花江的流向，把目光稍稍收拢一些，回到阿什河和她的小支流海沟河，在距今 901 年雄傲地在二河之地

女真宣告一个金源帝国的诞生时，我以为大哈尔滨城的萌芽自此开始茁壮地成长而开始枝繁叶茂了……一支铜坐龙的英姿让他们 119 年的金史自立于龙的传人的傲岸之中！

如果沿着阿什河上溯，在交界镇的一个洞穴里，考古学者找到了 15 万年前我们的大哈尔滨老乡，他们居住在阿什河的岸边，以狩猎为生；他们丢下了纷纭的兽骨，是大地上最优美的歌语！难道这些还不够吗？原乡民的开拓，与后来子民者的汗水都给了白发苍苍的母亲河与母亲河的土地！此刻，我们一手携着岁月遗下的身影，一手携着白云苍狗的风雨变迁，沿着大江小河，拨开沙岸土浪上沉积的梦之歌，便可以释读、解绎这片土地上的往昔了！

火烧白城的传说，流淌到下江去了……

元代上京故地海哥站的驿马，也敛起了它们最后的弓马、驿袋和蹄印……

明代上京城开辟了新的传递驿马，站赤制的接力一直延续到清朝始终，更不必去追索海西女真亦失哈开拓庙街的远航，永宁寺与重修永宁寺的丰碑是不可超越的历史柱石，如今它还存留在历史的夹缝中……

大哈尔滨有它无数崛起的理由而终于借中东路的镐声与汽笛啸傲了！……

她有了 21 世纪的今天！

哈尔滨正从她所经历的风雨冰霜中走来；

哈尔滨也要向她中国梦大梦下的小梦走去；

哈尔滨，哈尔滨，哈尔滨！……

她无疑会有更加美丽，更加富饶，更加辉煌的未来！

即令苍老如我者或许见不到那一天，可今天年轻的哈尔滨人，我们这一代沐浴了血雨腥风的苍老一代的儿女们、儿孙们会见到的，难道不是吗？

从哪里传来了《北京，北京》的嘹亮的歌声？我脚下的土地和身边的气流和着歌的旋律在一起跳动了。哈尔滨——北京，北京——哈尔滨，华夏民族的命运，龙的传人的脉搏是永远连在一起的！是的，永远连在一起……边疆与心脏北京！

三十九　哈尔滨，哈尔滨

尾声
在母土的大地上

从前听人讲，在辽河南源，在河北省平泉那儿的人，说话的语调中总有那么一点儿小米味或饸饹味。这种口音的味道不外乎是说，有一点儿长城外燕山以北的蛮夷味儿，和悦耳的京味儿相比，略显得土气一些……

在海城与沈阳，在辽沈那儿的人，说话的语调中，总有那么一点儿高粱米味加曲麻菜的味儿，苦糁糁的，说侉不侉，说不侉吧，还有点儿那个。辽沈是闯关东的山东人、河北人与当地的燕辽人的长期相融与混合形成的一种有别于其他地区的口音传承。山东人过了渤海，弃船上岸，把一部分齐鲁的乡音抛留在辽东半岛的大连、营口等地，当他们驻足其地安家创业的时候，经过几代人的婚配的不确定性与血亲的相互交融，首先在语音上取得了同一。

张学良家族最先是从山西洪洞县大槐树下出发的，后来到了河北，再后来又到了辽南，经过几代人的相融，他和他的父亲张大帅张作霖不仅自视为东北人，而且自视为东北人的代表——东北王了。语音的相融，吃饭饮食口味的相融，以及生活习俗的相融，一言以蔽之曰：文化的相融，就成了整个大东北文化相融率先垂范的模式，可以说大体不差。

这种东北口音——辽宁范儿的北上，越过辽河与松花江的分水岭，沿着北流松花江与东流松花江或混同江往下游走去的时候，也同样会遇到原乡人与更早的移民的混同。老一辈人曾形容说，在松花江及其周围诸地人的语调中，总有那么一点儿苞米茬子味儿或黏豆包的糜子味儿。这些味道的形成绝对是接受了满族同宗族人居住于此地的乡亲的生活习俗，并包括口音小异中的长期相融所致。相邻、交往与婚姻造就了今天的东北疆的文化容貌。

本书中的嘎拉哈、波楞盖，以及小孩子们玩的扇"辟吉"，大体上就是这种相融后留下的一些单元性的文化痕迹，就像兑了水的果汁中，也仍有一些果肉一样。

一切口音都是母土大地滋养而成的，包括其智慧、情感、欲求与爱好……

我之所以这样说，是说我自己在四岁到十三岁的十年中随家庭的迁居走过了上述的平泉、海城、沈阳、哈尔滨四个地方，最后定居在哈尔滨了。可在我这十年由幼童到少年的时间历程中，形成了我今天的语音与情感，那就是在兼容了辽河——松花江大地上诸多风物的同时，也给我打上了语音兼融与相混的烙印：燕——辽——松——黑，是我情感中不可消弭的四大元素，也是我口音合成中不可或缺，更是想摆脱也摆脱不掉的语调。

这些就是文化的烙印，是与地缘造就不可分的，包括该地区人的行为、性格与情感的熔铸。一切生命个体的差异与不同，除了来自父母遗传的线性传衍外，除了所受的教育、历练的后天因素外，一个人儿少时代所受的熏陶，其中也包括山水大地、风土人情以及舌尖上的美味儿与口欲等，都是每一个个体生命各不相同的影响元。

怀旧、回忆儿少时代有多少意义呢？特别是对于一个普遍人来说，或许没有什么可资大雅一顾的趣味。可是，对我这个正向耄耋之年走去的老人来说，近些年来常常于梦中再现那些远去的岁月，如是我就苦忆丢于身后与脑后的光阴。

最后，我发现光阴的故事，也有它自己的文化视图。这样说来，翻阅一下我走过——实际上也是历史老人踏着光阴的车轮走过的一段岁月，撷取一些光斑鳞爪，也有它不可替代的正能量呢！这，或许就是一个童年视角的文化意义。

松辽大地是养育了我家和我本人的母土，也是给予我精神与肉体的奶汁的祖国母亲的北方乳头。台北女画家兼诗人与作家席慕蓉女士，她的父亲也生活在松辽之间，位置稍偏西了一些，乃以内蒙古大草原为温床、为祖地长大，她唱出的是"父亲的草原，母亲的河"，我给加了一句："以大兴安岭为依托。"由于血管中流淌的是蓝色的蒙古与绿色的鲜卑，她的情感又是别一番模样！但她同我不仅是同年龄段的人，也是松辽大地上的邻里呢！

她的回忆中带有诗韵的睿智与芬芳……

我的回忆中带有散文的醇厚与绵长……

是小说，还是长篇散文，抑或是纪实作品？读者们自己品评吧！你说是茶，她就是茶；你说她是咖啡，她就是咖啡；你说她是苦麦，她就是苦麦；或许，她是糖也是蜜呢！……

或许各有天地吧！

松辽的母土啊，博大、富饶、广阔、兼融而海纳呀！

所谓母土是相对而言，你耕种大地，吃大地上生长的食粮，大地就是母亲，地土就是母土。像我们称呼我们赖以生存的松花江、辽河提供了饮用水而称松辽为母亲河一样，我们也可以称松辽大地是我们大东北人民的母土（这里的"大东北"是将内蒙古的东部、北部都包括在内的）。

相对而言的含意是说，从传统文化上看，以天为阳，以地为阴；以天为乾，以地为坤；在封建帝王时代，称其为皇天后土。后土其实是母土的别名。故而，我儿少时代举家四迁：平泉——海城——沈阳——哈尔滨，随机性的成分虽大，却总未走出松辽母土的滋养，或许这也是我们一家或那一代千千万万人的宿命啊。

如是，我们不妨将这本小书当作是笔者为松辽大地母土所唱的一支小歌吧！我想。

2016 年 3 月 25 日初稿

3 月 29 日改毕

6 月 25 日校改

2018 年 4 月 23 日改定

8 月 09 日再改

尾声　在母土的大地上

图书在版编目（ＣＩＰ）数据

光阴的故事：童年的地平线／范震威著. -- 哈尔
滨：黑龙江美术出版社, 2018.11
ISBN 978-7-5593-3809-9

Ⅰ.①光… Ⅱ.①范… Ⅲ.①散文集—中国—当代
Ⅳ.①I267

中国版本图书馆CIP数据核字(2018)第240655号

童年的地平线
TONGNIAN DE DIPINGXIAN

作　　者	范震威	
责任编辑	步庆权　林洪海	
封面设计	滕文静	
出版发行	黑龙江美术出版社	
地　　址	哈尔滨市道里区安定街225号	
邮政编码	150016	
发行电话	（0451）84270514	
网　　址	www.hljmscbs.com	
经　　销	全国新华书店	
印　　刷	哈尔滨久利印刷有限公司	
开　　本	889×1194　1/32	
印　　张	9.25	
字　　数	210千字	
版　　次	2018年11月第1版	
印　　次	2018年11月第1次印刷	
书　　号	ISBN 978-7-5593-3809-9	
定　　价	38.00元	

本书如发现印装质量问题，请直接与印刷厂联系调换。

童年的青铜葫芦
TONGNIAN DE QINGTONGHULU